DUMONT

Die vornehmlich männlichen Protagonisten in Benjamin Myers' oft aufwühlenden Erzählungen haben weder das Strahlende der Helden vergangener Tage, noch zeigen sie den Charakter, der sie das moderne Leben bewältigen lassen würde. Vielmehr kämpfen sie oft ums nackte Überleben, oft mit gescheiterten Lebensentwürfen und ihrer Vorstellung vom Mannsein. Harte Arbeit, Prinzipientreue, Pflichterfüllung, ohne Fragen zu stellen, all das ist ihnen nicht fremd. Vor Versagensängsten, Unsicherheit und Zärtlichkeit schrecken sie zurück. So wie der Ehemann der namenlosen Frau, die in ›Ein englisches Ende‹ beim friedlichen Schwimmen in einem abgelegenen See ihre Ehe unsentimental und klarsichtig Revue passieren lässt. Sieger sind die Frauen und Männer in Myers' Erzählungen kaum, dennoch erleben sie ab und an Momente des Friedens und des Glücks.
›Der längste, strahlendste Tag‹ vereint die Arbeit von fünfzehn Jahren. Emotional und sprachlich dicht überzeugt jede einzelne Geschichte von Benjamin Myers.

Benjamin Myers, geboren 1976, ist Journalist und Schriftsteller. Myers hat nicht nur Romane, sondern auch Sachbücher und Lyrik geschrieben. Für seine literarischen Arbeiten hat er mehrere Preise erhalten. Sein Roman ›Offene See‹ (DuMont 2020) stand wochenlang auf der SPIEGEL-Bestsellerliste und wurde mit dem Preis des unabhängigen Buchhandels als Lieblingsbuch des Jahres ausgezeichnet. 2021 erschien ›Der perfekte Kreis‹ (DuMont). Er lebt mit seiner Frau in Nordengland.

Ulrike Wasel und Klaus Timmermann, beide 1955 geboren, haben Anglistik in Düsseldorf studiert. Seither arbeiten sie als Übersetzerteam und haben u. a. Dave Eggers, Tana French, Harper Lee, Jeanette Walls, Zadie Smith, Delia Owens und Bonnie Garmus ins Deutsche übertragen.

Benjamin Myers

Der längste, strahlendste Tag

Erzählungen

Aus dem Englischen
von Ulrike Wasel
und Klaus Timmermann

DUMONT

Von Benjamin Myers sind bei DuMont außerdem erschienen:

Offene See

Der perfekte Kreis

MIX
Papier | Fördert gute Waldnutzung
FSC® C083411
www.fsc.org

Das bei der Produktion dieses Buches entstandene CO_2 wurde durch die Finanzierung von Klimaschutzprojekten kompensiert:
climate-id.com/17531-2110-1001/de

Oktober 2023
DuMont Buchverlag, Köln

Die englische Originalausgabe erschien 2021 unter dem Titel ›Male Tears‹ bei Bloomsbury Circus, London.

Übersetzung: Ulrike Wasel / Klaus Timmermann
Umschlaggestaltung: Lübbeke Naumann Thoben, Köln
Umschlagabbildung: © Peter Breeden / Bridgeman Images
Satz: Angelika Kudella, Köln
Gesetzt aus der Crimson Pro
Druck und Verarbeitung: CPI books GmbH, Leck
Gedruckt auf säurefreiem und chlorfrei gebleichtem Papier
Printed in Germany
ISBN 978-3-8321-6710-3

www.dumont-buchverlag.de

Die Tragödie des Machismo ist,
dass ein Mann nie ganz Mann genug ist.

Germaine Greer

Tausend Morgen englische Erde

Der Hase sitzt schnuppernd auf den Hinterbeinen und beobachtet aus der Ferne den Mann, der gerade das mittlere Feld betritt. Er hat die Ohren in den Wind gedreht, und als der Mann über die Kante einer Furche stolpert, macht er kehrt, um dann in gemächlichem Tempo davonzulaufen.

Der Mann sieht den weißen Fleck am Hinterteil des Tiers über Stoppeln hüpfen. Er fand es schon immer eine grausame Laune der Natur, ein so scheues Geschöpf mit einer Zielscheibe zu versehen; ein Makel der Unvollkommenheit, damit es sich nicht über seine Möglichkeiten hinaus vermehrt.

Er bleibt stehen und schaut zu, wie der Hase mit großen Sprüngen auf den schützenden Schatten der Hecke am hinteren Feldrand zuläuft, wie sich die starken Sehnen seiner Beine straffen und dehnen.

Er ist in dem Glauben erzogen worden, dass es ein Zeichen ist, wenn man den ersten Hasen der Saison sieht, aber er weiß nicht mehr genau, ob es Glück oder Unglück bedeutet. Als Mann der Erde und der Wälder und der Hohlwege neigt er zu Letzterem. Für ihn ist der Hase ein böses Omen.

Der Mann geht am Rand des Feldes entlang und genießt die tief stehende Sonne im Gesicht. Er betrachtet die trägen Anfänge des Tagbogens, den sie über das Feld beschreibt, und zum ersten Mal in diesem Jahr ist er froh, dass er zu Fuß zur Arbeit gehen kann. Andere Farmer würden ihn für absonderlich halten für jede Sekunde, die er zusätzlich im Freien verbringt; und im Herbst und Winter kommt es oft vor, dass er den Anderthalb-Meilen-Fußweg verflucht, der ihn an der Eisenbahntrasse entlang unter der Brücke hindurch und auf den neuen Fahrradweg führt, der vor Kurzem mit schlechtem körnigem Mischgut angelegt wurde, in dem sich Pfützen bilden wie in den hohlen Händen eines durstigen Mannes, der an einem heißen Erntetag kühles Wasser aus einem Trog schöpft.

An dunklen feuchten Tagen, wenn er frühmorgens eine Taschenlampe braucht, um nicht in diese Wasserlöcher zu treten, oder im Winter, wenn harter Frost den Boden bedeckt und schneidender Wind über das offene Feld fegt und ihm unter die Kleiderschichten kriecht, wäre er lieber irgendwo anders. Aber heute ist er froh, denn wie der Hase wittert er die nahende Jahreszeit in der linden Luft.

Der Fußweg verbindet ihn mit der Vergangenheit. Er folgt einer vorgegebenen Spur, einer Route – einer Tradition –, die Jahrhunderte alt ist.

Der Weg, der vom mittleren Feld zu den Lagerschuppen führt, ist durch die Trockenheit hart geworden, und schon durchzieht ein Netz aus Rissen den Boden. Der dichte Stechginster, der den Weg säumt, verdeckt für einen Moment die Sonne, doch dann wird der Boden unter den Füßen eben, und der Mann überquert den Hof, um den Riegel zu öffnen. Er nimmt einen Schlüssel und schließt ein Vorhängeschloss auf, mit dem die Doppeltür zum größeren der beiden Wellblechschuppen verriegelt ist, zieht dann eine lange, dicke Kette durch die kalten Hände.

Der Mann öffnet einen robusten Türflügel und schaltet das Licht ein. Er deaktiviert die Alarmanlage. Er meint, das leise Huschen von Krallen auf Beton zu hören und ein Geräusch, als würde etwas – vielleicht der weggeworfene Deckel einer Farbdose – ein winziges Stück verschoben. Ein kurzes, deutliches Schaben.

Der Roder steht halb im Dunkeln wie ein großes schlafendes Untier, doch als der Mann den zweiten Türflügel öffnet und die Sonne hereinfällt, um den Glanz der roten Lackierung voll zum Leuchten zu bringen, ist es fast so, als würde sich die Bestie bewegen, als erwache sie nach einem längeren Schlaf wieder zum Leben. Die Maschine erinnert ihn an mythische Wesen, an wuchtige Ungetüme aus Kinderbüchern. Drachen und Greife und Phönixe, in Mechanik gegossen.

Jeden Morgen fühlt er sich in Gegenwart des Roders winzig klein und empfindet eine stille Ehrfurcht vor den zehntausend Bestandteilen, die in die Erschaffung dieses Geräts eingeflossen sind, das komplizierter und komplexer ist als ein menschliches Skelett.

Der Mann holt seinen Schlüsselbund hervor und klettert in die Fahrerkabine. Er startet den Motor. Er spürt, wie die automatisierten Vibrationen durch sein Innerstes aufsteigen.

Der Junge trippelte mit kleinen Seitenschritten die Böschung hinunter. Plastik. Überall war Plastik: ragte wie frische Triebe aus der Erde und wand sich um uralte und verschlungene Wurzeln.

Er rutschte ein Stück, fing sich dann und wendete wie ein Skiläufer, der die unteren Hänge der Eiger hinabfährt.

Er hätte in der Schule sein sollen, doch stattdessen war

er draußen, in der grünen Kathedrale des alten Waldes. Hier hatte er das Gefühl, Dinge zu lernen, wichtige Dinge über Wachstum und das Leben und die Unabwendbarkeit des Todes. Im Vergleich zu einem solchen Unterricht kam es ihm wie eine sinnlose Ablenkung vor, etwas über Mathematik und längst begrabene Monarchen zu lernen.

Die alte städtische Müllhalde lag in einer jetzt überwucherten Lichtung des bewaldeten Berghangs, wo es schien, als fochten die Natur und die weggeworfenen Gegenstände des Menschen einen fortwährenden Kampf miteinander aus. Abfall, der zwei oder drei Jahrzehnte zuvor von Tiefladern und aus Containern gekippt, aus Kofferräumen und Schubkarren geholt und in die große Grube geworfen worden war, um dann unter einer dünnen Lage Erde begraben zu werden, kam langsam wieder an die Oberfläche. Der Regen in all den Jahren hatte den Lehm weggespült und eine Schicht aus einstmals gelebten Leben freigelegt: ein Nachlass von Hausmüll, der wie ein groteskes Beet aus Blumensträußen erblühte. Zerbrochenes Porzellan und alte Bierdosen mit Markenaufdrucken aus einer anderen Zeit, Glasflaschen mit Bügelverschlüssen statt Kronkorken. Der Junge sah Fetzen von Abdeckplanen und vereinzelte Schuhe.

An anderen Tagen schien es, als würde der Boden alles verschlingen, es wie Treibsand in die Tiefe ziehen. Die verfüllten Grubenschächte, die bekanntermaßen hier einstürzten, bewiesen, dass der Untergrund die Fähigkeit besaß, sich zu bewegen, dass er ein durchlässiges und amorphes Gebilde mit einem Eigenleben war. Deshalb galt der Wald jetzt als Gefahr und war dauerhaft für die Öffentlichkeit gesperrt.

Dieser Bereich gehörte nun den Nesseln und dem Efeu. Der

Wald gehörte dem Springkraut und dem Kreuzkraut und den Tieren.

Der Junge hatte da oben Rehe und Füchse gesehen. Er hatte ein brütendes Rabenpaar gesehen, Eulen, Dutzende Eichhörnchen und Kaninchen und einmal, in der Abenddämmerung, einen Dachs. Am verbreitetsten waren die Ratten, die in den Spalten und Hohlräumen der Müllhalde nisteten. Anfangs waren sie von weggekippten Eimern mit Fett aus der Schulküche und stinkenden Schlachtereiabfällen angelockt worden, jetzt tummelten sie sich in einem Reich, wohin sich kaum einmal ein Mensch verirrte.

Es gab noch immer Dinge, die von den wenigen gefunden wurden, die nach ihnen suchten, Artefakte einer sich verändernden Welt. Alte Uhren und Einmachgläser und Murmeln und Kinderwagenräder, mit denen der Junge sich eine Seifenkiste bauen konnte, oder Wäscheständer und verrostete Fahrradketten, die als Waffen taugten, oder Teetabletts zum Rodeln, wenn es schneite. In einem Karton unter seinem Bett bewahrte er seine Schätze auf. Münzen und Glasperlen und ein großes Taschenmesser, die Klinge schartig und grün angelaufen.

Der Junge ging zum äußersten Ende der Müllhalde. Mit einem Stock stocherte er in der Erde. Er sah Sprungfedern und verfilzte Lappen mit Blümchenmuster und gebrochene Knöpfe. Er sah noch mehr Flaschen, umgedreht. Sie erinnerten ihn an Straußenvögel.

Er trat zwischen die Plastikteile von einst nützlichen Dingen, jetzt zerbrochen und verstreut, und einen Stapel Zeitungen, zu einem kissengroßen matschigen Berg verklebt, die Farben vom Regen zerlaufen und die Wörter in die Geschichte hinein verwischt. Es gab Ballastsäcke voller Beton, in seltsamen skulpturartigen Verformungen erstarrt. Gelbe Gummihandschuhe und Dachschieferplatten. Verbogene Reifen. Leere Spraydosen. Zerbrochenes Geschirr und verzogene Tupperbehälter. Eine Rolle Polizeiabsperrband. Ein Kabelknäuel.

Irgendetwas an der Form eines matten und verrosteten Metallteils, das aus der Erde ragte, weckte die Neugier des Jungen. Als er mit dem Fuß dagegentrat, gab es etwas nach, aber dabei ging sein Turnschuh auf, und er musste ihn wieder zubinden. Er versuchte erneut, es freizubekommen, und es lockerte sich weiter. Es schien Teil von etwas Größerem zu sein. Doch als er es mit beiden Händen packen konnte und ganz fest zog, als wollte er Möhren ernten, löste es sich plötzlich aus der Erde, und er taumelte ein paar Schritte rückwärts.

Der Junge drehte es um. Er sah, dass es zwei Bügel hatte. Die Bügel waren gezahnt, und die Zähne waren eingerastet, und der Junge war froh. Es hatte einen lose baumelnden Stift und eine Metallscheibe zwischen den Bügeln. Das Ganze wurde von einem Rahmen zusammengehalten.

Die Vorrichtung strahlte etwas Bösartiges aus. Die Jahre in der Erde hatten sie nicht ihres Gewaltpotenzials beraubt. Der Junge hatte das Gefühl, in Gefahr zu sein, indem er sie bloß in den Händen hielt, so ganz allein da im Wald. Aber er empfand auch Aufregung.

Tausend Morgen umgeben den Mann, und die Ernte läuft gut. Die Kartoffeln kommen leicht hoch, und er sieht, dass es sein Jahr sein wird. Eine Zeit der Fülle. Letztes Jahr hat Braunfäule die Ernte vernichtet – sie in einen infizierten Matsch verwandelt, den er nicht mal an Schweine verfüttern würde –, jetzt jedoch ist das Wetter auf seiner Seite.

Letzte Woche regnete es in Strömen, und noch gestern hingen die Wolken so niedrig, dass der Mann schon fest mit weiterem Starkregen rechnete, der die tiefen Kartoffelfurchen aufweichen würde. Doch es blieb trocken, und jetzt sitzt er oben in der Maschine, die spinnenartig über das Feld kriecht.

Der Kartoffelroder leistet die Arbeit von achtzehn Männern. So viele waren vor fünfzig Jahren erforderlich, als sein Vater diese Felder bewirtschaftete und abends zu Hause schon bei seiner ersten Selbstgedrehten vor Erschöpfung einschlief. Inzwischen pflügen und eggen und ernten die meisten Kartoffelbauern allein, arbeiten wortlos wie einsame Seefahrer auf ihren weiten Binnenmeeren aus Erde.

Der Mann kontrolliert das Bedienfeld, überprüft immer wieder Schalter und liest Anzeigen ab, um sicherzugehen, dass der Roder in der Spur bleibt und sich parallel zum Feldrand bewegt. Koordinaten auf einem GPS-Touchscreen leiten ihn.

Die Maschine brummt und summt und surrt, während mechanische Greifer die Erde durchkämmen wie ein Pflug hinter einem Ochsengespann, aber wesentlich schneller und gründlicher und ohne Schwielen oder überanstrengte Muskeln. Zwei Förderbänder heben, sieben und sortieren die Kartoffeln. Ein Knopfdruck befördert sie per Gummifließband ins Herz der roten Metallbestie, von wo sie hinten in einen Vorratsbunker fallen, der bis zu sechs Tonnen aufnehmen kann. Zu kleine Kartoffeln und Steinchen und Erdklumpen werden durch Netze ausgesiebt, während der Screen laufend Daten zur Ernte liefert. Auslastung der Lagerkapazität. Nettogewicht. Ertrag.

Unsichtbare Dreschmesser trennen das Kraut von den Knollen.

Früher musste ein Krautschneider vor einen Traktor montiert und durch die Kartoffelfelder geschoben werden, aber die Zeiten sind vorbei. Das große rote Untier erledigt auch das. Und hinterher, nach getaner Arbeit, wird die Maschine ihre Gliedmaßen anlegen. Der Druck eines anderen Knopfes wird dafür sorgen, dass ausgefahrene Teile eingezogen und zusammengeklappt werden, kompakt verstaut.

Die Maschine kostet mehr als ein durchschnittliches Einfamilienhaus.

Der Anblick, wie Tausende erdfleckige Kartoffeln das Fließband hinaufhüpfen und -kullern, ist für ihn hypnotisch. Versetzt ihn in Trance. Er sieht sie als Menschen. Er sieht sie als Köpfe. Sie lassen ihn an Flughäfen und Bahnsteige und London zur Rushhour denken.

Die Sonne steht jetzt hoch, und eine Biene ist bei ihm in der Kabine eingesperrt, aber sie stört ihn nicht, also stört er sie nicht. Er lässt sie träge gegen die Scheibe fliegen und schiebt den Ellbogen aus dem Fenster, beobachtet die rollenden Kartoffeln und spürt das dumpfe Rumpeln seiner Ernte in dem Vorratsbunker, der Klang von organischer Materie auf Metall. Heute gibt es kein schöneres Geräusch.

Der Mann erreicht das Ende von Reihe drei und wendet im weiten Bogen, sieht die Krümmung des Feldes leicht nach rechts abfallen und die Sonne noch höher steigen, und er gibt sich dem Ritual der Jahrhunderte hin.

Der Junge wartete bis zum Abend, um seinen Vater zu fragen, was es war. Er glaubte, es bereits zu wissen, wollte aber Bestätigung.

Nach dem Essen, mit einer Tasse Tee und einem lodernden Feuer im rauchgeschwärzten Kamin, war der richtige Moment, ihn anzusprechen.

Sein Vater war den ganzen Tag draußen auf dem Feld gewesen, und ihm sank schon das Kinn auf die Brust.

»Dad. Weißt du, was das ist?«

Sein Vater blickte auf, die Augen nach zwölf Stunden in dichten Wolken aus Staub und Spreu rot umrandet, und einen Moment lang starrte er seinen Sohn bloß an, als wäre er gar nicht da, dann blinzelte er und streckte die Hand aus.

Der Junge reichte ihm das schwere verrostete Ding.

Sein Vater nahm es und drehte es um. Mit dem runden Ende seines Teelöffels kratzte er etwas Rost ab.

»Das ist ein Tellereisen«, sagte er.

»Tellereisen?«

»So nennt man die. Eine Tierfalle.«

Der Junge wischte sich mit dem Handrücken die Nase ab.

»Die wurden aus geschmiedetem Stahl gemacht«, sagte sein Vater. »Woher hast du die?«

»Von der Müllhalde.«

»Die sind verboten. Und ich hab dir gesagt, du sollst nicht dahin.«

»Warum sind sie verboten?«

Sein Vater legte die Zigarette weg. Er fuhr mit den Fingern über die Metallzähne und versuchte dann, die Bügel auseinanderzuziehen.

»Muss geölt werden.«

»Warum sind sie verboten, Dad?«

»Weil sich die Menschen geändert haben«, sagte er. »Früher waren die Dinger erlaubt. Es gab mal eine Zeit, da hatte jeder Jäger und jeder Farmer ein paar von denen zu Hause – zumindest diejenigen, die keine Kaninchen in ihren Feldern haben wollten. Der Schmied hat sie hergestellt. Waren mal so verbreitet wie Steckrüben, diese alten Tellereisen.«

»Dann sind die dafür gedacht? Um Kaninchen zu fangen?«

»Hauptsächlich, aber die Dinger schnappen sich alles, was ihnen zu nahe kommt. Und dann haben die Leute angefangen, Kaninchen als Haustiere zu halten. Sie haben sie ins Herz geschlossen und immer öfter über Sachen gejammert, von denen sie keine Ahnung hatten. Du weißt ja, wie die sind, die Städter und die Zugezogenen. Die in den Siedlungen.«

Sein Vater zog ein finsteres Gesicht, als er das sagte. Jede Erwähnung der Neubausiedlungen machte ihn wütend, und sobald ihm das Wort über die Lippen kam, nickte er in Richtung der neuen Häuser, die eine halbe Meile entfernt gebaut worden waren. Der Junge war dazu erzogen worden, sie mit Misstrauen, Ablehnung und Verbitterung zu betrachten. *Die Siedlungen*, das war ein Schimpfwort, schlimmer als alle anderen.

Weil die neuen Häuser mit ihren akkurat gemähten Rasenflächen und den Straßen, die nirgendwohin führten, nur immer im Kreis, eindeutig das langsame Sterben der Landwirtschaft ankündigten. Laut seinem Vater waren sie ein weiterer Schlag ins Gesicht der Farmer, deren Grundstücke aufgeteilt und verkauft wurden, um unter Teer und Asphalt begraben zu werden.

»Seit wann sind die verboten?«

Sein Vater nahm seine Zigarette und zog daran, dann legte er sie wieder auf den Rand des Aschenbechers.

»Seit zehn oder zwanzig Jahren, schätze ich. In den Fünfzigern.«

»Ist es was wert?«, fragte der Junge.

Sein Vater gab ihm das Tellereisen zurück. »Wahrscheinlich keinen müden Heller. Schmeiß es weg.«

»Denkst du, wir könnten es wieder funktionstüchtig machen?«

»Mit so was spielt man nicht rum. Das ist gefährlich.«

»Wir könnten es in der Siedlung aufstellen«, sagte der Junge.

Sein Vater griff wieder nach der Zigarette und lächelte. Es war ein dünnes, wässriges Lächeln, aber immerhin ein Lächeln. Er lehnte sich im Sessel zurück.

»Hol mir mal die Ölkanne und einen Lappen aus dem Schuppen«, sagte er. »Und bring meinen Hammer mit.«

Möwen folgen dem Roder, suchen nach Würmern. Sie verharren in der Luft, rangeln miteinander, bevor sie eine nach der anderen herabstoßen.

Dicke, lang gestreckte, sich windende Stränge hängen aus ihren Schnäbeln, wenn sie auf und davon fliegen, und dann stürzt sich die nächste wirre Phalanx aus kreischenden Vögeln herab.

Das Meer ist dreißig Meilen weit weg, aber sie kommen trotzdem bis hierher.

Der Mann achtet nicht auf sie. Er beobachtet die Anzeigen und raucht eine Selbstgedrehte, die er zwischen zwei vergilbten Fingern der linken Hand hält. Die andere lässt er aus dem

Fenster baumeln. Falls sich das Wetter hält, wird sein Arm am Ende der Erntezeit tiefbraun und mit einem von der Sonne gebleichten blonden Haarflaum bedeckt sein. Der Hautton eines echten Farmers.

Er lässt das Untier die ganze Arbeit machen, das gierig die Knollen aus dem gefurchten Acker rafft und sortiert. Es sind Maris-Piper-Kartoffeln, die Besten, die es gibt. Er wird einen Spitzenpreis dafür bekommen, und Ende September wird er irgendwohin weit weg reisen.

Nach der zehnten Wende erlaubt sich der Mann den Luxus, seine Gedanken schweifen zu lassen. Er stellt sich eine Restaurantterrasse mit Blick aufs Meer vor. Wellen, die sich sanft am Ufer brechen. Ein Glas Bier. Es ist so kalt, dass Kondenswasser daran perlt. Er nimmt es und trinkt einen Schluck. Leert es. Winkt dem Kellner, ihm noch eins zu bringen.

Das Untier ruckelt, und ein Geräusch ist zu hören, von dem er instinktiv weiß, dass es falsch ist. Ein Beben und dann ein mahlendes Knirschen, das das tiefe Brummen des Motors und das dröhnende Rumpeln der fallenden Kartoffeln übertönt.

Der Mann stoppt die Maschine, lässt aber den Motor laufen, um die programmierten Einstellungen beizubehalten. Er wirft seine Zigarette weg und steigt aus der Kabine. Er sieht den Möwenschwarm hinter dem Roder und dann etwas – er vermutet einen dicken Stein –, das die Messer auf der Beifahrerseite blockiert. Er ragt halb aus dem Boden, ein kleiner Felsbrocken, der noch nicht komplett eingeklemmt ist und der gut erreichbar zu sein scheint.

Der Mann geht in die Hocke, legt sich dann auf den Rücken und zieht ein Bein an. Er tritt gegen den Stein, der sich leicht bewegt. Er holt erneut aus und tritt fester zu, doch diesmal bewegt sich der Brocken nicht. Der Mann blickt hoch und kann durch die Maschine hindurch Tageslicht sehen. Er kann einen klaren blauen Himmel sehen, durchzogen von einem einsamen Kondensstreifen, der sich ausweitet und in der Ferne verblasst.

Er klettert zurück in die Kabine und holt eine Heugabel, und dann kriecht er unter die Maschine und stößt und stochert, aber der Stein lässt sich nicht bewegen, also klettert er seitlich um die Kabine herum und vorne auf die Maschine. Sie ist poliert. Blank gewienert. Die Sonne schimmert darauf. Die Maschine ist schön. Sie schnurrt.

Der Mann sieht den Stein im Krautschneider. Er dreht die Heugabel herum und rammt sie nach unten, und er trifft den Stein, und der gibt nach, doch durch die Bewegung rutscht der Mann weg, und sein Schwerpunkt ist etwas Vages, denn da reißt irgendetwas am Saum seines Hosenbeins. Es zerrt und zieht, und er spürt, wie sein Fuß zermalmt und zusammengequetscht wird, wie die letzte Windung beim Aufrollen einer Zahnpastatube. Der Schmerz entführt ihn auf einen anderen Planeten.

Dennoch gibt er keinen Laut von sich, als er das andere Bein hebt und sich dreht und krümmt, versucht, sich zu befreien, doch das scheint ihn nur noch tiefer hineinzuziehen, als die Messer des Krautschneiders erst das eine, dann das andere Bein auffressen. Die Maschine zerhackt seine Schienbeine und Oberschenkelknochen, und jetzt schreit der Mann und windet sich, und dann klappt eine Sicherungsvorrichtung herunter, und die Messer verlangsamen sich auf halbe Geschwindigkeit und bleiben dann stehen, und seine Beine sind eine längliche breiige Masse aus Muskeln, Bändern und Sehnen, die sich gut einen Meter tief in den Bauch des Untiers erstreckt.

Die Möwen schweben hoch über ihm, als er zuerst Blut und dann das Bewusstsein verliert.

Der Junge durfte nicht schon wieder die Schule schwänzen, deshalb stand er früh auf, trank leise Milch aus der Flasche und steckte eine der Capstan-Zigaretten seines Vaters ein. Die Vögel sangen, als er aus dem Haus trat, und der Tag war bloß ein schmaler, löchriger Streifen am Saum des dunklen Himmels.

Er hatte die geölte Falle in einen alten Lappen gewickelt und trug sie fest unter den Arm geklemmt. In seiner Tasche war ein Brötchen. Er ging durch die leeren Straßen, und er pfiff vor sich hin, während die Sonne sich über den Himmel breitete und der Tag geboren wurde, als wäre es das allererste Mal.

Er würde der Stadt einen Gefallen tun, wenn er die Müllhalde von Ratten befreite, dachte er. Ein oder zwei Ratten pro Tag wären schon eine ganze Menge, wie auch immer man es betrachtete.

Er stieg auf einen Zaun und sprang hinein in den reglosen und stillen Wald.

Als der Junge sich der alten Müllhalde näherte, schwebte ein geisterhafter Dunst in der Luft, und die Bäume waren so hoch wie Kirchtürme.

Er wickelte das Tellereisen aus, ging in die Hocke und schob den Daumen in die Federöse, drückte dann den Spannhebel mit dem Fuß nach unten und hielt ihn fest. Er brauchte seine ganze Kraft, um die Fangbügel auseinanderzudrücken. Er blockierte sie mit einem Stein, während er den Sicherungshaken einrasten ließ. Ohne die Falle aus den Augen zu lassen, tastete der Junge nach einem Stock, und als er einen gefunden hatte, klopfte er damit sachte auf den verrosteten Teller und – *schnapp*. Er zuckte zusammen, als die Fangbügel blitzschnell zusammenschlugen und den Stock glatt durchtrennten, die Zähne fest ineinander verbissen.

Die Brutalität der Falle war bestürzend und aufregend zugleich. Er wollte sie sofort noch einmal in Aktion sehen, also machte er noch einen Testlauf und beköderte sie dann mit Brot und entfernte sich mit Rückwärtsschritten, für den Fall, dass sie durch seine Bewegung ein drittes Mal ausgelöst würde.

Er setzte sich auf eine feuchte Matratze und holte die Zigarette hervor. Von hier aus konnte man durch die Bäume bis zu dem Flickenteppich von Feldern weiter unten im Tal sehen, wo sein Vater arbeitete. Die Zigarette war geknickt, aber nicht zerbrochen. Der Junge zündete sie an und inhalierte. Hustete. Er lernte noch, wie man raucht, und war am liebsten dabei allein. Außerdem wurde ihm davon schlecht und schwindelig. Er rauchte sie halb, drückte sie dann vorsichtig aus und steckte den Rest wieder ein.

Der Junge beobachtete die Falle noch ein bisschen länger. Der Wald war leise und ruhig, und obwohl er sich am liebsten ausgestreckt hätte und ewig hier liegen geblieben wäre, stand er auf, reckte sich und machte sich widerwillig auf den Weg zur Schule.

Als der Mann erwacht, ist alles still, und die Sonne scheint ihm ins Gesicht. Die Sonne blendet ihn. Es sind keine Vögel da, und seine Beine sind bis zum Oberschenkel zerstört. Sie sind zertrümmert und blutig, und sie tropfen.

Die Zeit wird jetzt zu etwas Neuem, das es zu bedenken gilt. Sie ist zu einer abstrakten, auf Schmerz basierenden Konfiguration rekalibriert worden.

Der Mann zittert unkontrolliert, und ihm ist kalt, und er kommt sich dumm vor, wie er da aufrecht in der Maschine hängt, wie eine im Toaster verklemmte Scheibe Brot oder ein alter Kontoauszug, der im Büro-Reißwolf festsitzt. Er hasst sich dafür, dass ihm das passiert ist. Dass er seine eigene Demütigung fabriziert hat.

Früher wären noch andere Männer hier gewesen. Landarbeiter und Erntehelfer. Es wäre ein Team da gewesen, doch jetzt gibt es nur eine Maschine, und die Maschine kontrolliert ihn, und niemand kann sein gepresstes Stöhnen und trockenes Würgen hören.

Der Mann spürt, wie die tausend Morgen englische Erde anfangen, um ihn herum zu kreisen. Er ist das Epizentrum einer Fliehkraft, von der die Landschaft und auch der Planet angetrieben werden, während der Boden rotiert. Er würgt, als etwas Bitteres in seiner Kehle aufplatzt. Er will ausspucken, besabbert sich aber stattdessen das Kinn. Etwas Nasses bleibt einen Moment dort hängen, ehe es auf sein Arbeitshemd tropft.

Schon allein die Bewegung eines Augenlids verstärkt seine Qual, und das Atmen lotet die Tiefen dieser Schmerzquelle aus. Doch er muss atmen, also konzentriert er sich darauf: einatmen und dann ausatmen. Es ist das Komplizierteste, was er je in seinem Leben tun musste. Einatmen und dann ausatmen. Jeder Atemzug ist ein Jahrhundert der Schmerzen, doch nicht so quälend wie die Erkenntnis, dass er vielleicht nie gefunden wird, dass die Sonne sich über den Himmel bewegen wird, dass der Tag zur Nacht und die Nacht wieder zum Tag werden wird und dass niemand ihn vermissen wird, und schließlich wird er verfaulen, und die Maschine wird jahrzehntelang hier mitten auf dem Feld stehen und vor sich hin rosten, ein Relikt für zukünftige Zeiten.

Die Möwen, die verschwunden schienen, sind jetzt zurückgekehrt. Der Mann kann sie hinter sich hören, zuerst, als sie sich um Würmer zanken, und dann noch lauter, als sie von einer ungestümen Krähe gestört werden, die wie eine schwarze vom Wind verwehte Serviette zwischen ihnen landet.

Der Motor summt im Leerlauf.

Die Dämmerung hatte sich wie ein Vorhang über den Wald gesenkt.

Das hartnäckige dünne Pochen eines Spechts in der Ferne klopfte einen Rhythmus, der durch die Baumsäulen hallte, als der Junge über die Müllhalde zu der Falle ging.

Der Abend war vollkommen still, bis sich etwas Rundes vor ihm aufzubäumen schien, ein plumpes Ding, zehn Meter von der Stelle entfernt, wo er die Falle aufgestellt hatte. Es war ein Dachs, die Zähne gebleckt.

Der Junge blieb stehen und hielt den Atem an, und dann suchte er sich einen Stock und ging langsam auf das Tier zu. Es zog den Kopf ein und krümmte sich zusammen. Sein rechtes Vorderbein war zwischen den Fangbügeln des Tellereisens eingeklemmt, dicht an seinem Kniegelenk.

Als der Junge näher kam, keckerte der Dachs. Es war ein diabolischer Laut reiner und geballter Angst.

Er hatte Blut um die Schnauze. Das Fell dort war verfilzt. Verklebt. Mit weit aufgerissenen Augen versuchte der Dachs zu fliehen, doch die Falle hielt ihn am Boden fest, und er konnte sie nur hilflos ein Stück hinter sich herschleifen. Der Junge sah eine weitere Blutspur, die sich über die Müllhalde zog.

Jetzt erst bemerkte er die ausgefranste Wunde unter den Zähnen der Fangbügel – ein gutes Stück tiefer, Richtung Fuß. Die konnte nicht von der Falle stammen. Der Junge schaute genauer hin und sah das Blut und die scharfen Zähne und die Augen des Dachses, und dann begriff er.

Diese Wunde stammte von dem Tier selbst. In seiner Verzweiflung versuchte es, seine eigene Pfote abzubeißen. Tief in dem warmen, nassen Rot der selbst zugefügten Wunde, die der Anfang einer Amputation war, konnte der Junge Knochen sehen.

Er fuhr herum und rannte und rannte immer weiter.

Die Sonne hat die Leiter des Himmels erklommen, und dem Mann brennt der Kopf von ihrem stechenden Licht. Seine juckende Kopfhaut macht ihm jetzt mehr zu schaffen als seine zerstörten Gliedmaßen.

Es muss kurz vor Mittag sein, schätzt er, so gut es ihm ohne Uhr möglich ist.

Vielleicht, weil sie woanders eine bessere Futterstelle erahnen – der Mann stellt sich einen aufsteigenden Heringsschwarm vor, der die Oberfläche der Nordsee silbern sprenkelt –, haben die Möwen ihn wieder verlassen, und das Feld ist still.

Er hat sich noch nicht getraut, nach unten zu blicken, aber als er sich endlich dazu zwingt, sieht er, dass seine Hüfte normal ist, doch unterhalb davon, zwischen den Lücken in der metallenen Maschinerie, ist eine zerfledderte, lose baumelnde Masse. Er kann Sehnen und Blut und Fetzen sehen, und keine Füße, und da erst erinnert sich der Mann an den Dachs seiner Kindheit.

Da erst erinnert er sich an den Ausdruck in den Augen des Geschöpfs vor so vielen Jahren, als es sich im Dreck der Müllhalde krümmte und wand. Und an das Geräusch, das es machte: das Jaulen eines in die Enge getriebenen und panischen Wesens.

Er hört es erneut, als er seine Lunge weitet und das gleiche Jaulen aus ihm herausbricht. Hört es, gefangen im Bernstein des Augenblicks.

Der Vater schlug den Jungen, und sobald der Junge nicht mehr weinte, nahmen sie Taschenlampen und gingen schweigend die Straße hinunter und dann auf den Trampelpfad. Nachts trug der Wald eine andere Maske. Er war ein geisterhafter Ort, erfüllt von Knarren und Ächzen und warnenden Schreien von Tieren. Einmal brach etwas Lautes aus den Ästen über ihnen, verschwand aber, ehe das Licht ihrer Taschenlampen es erfassen konnte. Später meinte der Junge zu spüren, wie irgendetwas im Gehen seine Schienbeine streifte, aber er traute sich nicht, es zu erwähnen.

Er führte seinen Vater den Hang hinab zur Müllhalde, und dort angekommen, leuchtete er mit seiner Taschenlampe, und noch bis zu diesem letzten Moment hoffte er, dass das Tier nicht da sein würde – dass es sich irgendwie hatte befreien können oder, noch besser, dass irgendwer es für sie befreit hatte –, und für einen kurzen Moment schien es, als wäre es fort, doch dann sah der Junge, dass es die Falle zu der Stelle zurückgeschleppt hatte, wo er sie anfangs aufgestellt hatte.

Der Dachs war müde. Sein Kampfeswille erlahmte, doch ihre Ankunft schürte in ihm einen letzten Anfall von Panik, und er duckte sich und stieß einen durchdringenden Laut aus. Es war ein verzweifeltes Jaulen, begleitet von einem rasenden Kratzen in der Erde.

Zwei metallisch blaue Augen stierten in die Lichtquelle, als sein Vater fest eine Hand auf die Brust des Jungen drückte und sagte: »Warte hier – und leuchte ihn weiter an.«

Der Junge tat wie geheißen, bis sein Vater den schweren Schraubenschlüssel hoch über den Kopf hob, und dann ließ er die Taschenlampe fallen, und alles wurde dunkel.

Die Folksängerin

Der Himmel spannt sich straff über der Stadt. Er hat einen eigenartigen Farbton, und die Luft ist aufgeladen. Ein Gewitter naht, und die Wolken türmen sich auf.

Er ist ungewöhnlich früh da und sucht sich einen Platz mit Blick auf die Straße, damit er sich ihren Gang ansehen, sie ohne den Vorwand des Interviews beobachten kann. Er sitzt eine Minute lang da und befindet dann, dass sie sich zur Schau gestellt fühlen könnte, wie Fleisch in der Auslage einer Metzgerei, also setzt er sich an einen Tisch weiter hinten, in der dunkleren Ecke des Cafés.

Er hat sieben Postleitzahlbereiche durch- und einen Fluss überquert, um hier in West London zu sein. Unbekanntes Terrain.

Das Café war der Vorschlag ihres Managers. Er hatte gesagt, es liege ganz in der Nähe ihrer Wohnung, und sie würde sich dort entspannt fühlen. Sie gab seit einiger Zeit nur noch selten Interviews. Sie sei nervös, hatte der Agent gesagt. Außerdem war das Wort *zurückhaltend* gefallen.

Der Journalist legt sein Notizbuch parat, checkt seinen Kassettenrekorder. Er bestellt einen Kaffee und ein Glas Wasser. Er öffnet eine Packung starke Pfefferminzbonbons und schiebt sich eins in den Mund, beißt aber unwillkürlich auf

Anhieb darauf, und die scharfen süßen Bröckchen bleiben ihm im Hals kleben. Er hustet, als die Folksängerin eintrifft. Er trinkt Wasser, als sie auf ihn zukommt.

Sie gleitet.

In natura ist sie kleiner. Das sind sie seiner Erfahrung nach meistens – fast jeder Popstar, den er je interviewt hat.

Sie begrüßen sich mit einem missglückten Handschlag – er drückt zu fest zu, und sie zuckt zusammen, zieht die Hand zurück und geht dann wortlos zur Theke, um sich einen Kaffee zu bestellen.

Sie sieht älter aus als auf den Fotos, die ihm so vertraut sind. Das sollte ihn nicht überraschen – sie ist seit Jahren aus dem Blickfeld der Öffentlichkeit verschwunden. Sie tritt nicht mehr im Fernsehen auf, und ganz selten bringen Zeitschriften eine Retrospektive, wenn tatsächlich einmal was von ihr veröffentlicht wird, meistens die Neuauflage eines alten Albums. Aber ihr berühmter Körperbau ist noch immer hinreißend, und ihre kobaltblauen Augen leuchten im intensivsten Blau, das er je gesehen hat. So unheimlich blau, dass es ihm schwerfällt, sie direkt anzusehen.

Sie trägt eine muskatfarbene Bluse und mehrere Seidenschals trotz des schwülen Augustnachmittags.

Sie ist eine attraktive Frau.

Der Journalist fragt sich, ob sie attraktiv ist, weil sie sie ist, die Folksängerin, mit deren Musik er aufgewachsen ist, deren Stimme eine Ära geprägt hat, und ob diese Attraktivität lediglich auf Wiedererkennen und Bewunderung beruht, so ähnlich wie er einmal eine etwas unerwartete Schwärmerei für Germaine Greer entwickelte, nachdem er sie auf dem

Markt in Brixton gesehen hatte, als sie geistesabwesend ein Croissant zerrupfte. Oder liegt es einfach daran, dass das Alter einer schönen Gestalt und aparten Wangenknochen nie so wirklich etwas anhaben kann – dass es die Farbe rissig werden lassen kann, aber nicht die Leinwand?

Ihre Armreifen klimpern, als sie sich setzt. Der Kaffee wird gebracht, und sie dankt dem Kellner, spricht ihn mit Vornamen an. Einen flüchtigen Moment lang hat der Journalist das losgelöste Gefühl, jemandem gegenüberzusitzen, der ihm zutiefst vertraut und doch völlig unbekannt ist: eine intime Fremde. Die meiste Zeit seines Lebens war sie eine Stimme in einer kreisenden Rille auf altem Vinyl und ein halbes Dutzend kultige Werbefotos. Ein in die Jahre gekommener Clip auf YouTube. Ihre Beziehung war eine Einbahnstraße – er konsumierte sie –, und jetzt flattert dieses seltsame Gefühl in Richtung Beklemmung. Als würden ihm Finger von unten gegen das Brustbein klopfen; eine Schärfung der Sinne und zugleich eine entwaffnende geistige Leere.

Die Folksängerin setzt ihre Brille auf und blickt ihn an, sieht ihn zum ersten Mal. Ihr Gesichtsausdruck ist neutral, und ihre Ohrringe sind zwei Miniaturpfauenfedern. Eine auf jeder Seite.

Ein zusätzliches Augenpaar, das ihn beobachtet.

»Glückwunsch zu Ihrem neuen Album«, sagt er, weil er irgendwas sagen muss. Selbstverständlich ist es sein Job, das Gespräch zu eröffnen. »Gefällt mir sehr.«

»Danke. Aber Sie müssen das wirklich nicht sagen.«

»Nein, es hat mir ehrlich gefallen.«

Sie nickt. »Das klingt, als wären Sie selbst erstaunt darüber?«

»Nein, es ist nur so, dass manche alte –«

Er kann sich gerade noch bremsen.

»Ich meine, wer eine so lange Karriere hatte wie Sie –«

»So lang war die gar nicht. Das meiste ist in einen Zeitraum von zehn Jahren gequetscht.«

»Die Siebziger?«

»Mehr oder weniger. Fing gegen Ende der Sechziger an und ging bis Anfang der Achtziger.«

»Interessant, dass Sie das sagen, weil ich Sie fragen wollte, wann Sie den Song geschrieben haben, der –«

»Wenn ich Sie da kurz unterbrechen darf. Ich glaube nämlich, dass ich weiß, was jetzt kommt.«

»Tatsächlich?«

»Ja. Wissen Sie, wie viele Songs ich aufgenommen habe?«

»Nein. Sehr viele, denke ich.«

»Mein Manager weiß es. Er sagt, es sind zweihundertvierundzwanzig. Das umfasst Singles, Alben, Coversongs, Background-Gesang, Jingles. Alles, was Tantiemen bringt.«

»Das ist beachtlich.«

»Es ist beachtlich. Und wissen Sie, zu wie vielen davon ich irgendwas gefragt werde?«

Er zögert. »Verstehe.«

»Zu einem«, fährt sie fort. »Zu einem einzigen Song. ›We Walk Through the Woodlands‹. Danach wollten Sie fragen, hab ich recht? Nach dem *verdammten* ›We Walk Through the Woodlands‹.«

Er hält einen Moment inne, um seine Gedanken neu zu ordnen.

»Aber finden Sie es denn nicht naheliegend, dass man nach diesem speziellen Song fragt? Er ist praktisch die Hymne der Folk-Welt, und die Leute werden ihn noch in hundert Jahren singen. Es gibt sehr wenige andere Songs, über die ich das sagen könnte.«

»Tja. Das werden wir beide wohl nie wissen.«

»Es muss Ihnen viel gebracht haben.«

»Sie meinen, finanziell?«

»Nun ja. Das auch.«

»Wahrscheinlich nicht so viel, wie Sie denken. Ich bin am Gewinn nur beteiligt.«

»Aber Sie waren nie gezwungen zu –«

Wieder unterbrach sie ihn. »Arbeiten? Ich hatte jedenfalls nie einen richtigen Job, wie zum Beispiel die Musik anderer Leute zu kritisieren, falls Sie das meinen.«

Sie ändern sich nie, denkt sie. Nicht wirklich. Erstens sind sie alle männlich. Immer. Und sie haben ein gewisses Auftreten. Nervös und ernst. Sie möchten unbedingt Eindruck machen, das ja, aber in ihrer Gesprächsführung schwingt stets eine fast streitlustige Pedanterie mit. Sie sind informiert, kennen Fakten und Daten und Studiomusiker und Chartplatzierungen – den geistigen Müll einer Patchwork-Karriere, der sie nie genug interessiert hat, um ihn sich zu merken.

Außerdem wissen sie noch immer nicht, wie man sich kleidet. Sie sieht, dass der Journalist als kleines Zugeständnis an die Etikette ein Hemd angezogen hat, aber es ist zerknittert und sitzt schlecht, frisch aus einer tristen Einzimmerwohnung in einer billigen Gegend.

Und sie leben in ihrer eigenen Welt, diese Jeans-und-T-Shirt-Männer. Musik ist ihr ein und alles. Und wäre es nicht

Musik, würden sie sich garantiert mit dem gleichen Sammler- und Katalogisierungswahn auf irgendetwas anderes fixieren. Angeln, Autos, Fußball. Pornografie, vielleicht. Ihrer Erfahrung nach ist allen Musikjournalisten ein Hang zur Pingeligkeit gemein.

So waren sie schon in den frühen Siebzigern. Damals musste sie eine scheinbar endlose Parade von ihnen über sich ergehen lassen. Alle rauchten sie, alle ließen sich einen Bart stehen, und alle waren links – das war sie auch, aber hoffentlich nicht bis hin zur Karikatur. Und die Musiker unterschieden sich nicht groß von den Journalisten. Sie wetterten gegen Gewinnsucht und Geldgier, booteten sich aber gegenseitig aus, sobald ihnen ein Scheck vor die Nase gehalten wurde. Sie protestierten gegen Homophobie und Rassismus und Unterdrückung und ohrfeigten dann Frauen – *ihre* Frauen, denn es ging stets um Besitzansprüche und Vereinnahmung –, die es wagten, sie zu betrügen. Sie machten sie nieder. Traten sie mit Füßen. Umgekehrt jedoch durften sie natürlich mit jedem *Mäuschen* pennen, das ihnen gerade über den Weg lief.

Damals war sie soft. Sie war jung und aufgeschlossen und begeisterungsfähig und naiv.

Aber sie hatten sie hart gemacht, diese Männer mit ihren Fragen und bissigen Kritiken. Mit ihrem Bohren und Nachhaken. Ihren Schmeicheleien. Alle versuchten, mit ihr zu schlafen, und alle reagierten ungehalten, wenn sie ihnen eine Abfuhr erteilte. Jeder Einzelne von ihnen. Die anderen Musiker, die Tontechniker, die Roadies. Die Typen von ihrem Plattenlabel.

Wie seinerzeit gut dokumentiert wurde, waren eine Faust

und ein abgebrochener Zahn in einem irgendwo im tiefsten Cornwall gelegenen Tonstudio dafür verantwortlich, dass sich das erfolgreichste männlich-weibliche Duo der Ära trennte. Das war in den frühen Achtzigern, und da hatte sie sich schon eine harte Schale zugelegt, um sich selbst zu schützen. Es fühlte sich an, als wäre auch die Welt hart geworden.

Noch in der derselben Nacht fuhr sie über Landstraßen direkt zurück nach London und sang nie wieder mit Simon Healy. Sie konnte danach jahrelang nichts mehr schreiben, weil es keine Liebeslieder mehr zu schreiben gibt, wenn du nichts als Hass empfindest – und ihr Hass tat sich schwer, eine Melodie zu finden, die ihn tragen konnte.

Schon bald – vielleicht zwangsläufig – rannten Journalisten ihr die Tür ein, nachdem die erste Pressemitteilung an die Wochenzeitschriften rausgegangen war. Noch mehr Männer mit noch mehr Fragen. Sie ignorierte sie alle, und sie schrieben ohnehin, was sie wollten: dass sie eine Schlampe war, die Healy das Herz gebrochen hatte; dass der sensible, labile Songwriter einer ganzen Generation jetzt allein und einsam seine Wunden leckte und nur Trost in seiner Gitarre fand.

In den Monaten danach konnte sie zusehen, wie die Geschichte vor ihren Augen umgeschrieben wurde. Plötzlich waren ihre *gemeinsamen* Songs *seine* Songs. Ihre *gemeinsamen* Erfolge *seine* Erfolge. Die neue Folk-Community und die ganze Branche schlugen sich auf seine Seite, und mit der Zeit wurden ihre Songs – Songs, die von ihr oder *für* sie geschrieben worden waren – von jüngeren, hübscheren Versionen ihrer selbst gesungen, tönten sinnentleert aus dem Mund rehäugiger Streberinnen.

Er nährte sich das ganze nächste Jahrzehnt über von Herzschmerz, dieser Simon. Er experimentierte mit Synthesizern. Er holte drei Studioalben aus ihrer Trennung heraus.

Sie ließ ihn machen, ließ sie alle machen, schwieg sich aus. Sie zog sich auf Kinder, Scheidung und Häuslichkeit zurück. Sie hatte Affären. Sie genoss die Gesellschaft unkomplizierter Frauen. Sie lebte. Atmete. Gesundete.

»Haben Sie schon Pläne für das nächste Album?«

»Es wird kein nächstes Album geben.«

»Nein?«

»Nein.«

»Aber stehen Sie nicht noch unter Vertrag? Ich meine, irgendwas über eine Sammlung von Coverversionen gehört zu haben.«

»Ja, ob Sie's glauben oder nicht, ich müsste eigentlich noch zwei weitere Alben abliefern. Ich hab einen Vertrag für sechs Soloalben unterschrieben und war nicht unbedingt das, was man produktiv nennen würde. Aber ein neues Album? Nein, nie im Leben.«

»Sind Sie sicher?«

»Oh ja, absolut sicher.«

»Wie heißt es so schön: Sag niemals nie.«

»Hab ich aber gerade.«

Der Journalist hält inne. Sammelt Mut. Versucht, so locker wie möglich zu wirken.

»Haben Sie noch Kontakt zu Simon?«

Er registriert ein kurzes Augenzucken, als er die Frage stellt. Ihr Lächeln wird breiter. Er kann ihre Backenzähne sehen. Er muss daran denken, wie er sich im letzten Winter an der scharfen Kante einer Baked-Beans-Dose böse in die Hand geschnitten hat. Eine Junggesellenverletzung. Er erinnert sich daran, wie die Wunde aufklaffte und einen Moment lang nichts passierte, ehe das hellrote Blut herausquoll. Daran erinnert ihn ihr Lächeln: eine Wunde, die auf Blut wartet.

Sie verdreht die Augen. Sie greift nach ihrer Tasse und schaut weg.

»Natürlich. Wir haben ein Kind.«

»Woran arbeitet er gerade?«

Sie trinkt einen Schluck. Zuckt mit den Schultern. Sagt nichts.

»Sein letztes Album –«

Sie fällt ihm ins Wort: »Hab ich mir nie angehört.«

»Weckt es schlechte Erinnerungen, wenn Sie sich Alben anhören, die Sie zusammen gemacht haben?«

Sie unterdrückt, so gut es geht, einen Seufzer.

»Alles von damals weckt schlechte Erinnerungen.«

Der Journalist lacht, merkt dann jedoch, dass das kein Scherz war.

»Es muss seltsam sein, nach ihm gefragt zu werden, obwohl Sie schon seit dreißig Jahren geschieden sind.«

»Und doch tun Sie's.«

Sie schweigen. Er räuspert sich.

»Wie sieht heute Ihr Alltag aus?«

»Normal«, sagt sie. »Durchschnittlich. Interessieren sich die Leute überhaupt für so was?«

»Aber ja doch.«

»Ernsthaft?«

»Ja. Sie denn nicht?«

»Was – ob ich mich für Ihren Alltag interessiere? Nein. Nicht die Bohne.«

Der Journalist lächelt.

»Sind Sie in Interviews immer so reserviert?«

»Ja«, sagt sie. »Wenigstens behauptet das meine Wikipedia-Seite.«

»Dann googeln Sie sich also selbst?«

»Na ja, manchmal, klar.«

»Was ist das größte Märchen, das Sie im Netz über sich gelesen haben?«

»Dass ich singen kann. Und dass ich mit Sting geschlafen habe.«

»Dass Sie singen können?«

»Ja.«

»Aber das können Sie.«

»Finde ich nicht.«

»Natürlich können Sie singen. Sie sind –«

»Ich weiß, wer ich bin. Aber ich habe wenig Vertrauen in meine Fähigkeiten. Hatte ich noch nie. Daher auch die Reserviertheit.«

»Selbst nach so vielen Jahren?«

»Selbst nach so vielen Jahrhunderten.«

Eine Pause entsteht.

»Sie haben nicht nach Sting gefragt.«

»Ich glaube nicht, dass Sie sich dazu herablassen würden, mit ihm zu schlafen.«

»Gute Antwort.«

»Also haben Sie?«

»Geht Sie nichts an.«

Sie lächelt. Diesmal ist es echt. Diesmal ist es weniger wie eine Wunde und eher, als würden an einem Sommermorgen Vorhänge geöffnet.

»Sind Sie immer so neugierig?«

»Sie finden mich neugierig?«

Schulterzucken.

»Bitte sagen Sie's mir, wenn Sie irgendeine meiner Fragen unangemessen finden.«

Sie winkt ab. »Sie können mich alles fragen.«

»Alles?«

»Ja.«

»Haben Sie Hunger?«

»Wie bitte? Ich gebe Ihnen Carte blanche, und Sie fragen, ob ich Hunger habe?«

»Ja. Oder, genauer gesagt, würden Sie mit mir irgendwo was essen gehen?«

»Wir sind bereits in einem Lokal, das Essen anbietet. Wir sind schon irgendwo.«

»Aber würden Sie vielleicht irgendwo anders hingehen, wo anderes Essen angeboten wird?«

»Aber wieso?«

Ihre Augen blitzen, als sie das sagt. Der Journalist sieht etwas darin. Hoffnung vielleicht. Oder Amüsiertheit. Womöglich Verlangen.

»Weil –«

Er stockt. Sie kommt ihm zu Hilfe.

»Dann ist das Interview zu Ende?«

»Ich weiß nicht. Möchten Sie, dass es zu Ende ist?«

»Sie erinnern mich an meinen Therapeuten«, sagt sie.

»Sie machen eine Therapie?«

»Machen das nicht alle?«

»Ich nicht«, sagt der Journalist, und dann, leiser: »aber nur, weil ich mir keine leisten kann.«

»Ich kann Ihnen seine Nummer geben, wenn Sie möchten. Jedenfalls, ich fühle mich, als würde ich gerade erst warmlaufen. Wir können uns noch weiter unterhalten. Welches andere Lokal, das Essen anbietet, schlagen Sie vor?«

Kurzes Schweigen. Der Journalist ist verlegen.

»Ich weiß nicht«, sagt er. »So weit hatte ich noch nicht gedacht.«

»Sie waren impulsiv.«

»Ja. Das war ich wohl.«

»Zu impulsiv. Sie haben bloß den Mund ein bisschen zu voll genommen.«

Ihre Kaffeetassen sind leer. Der Journalist beobachtet die kreisenden Spulen seines Kassettenrekorders. Soweit er weiß, ist er der einzige Musikjournalist, der noch einen benutzt. Neulich zeigte der Gitarrist einer jungen Band, die hoch gehandelt wird, auf das Gerät und fragte ganz arglos, was das sei, und dann, nachdem der Journalist es ihm erklärt hatte, erwiderte er mit einem unechten bekifften Näseln, das aber seine gute Schulbildung nicht kaschieren konnte: »Wow, du musst ja echt alt sein.« Eine Woche später erreichte ihr Debütalbum die Top Ten. Ihm wird schlecht bei dem Gedanken, dass die kleinen Arschlöcher demnächst Millionen scheffeln.

Er zwingt seinen Verstand, sich wieder zu konzentrieren.

»Tja dann.«

Eine Verlegenheitsfloskel. Ein Komma in der Konversation.

»Tja dann«, sagt die Folksängerin, äfft ihn nach.

»Danke, dass Sie sich Zeit für mich genommen haben. Es war wirklich schön, mit Ihnen zu reden.«

»Sie lügen.« Sie lächelt, sagt dann: »Dann ist das Interview also beendet?«

»Ja. Ich denke, wir sind fertig.«

»Haben Sie genug für Ihren Artikel oder für was auch immer?«

»Ich glaub schon.«

»Dann ist unsere Arbeit jetzt offiziell zu Ende?«

Als sie das fragt, malt sie mit den Fingern Anführungszeichen um das Wort *Arbeit* in die Luft.

»Ja.«

»Gut. Dann können wir irgendwohin gehen und was essen, ohne uns Gedanken darum zu machen, ob wir mit vollem Mund reden. Weiß doch jeder, dass Interviews dann anfangen, wenn sie keine ›Interviews‹ mehr sind.«

Barons Court ist nicht Stockwell. Der Journalist kennt sich in der Gegend nicht aus, deshalb entscheidet sich die Folksängerin für ein Restaurant in der Nähe. Türkische Küche.

Er ist erleichtert, als sie erklärt, sie müsse zuerst noch vor dem Restaurant eine Zigarette rauchen. Er lächelt und bietet ihr eine von seinen an, doch sie schüttelt den Kopf und holt eine Mentholzigarette aus einer unter ihren Schals verborgenen Tasche.

»Wir sind eine aussterbende Spezies«, sagt sie, aber sie lacht nicht.

Die Schwüle ist drückend. Die Luft fühlt sich bleiern und schwer an, und der Himmel ist ein Gewimmel von Wolken, die sich auftürmen. Mit blasslila und grauschwarzen Streifen. Der Journalist meint, ein fernes Grollen zu hören, obwohl das auch der Verkehr auf der nahe gelegenen Hammersmith-Überführung sein könnte.

Sie hält ihre Zigarette zwischen Mittel- und Ringfinger.

Wie Michel Houellebecq, denkt er und fragt sich, ob das eine Marotte ist, die sie sich angewöhnt hat, oder eine praktische Notwendigkeit. Sie zieht an ihrer Zigarette wie ein Vogel, der einen noch halb in der Erde steckenden Wurm nach einem Regenguss ans Licht zerrt.

Sie rauchen eine Weile schweigend, dann guckt sie ihre Zigarette an und sagt: »Ich bin runter auf drei am Tag. Anweisung der Ärzte, obwohl das jetzt eigentlich egal ist.«

»Ich auch«, sagt er. »Drei Feuerzeuge.«

Sie sieht ihn einen Moment lang an, verwirrt, und als sie begreift, dass das ein Scherz war, lächelt sie kurz, ehe sie ihre Zigarette in den mit Sand gefüllten Aschenbecher drückt. Der Filter bleibt darin stehen, krumm und schmutzig, wie der verkohlte Stumpf eines Bonsais. Er hat seine erst zur Hälfte geraucht.

»Haben Sie schon immer hier in der Gegend gewohnt?«, fragt er.

»Nein, natürlich nicht«, erwidert sie, dreht sich um und sagt: »Dann wollen wir mal«, und betritt das Restaurant.

Sobald sie an einem Tisch Platz genommen haben, bestellt sie gegrillten Lachs, und er entscheidet sich für den Lammschmortopf. Keine Vorspeisen. Beide trinken Wein. Sie weißen, er roten. Sie essen leicht verlegen, sind plötzlich unsicher, welche Rollen sie spielen oder was sie hier machen.

Er fragt: »Haben Sie mal daran gedacht, Ihre Memoiren zu schreiben?«

»Nein«, antwortet sie.

»Wirklich – nie?«

»Es ist mir oft genug vorgeschlagen worden, aber ich hab's nie in Erwägung gezogen.«

»Warum nicht?«

Die Folksängerin zerlegt langsam ihren Lachs mit der Gabel. Sie isst einen kleinen Bissen Bulgursalat. Er wünschte, er hätte etwas weniger Unelegantes bestellt.

»Warum nicht? Weil es eine langweilige Lektüre wäre.«

Der Journalist nimmt ein Stück Lamm und streicht mit der Gabel am Knochen entlang. Fleischfasern fallen davon ab.

»Das kann ich mir nicht vorstellen. Sie haben die Welt bereist, viele andere berühmte Musiker kennengelernt. Zahllose Studioaufnahmen gemacht. Sie waren wahnsinnig erfolgreich. Sie hätten bestimmt jede Menge Geschichten zu erzählen, die für Ihre Leser interessant wären, könnten so einige pikante Anekdoten zum Besten geben. Ich kenne den einen oder anderen Verleger, der das mit Kusshand nehmen würde.«

»Pikante Anekdoten zum Besten geben ist haargenau das, was ich *nicht* will«, sagt sie. »Außerdem haben viele Menschen die Welt bereist, und viele Menschen haben sehr viel bedeutendere Dinge geleistet. Was, wenn sich das Buch nicht verkaufen würde?«

»Wäre das wichtig?«

»Ja, natürlich. Zu wissen, dass nur ein paar Hundert Leute dein Leben für interessant halten, wäre niederschmetternd, finden Sie nicht?«

»Das wären immerhin ein paar Hundert mehr, als wenn ich meine Memoiren veröffentlichen würde.«

»Die Läden sind voll mit ungelesenen Büchern«, sagt sie.

Sie schiebt Lachsflocken auf ihrem Teller hin und her, redet dann weiter.

»Wie auch immer. Ich bin keine Schriftstellerin. Ich schlage ja auch nicht vor, dass Sie als Journalist ein Album mit elegischen Balladen oder Trinkliedern aufnehmen, deshalb sehe ich nicht ein, warum ich mir anmaßen sollte, mich an die von Ihnen gewählte Kunstform zu wagen, falls man das so nennen kann.«

»Sie könnten sich einen Ghostwriter nehmen. Einen Mitarbeiter.«

»Versuchen Sie etwa, sich einen neuen Job zu angeln?«

»Nein. Ehrlich nicht. Überhaupt nicht. Das ist mir gerade erst eingefallen.«

»Ich glaub's Ihnen.« Sie zeigt mit ihrer Gabel auf seinen Teller. »Wie ist das Lamm?«

»Gut. Sehr zart.«

Die Folksängerin hört auf zu essen. Sie legt das Besteck weg, greift stattdessen nach ihrem Weinglas, leert es und winkt dann dem Kellner, ihr noch eins zu bringen.

»Haben Sie irgendwelche Biografien geschrieben?«

»Nein«, sagt der Journalist. »Noch nicht. Aber ich arbeite an ein paar Romanen.«

»Meiner Erfahrung nach arbeitet jeder Musikjournalist an ein paar Romanen.«

»Wahrscheinlich. Ja, das stimmt wahrscheinlich.«

»Wären Sie daran interessiert, Biografien zu schreiben?«

»Versuchen Sie etwa, sich einen Biografen zu angeln?«

»Nein«, sagt die Folksängerin. »Aber vielleicht brauche ich jemanden, der einen wahrheitsgemäßen Nachruf schreibt.«

Das Restaurant fühlt sich stickig an. Die Folksängerin spürt, wie es sie einengt. Sie beinahe umschließt.

Sie sind mit dem Essen fertig. Der Teller des Journalisten ist leer, ihrer kaum angerührt.

Sie nimmt ihre Schals ab, und einen Moment lang betrachtet der Journalist ihren Hals – diese Kehle, die so viel Musik hervorgebracht hat, vermutlich –, und dann trinkt er noch einen Schluck Wein.

»Wir hätten Flaschen nehmen sollen statt Gläser«, sagt sie. »Wäre günstiger gewesen.«

Von draußen ist Donnergrollen zu hören, laut und unheilschwanger. Sie zuckt zusammen. Es klingt unwirklich, wie ein Soundeffekt.

»Ein Gewitter«, sagt er.

»Wir sollten weitertrinken, bis es vorbei ist«, sagt sie und entschuldigt sich dann.

Auf der Damentoilette klappt sie den Deckel herunter und setzt sich. Sie hält sich den Bauch und nimmt winzige Atemzüge. Hier drin ist es sogar noch wärmer. Drückend. Die Luft ist ein Gummiband, das bis zum Zerreißen gedehnt wurde; sie hat eine Energie in sich, eine Spannung.

Sie ist tief vorgebeugt, presst die Hände auf den Bauch. Ihr Kopf ist zwischen den Knien. Sie versucht, den Schmerz mit der Methode zu kontrollieren, die man ihr beigebracht hat, durch langsames Atmen und geistige Projektion. Meditation für Anfänger. Es scheint nicht zu funktionieren, und sie bleibt lange in dieser Haltung.

Als sie wieder hochkommt und aufsteht, hat der Schmerz endlich nachgelassen.

Sie zieht einen Blisterstreifen Tabletten aus der Tasche und drückt zwei heraus. Sie schluckt sie trocken. Sieht sich selbst im Spiegel. Geht.

Sie ist alt, wenn sechzig als alt gilt, obwohl das mittlerweile schwer zu sagen ist.

Er weiß, wo und wann sie geboren wurde, wer ihre Eltern waren. Auf welche Schule sie ging. Kennt ihr Sternzeichen.

Er ist fünfunddreißig. Das weiß sie nicht. Sie weiß gar nichts über ihn. Er denkt, dass fünfunddreißig nicht mehr als jung gilt. Er ist sich nicht sicher. Alles scheint so wirr. Er gehört zur Generation der gehemmten Entwicklung. Er kennt Leute – Ehemänner, Väter –, deren Hobbys Computerspiele und Skateboardfahren sind. Und er selbst, mit seiner riesigen Schallplattensammlung, seinen kurzlebigen Schwärmereien für bestimmte Filme oder Songs und der Unfähigkeit, einen Job zu ergattern, der dem entspricht, was seine Mutter mal als anständige Arbeit bezeichnete? Steckt er nicht ebenfalls fest in einem Leben als eine Art ewiger Student?

Andererseits ist er in London, und in London wird niemand erwachsen. Sie kommen aus vielerlei Gründen her. Um zu fliehen, um sich neu zu erfinden. Um Karriere zu machen. Aber niemals, um in Würde alt zu werden.

Und heutzutage treffen sich die Menschen auch in der Mitte. Das redet er sich ein: Menschen treffen sich in der Mitte. Fünfundzwanzigjährige können mit Vierzigjährigen liiert sein, und Vierzigjährige mit Sechzigjährigen. Keine große Sache. Einsamkeit kennt keine Altersdiskriminierung.

»Sie müssen mir etwas über sich selbst erzählen.«

Sie sagt das, während der Kellner kurz mit der Dessertkarte an ihrem Tisch stehen bleibt, ehe sie ihn fortwinkt. Obwohl das nicht ihre Absicht ist, klingt der Satz wie ein Vorwurf.

»Warum?«

»Um das Gleichgewicht wiederherzustellen. Das ist nur fair.«

Sie nuschelt jetzt leicht. Beide sind sie erhitzt vom Wein, erhitzt von der Schwüle der stickigen Nacht und der Einsicht, dass ein Gewitter auf ihren feuchtwarmen Winkel der Stadt zurollt. Der Folksängerin klebt eine Haarsträhne an der Stirn. Der Journalist hat die obersten Knöpfe an seinem Hemd aufgemacht. Schweiß glänzt auf seiner Oberlippe.

»Okay. Als ich sieben war, hab ich einen Mann sterben sehen.«

»Großartig. Was ist passiert?«

»Wir waren in einem Zug. Meine Mutter und ich. Ich hab vergessen, wo wir hinwollten, aber kurz bevor der Zug in einen Tunnel fuhr, hat ein Mann den Kopf aus dem Fenster gesteckt.«

»Großer Gott. Und was ist dann passiert?«

»Wollen Sie das wirklich wissen?«

»Na, Sie haben *schließlich* mit Ihrer kleinen Geschichte angefangen, also, ja. Ja, ich will.«

»Sein Kopf wurde abgerissen. Die Leute fingen an entsetzlich zu schreien.«

»Sein Kopf wurde *abgerissen*?«

»Ja, er wurde abgerissen. Durch die Wucht des Aufpralls. Aber das Ulkige war, dass sein Körper blieb, wo er war.«

»Und Sie haben das gesehen?«

»Eigentlich kann ich mich nur noch an die Geräusche erinnern, die die Leute um mich herum machten – entsetztes Stöhnen und so, Geräusche, wie ich sie davor noch nie von

Erwachsenen gehört hatte und auch danach nie mehr. Und das Kreischen der Notbremsen. Der Mann stand noch da. Ich konnte seine Finger sehen, um den Rand der runtergeschobenen Fensterscheibe gekrümmt. Er trug Joggingschuhe. Neben seinen Füßen war ein Einkaufsbeutel. Voll mit Mützen.«

Die Folksängerin sieht ihn entgeistert an.

»Alle möglichen Mützen«, sagt der Journalist.

»Und was ist dann passiert?«

»Der Zug ist ewig lange stehen geblieben. Ich glaube, die haben nach seinem Kopf gesucht.«

Sie sieht ihn noch einen Moment länger an, dann prustet sie los. Sie lacht sehr lange.

Sie lacht, bis sie schluchzt.

Als sie so viel Wein getrunken haben, dass sie beim Verlassen des Restaurants mit den Hüften zusammenstoßen, fragt sie ihn: »Wie groß wird er?«, und als er sie fragend anblickt, sagt sie: »Ich meine, wie lang wird er, der Artikel?«, und er lacht und sagt: »Weiß ich nicht genau, vielleicht zwei oder drei Seiten, meine Redakteurin meinte, ich sollte sehen, wie's läuft«, und die Folksängerin sagt: »Und wie ist es gelaufen?«, und der Journalist sagt: »Gut, es ist richtig gut gelaufen«, und dann stehen sie auf der Straße, und der Himmel kracht erneut, und es ist jetzt fast dunkel, als ein Taxi vorbeirauscht, das beide nicht beachten, und ein greller Blitz lässt ihre Augen sogar noch blauer wirken, als sie sind, und er färbt auch die Pfützen blau, und dann fängt es an zu regnen.

Es fängt heftig an zu regnen, und sie packt seinen Ellbogen, und sie laufen los, als der Regen noch einen Gang höher schaltet. Sein Rauschen ist alles, was sie hören können.

Sie ist bessere Männer als ihn gewohnt. Aber es ist eine lange Zeit vergangen.

Er ist zwei Jahre jünger als ihr Sohn, und auf eine seltsame Art ist das aufregend, doch auf eine andere, offenkundigere Art ist es deprimierend. Sie versucht, nicht darüber nachzudenken.

In ihrer Wohnung kommt er ihr vor wie ein Eindringling. In ihrem Privatbereich scheint er plötzlich doppelt so groß.

»Leben Sie allein hier?«, fragt er.

»Manchmal«, sagt sie.

»Gefällt mir«, sagt er. »Gutes Licht.«

Sie ist barfuß und so betrunken wie schon seit Jahren nicht mehr, als sie das Schiebefenster öffnet und London hereinlässt.

Der Regen hat aufgehört, und jetzt riecht das Zimmer fruchtbar. Würzig. Als sie sich umdreht, erwartet sie, Dampf von dem Journalisten aufsteigen zu sehen, doch stattdessen ist er vor ihrem Bücherregal in die Hocke gegangen.

Sie öffnet noch eine Flasche Wein, aber die ist nicht gekühlt und schlecht trinkbar, und da sie sonst nichts zu tun hat, füllt sie die Stille und die unangenehme Distanz zwischen ihnen, indem sie den Journalisten in ihr Schlafzimmer führt.

Als er neben ihr liegt und ihre Haut küsst, denkt er an Anne Bancroft in *Die Reifeprüfung* und das Wort *Plätzchenteig* und daran, dass es noch Lebensmittelrationierung gab, als ihre Zellen begannen, sich zusammenzufügen, und dass Elvis das Sun Studio noch nicht betreten hatte. Er denkt: Das ist der Körper, der »We Walk Through the Woodlands« gesungen hat. Er denkt: Dieser Körper hat Magie hervorgebracht. Es ist ein legendärer Körper.

Viele haben über die Person darin geschrieben. Sie haben Geld bezahlt, um die Besitzerin dieses Körpers zu sehen, und sie haben im Schlaf von dieser Person geträumt. Und jetzt, denkt er, küsse ich die Haut, die ihn zusammenhält. Ich schreibe meine eigene Biografie mit den Lippen. Ich koste Geschichte.

Als er sie gegen die Matratze drückt und sein Mund den Weg zu ihrem findet, denkt sie nicht an ihr neues Album oder ihre Karriere oder an Musik oder Dustin Hoffman in *Die Reifeprüfung* oder den Körper des Fremden, der auf ihr in Bewegung ist und atmet. Stattdessen denkt sie an den ganzen Papierkram, um den sie sich noch kümmern muss, die vielen zu erledigenden Aufgaben, die Vorkehrungen, die sie noch treffen muss, die schmerzlichen Gespräche, die sie wird führen müssen. Sie denkt an Anwälte und Steuerberater und Ärzte, eine Armee von Ärzten, und daran, dass jeder Mensch sich an das erste Mal erinnert, aber erinnert er sich auch an das letzte Mal?

Sie denkt daran, dass Abgänge naturgemäß kompliziert sind, wo sie doch einfach sein sollten, und dass ein Schlusspunkt nur einmal im Leben wirklich gesetzt werden kann.

Das Museum für ausgestorbene Tiere

Das Museum für ausgestorbene Tiere ist vieles. Es ist ein Labyrinth aus staubigen Geheimnissen. Es ist eine Festung aus versunkenen Totems einer anderen Zeit. Es ist ein Symposion von Geistern.

Das Museum für ausgestorbene Tiere ist eine kathedralengroße Kapsel voll mit großartigen ausgestopften Kreaturen.

Ein von Menschen geschaffener makabrer Zoo. Ein Friedhof der Erinnerung.

Hier werden sie eingepfercht und kuratiert. Sie befinden sich auf Regalen oder in Vitrinen, präpariert und genäht, gerahmt und aufgehängt, perfekt befestigt.

Es sind Lebewesen in immerwährender Erstarrung, im Ruhezustand verewigt, die nie wieder durch Wiesen stelzen, die tiefsten salzigen Ozeane durchschwimmen oder im Frühling über weite blutrote Mohnblumenfelder fliegen werden.

Das Museum für ausgestorbene Tiere ist ein wehmütiger Ort. Staub sammelt sich in knietiefen Verwehungen, und die Jalousien bleiben stets geschlossen. Die Böden der Glaskästen sind mit Tausenden toter Fliegen und Motten übersät, als wollten auch sie unbedingt in diese groteske Menagerie aufgenommen werden. Die Stille ist so tief und traurig, dass sie klingt wie ein totes Orchester, und das einzige Licht dringt durch die kleinsten Lücken in den alten Jalousien, die seit Jahrzehnten nicht mehr geöffnet wurden.

Das Gebäude beherbergt eine Sammlung der gejagten, missachteten, vergötterten, gesammelten, kolonisierten, begehrten, unterdrückten, sezierten Lebewesen der Welt. Der gequälten und der gegessenen. Es ist ein Denkmal der menschlichen Gier und Dummheit. Ein abstoßendes Kenotaph der Ignoranz.

Kein Mensch betritt je das Museum für ausgestorbene Tiere, niemand außer dem Hausmeister. Er spricht mit niemandem darüber, aus Angst, die letzten verbliebenen Exemplare einst prächtiger Tiere könnten gestohlen und zerstört werden. Er lebt in ständiger Furcht.

Über den Hausmeister ist wenig bekannt, nur dass er sehr alt und unverheiratet ist. Manche glauben, er sei Österreicher, obwohl das nie bestätigt wurde. Für die Ausübung seiner minimalen Pflichten bezieht er ein kleines Monatsgehalt von einem Verband, der diskret unter einer Adresse in Frankreich gemeldet ist, die sich jedoch bei einem Besuch als ein Feinkostgeschäft in einem kleinen Alpendorf entpuppte. Der Inhaber behauptete, nichts von dem Museum oder dem Hausmeister zu wissen, und schien mehr mit einer verspäteten Lieferung Entenrillette beschäftigt zu sein.

Die Erkundung des Museums für ausgestorbene Tiere kommt einer Zeitreise gleich. Es ist, als würde man eine alternative Erde betreten, eine lebendige Landkarte verschiedener Länder und Zeitalter und Regionen und Klimaveränderungen und Jagdmethoden und Nahrungsketten und urbanen Wachstums und der Vernichtung des Regenwaldes und Jahrhunderten des Rückschritts, alle zu einem einzigen dreidimensionalen Denkmal des Unglücks zusammengestellt.

Die Geschöpfe sind fremdartig und wunderbar, hässlich und schön. Ihr Anblick löst zunächst eine Angst vor dem Unbekannten aus, denn viele dieser Spezies sind rätselhaft, und manche wurden seit mehreren Hundert Jahren von keinem menschlichen Auge mehr lebend gesehen. Dann stellt sich ein niederschmetterndes Gefühl der Melancholie ein, ausgelöst durch die Erkenntnis, dass die Zeit sich immer nur vorwärts bewegt und der Tod niemals rückgängig gemacht werden kann. Das ist einfach nicht möglich.

Aber nicht die Zeit hat diese Lebewesen getötet, sondern der Mensch, und deshalb sollte vielleicht *er* auf einem Regal Staub ansetzen, und zwar in einer Haltung, die seine Spezies am besten repräsentiert: vielleicht mit einem Gewehr unter dem Arm, während seine Hand die Augen abschirmt und er mit einem Anflug von Mordlust im Blick in die Ferne späht. Das ist die menschliche Grundhaltung. Die Pose eines Killers.

In mancherlei Hinsicht ist das Museum für ausgestorbene Tiere ein umgekehrter Friedhof. Die Leichen sind aus der Erde der Vergangenheit ausgegraben und hier ausgestellt worden, jede mit einem Namensschild und einer Tafel, auf der das Datum des endgültigen Aussterbens steht. Einige der großen Verluste sind alarmierend frisch, wie der des Pyrenäensteinbocks, einer wilden gehörnten Bergziege (ausgerottet am 6. Januar 2000, Spanien). Das lässt darauf schließen, dass die Sammlung kontinuierlich erweitert wird, wenngleich niemand weiß, wann oder durch wen, denn das Museum für ausgestorbene Tiere existiert hauptsächlich in wissenschaftlichen Abhandlungen und Gerüchten, in urbaner Mythologie und Internetforen, in den Fantasien von Leuten, die nachts von Prärien und Savannenlichtungen träumen, wo alle Spezies leben, die es je gab.

Manche können sich vielleicht sogar daran erinnern, was sie just an dem Tag gemacht haben, an dem das kleine Herz des letzten Pyrenäensteinbocks aufhörte zu schlagen. Hätte überhaupt jemand etwas dagegen tun können? Das ist schwer zu sagen.

Andernorts im Museum finden sich Lebewesen, deren Aussterben auf weniger ökologisch aufgeklärte Zeiten zurückgeht. Eines davon ist beispielsweise der Riesenalk (3. Juni 1844, Island), ein Tier, das äußerlich dem Pinguin ähnelte, »ein exzellenter Schwimmer«, dessen Flügel unter Wasser auch als Flossen dienten, der aber im Gegensatz zu anderen Alkenvögeln nicht fliegen konnte, was ihn gegenüber Menschen und anderen Raubtieren schutzloser machte.

Laut der kleinen gravierten Inschrift im Museum für ausgestorbene Tiere »legte der Riesenalk nur ein Ei pro Jahr und wurde als Nahrungsquelle und als Daunenlieferant für Matratzen gejagt«.

Es könnte also sein, dass irgendwo jemand Nacht für Nacht auf Ausrottung schläft.

Oder da wäre der Auerochse, auch Ur genannt (1627, Polen), bei dem es sich, wie der Name schon sagt, um einen »Ur-« oder »Proto«-Ochsen handelt und von dem es keine Fotos gibt, nur Höhlenbilder, denn der gehörnte Auerochse wurde von Menschen verehrt und folglich den Göttern geopfert. Das Säugetier überlebte die Eisenzeit, wechselnde Wettersysteme und bedrohte Nahrungsräume und verbreitete sich tatsächlich in ganz Europa, doch was es nicht überlebte, waren ständige Begegnungen mit *Menschen*.

Die Population der Auerochsen schrumpfte, und ihr Vorkommen beschränkte sich schließlich auf Polen, Litauen und Teile Preußens. Laut eines königlichen Protokolls wussten polnische Jagdaufseher 1564 von nur noch achtunddreißig Exemplaren dieser Tierart. Der letzte nachgewiesene Auerochse war ein Weibchen, das ohne einen Bullen, mit dem es sich fortpflanzen konnte, den einzigen Grund seiner Existenz verlor und sich zusammenrollte und umgeben von welken Blättern und dem tröstlichen Duft des Waldes nach Fruchtbarkeit und Zerfall starb. Ort: der Wald von Jaktorów. Jahr: 1627. Genaues Datum unbekannt. Die Wahrscheinlichkeitsgesetze lassen vermuten, dass es ein Wochentag war.

Vielleicht begreifen Sie jetzt allmählich, dass das Museum für ausgestorbene Tiere keine billige Attraktion ist, kein gewöhnlicher, geschmackloser Publikumsmagnet. Nein. Es ist ein riesiger Ablageschrank des menschlichen Versagens. Es ist schlicht ein zu trauriger Ort, um es ohne entsprechende Vorbereitung zu betreten.

Sollten jemals Besucher seine langen und freudlosen Gänge durchschreiten, würden die meisten sich selbstverständlich nach einer kurzen Zeit der Besinnung wieder sammeln, ihre Augen trocknen und entrüstet sagen: »Das hat nichts mit mir zu tun«, und dann würden sie weiter ihren Geschäften nachgehen, als wäre das Aussterben selbst ausgestorben.

Ebenso schwer nachzuvollziehen ist der Grund, aus dem jemand sich die Mühe machen sollte, die Exekution des letzten verbliebenen Tiers einer bestimmten Spezies – beispielsweise des bereits erwähnten Riesenalks, 3. Juni 1844 – aufzuschreiben, aber nicht wirklich innezuhalten und etwas zu dessen Erhalt zu unternehmen. Als Seefahrer auf der Insel Eldey, zehn Meilen vor der Südwestküste Islands, jenen letzten Alk ermordeten, dokumentierten sie sorgfältig die Einzelheiten seines Ablebens. Dafür mussten sie möglicherweise ihre fellgefütterten Fäustlinge ausziehen, um bei den frostigen Minustemperaturen ein Stück Papier und einen angekauten Bleistiftstummel hervorzukramen.

Doch weiter ging ihr Engagement nicht. Schließlich schläft es sich auf Daunenmatratzen wesentlich besser als auf einem Bett aus Gletschereis.

Die Exponate sind nach Spezies und Kontinent angeordnet. Schon allein die nordamerikanische Fischabteilung ist nichts weniger als eine Aufzählung von sinnlosen Gemetzeln und gierigen Plündereien, einst poetische Namen, jetzt nur noch vertrocknete Relikte: der Snake-River-Sauger (Wyoming, 1928), die Alvord-Cutthroat-Forelle (Nevada und Oregon, 1940), der Pahrump-Ranch-Killifisch (Nevada, 1958) der Dickschwanzdöbel (Kalifornien, 1957), die Schwarzflossenmaräne (Große Seen, 1960er Jahre), die Langkiefermaräne (Große Seen, 1970er Jahre).

Dahinter folgt die umfangreiche Abteilung der Säugetiere, dann führt ein kurzer muffiger Korridor in die riesige Halle, wo Hunderte ausgestorbener Vögel aufgestellt und eingerahmt sind. Die Decke dieses Raumes ist so hoch, dass es von unten betrachtet den Anschein hat, als wäre sie nur wenige Quadratzentimeter groß.

Selbstverständlich findet sich unter den hier präsentierten Exvögeln das vielleicht berühmteste nicht mehr existente Geschöpf von allen, die untergegangene Art, die von Lewis Carroll berühmt gemacht wurde und die sich Schulkinder überall auf der Welt vorstellen, wenn sie das Wort *Aussterben* hören: der Dodo (Mauritius, 1693).

Die Korridore scheinen endlos. Räume führen in andere Räume. Staub sammelt sich. Die Stille ist unendlich, ein Vortex aus akustischer Leere, in die gelegentlich ein Lichtstrahl dringt, um eine kleine, an die Wand geschraubte Tafel zu erhellen:

Reptilien, Asien, 1820 – 1840

Unweigerlich drängt sich eine Frage auf, die Sie sich vielleicht schon selbst gestellt haben: Warum gibt es das Museum für ausgestorbene Tiere überhaupt?

Die Antwort ist simpel: Es existiert aus demselben Grund, aus dem alles existiert. Weil es existiert.

Einstweilen ist es ungefährdet, weil so wenige davon wissen, doch selbst das Museum ist nicht gegen drohendes Unheil gefeit. Wenn die Öffentlichkeit von seinem genauen Standort und Zweck erfährt, werden die Menschen es mit der Zeit ebenfalls zerstören, und dann wird jemand ein Museum für ausgestorbene Museen eröffnen müssen.

Und selbstverständlich wird auch das wieder anfällig für Vernichtung sein.

Und so geht der Kreislauf weiter.

POSTSKRIPTUM ZU »DAS MUSEUM FÜR AUSGESTORBENE TIERE«

Januar 2002. Die Forschergruppe durchwanderte seit vielen Tagen die Wälder, Sümpfe und Bayous des Schutzgebietes *Louisiana Pearl River Wildlife Management Area*. Sie hatten unter den Sternen kampiert und sich frugal ernährt. Niemand jammerte über die Schwüle und die Moskitostiche oder die Hautausschläge, denn sie waren mit Netzen und einem Arsenal von Sprays, Cremes und Insektenschutzmitteln ausgestattet. Moderne Entdecker und Naturschützer müssen nicht mehr so leiden wie ihre Vorfahren, und das ist etwas, wofür sie sich bei der chemischen Industrie bedanken können.

Die Expedition hatte ein gemeinsames Ziel, etwas von weit größerer Bedeutung als ein paar juckende Stiche und gute acht Stunden Schlaf: die Sichtung des Elfenbeinspechts.

Dieser seltsame und geheimnisvolle Vogel war am 11. März 1967 zur bedrohten Art erklärt worden, denn jahrhundertelange Abholzung und Jagd hatten seine Biotope zerstört und den Brutbestand drastisch reduziert.

1994 war er offiziell für ausgestorben erklärt worden, obwohl einige dies bestritten. Es gab gerade genug lautstarke Stimmen des Widerspruchs, um Hoffnung bei den Vogelbeobachtern, Naturschützern, Forschern und Studierenden zu wecken, die ein persönliches Interesse – sei es wissenschaftlich, ornithologisch oder emotional – am Elfenbeinspecht hatten.

Die Zahl unbestätigter Sichtungen hatte zugenommen, als die Gruppe aufbrach, um den Bayou zu erkunden. Sie war ausgerüstet mit Landkarten und Fernrohren, Tarnkleidung und besonders leisen Kameras sowie mit den vielen zusätzlichen Dingen, die man braucht, um eine Expedition in diese unerbittlichen, kaum zugänglichen Feuchtgebiete des Südens sicher zu überstehen.

Die ersten rund sieben Tage vergingen ohne eine Sichtung. Es gab so viel zu sehen und zu tun, so viele Lebewesen vielerlei Arten zu beobachten und ein paar Millionen Moskitos zu entgehen, doch der Elfenbeinspecht blieb etwas, das sie sich immer nur vorgestellt hatten: die Vision eines herrlichen Vogels, der nun einen fast mythischen Status hatte.

Am zehnten Tag dann war das vertraute »Doppelklopf«-Geräusch eines Schnabels auf Rinde zu hören, ein Klang, den die Mitglieder der Expedition nur aus Tonaufnahmen kannten. Es hallte durch die drückende, feuchte Luft: *Klock Klock Klock* ...

Niemand rührte sich.

Sie hörten es erneut: *Klock Klock Klock* ...

War das vielleicht ... Nein? Bestimmt nicht. Sie wagten es nicht, seinen Namen auszusprechen.

Während nervöse Finger nach Audiorekordertasten griffen, suchten ein Dutzend Augenpaare die dichte Vegetation ab, die stinkenden Mangroven und die flirrenden Schatten, wo das Unterholz ans Wasser reichte. Sie sahen lediglich einen Wirrwarr, einen Kampf zwischen Leben und Tod, einen immerwährenden Krieg der Arten gegen Arten. Die Natur, die mit maximaler Produktivität arbeitete.

Und inmitten von alledem stieg das emsige *Klock Klock Klock,* dessen Erzeuger den geschulten Augen der Forschergruppe verborgen blieb, aus der Vergangenheit auf.

War er das? Ja, er war's. Flüstere das Wort: der Elfenbeinspecht. Er lebte, gottlob, er *lebte*.

Dieser einfache Klang von Schnabel auf Rinde war der Klang der Hoffnung. Plötzlich war noch nicht alles verloren. Des Menschen grausamer Kreislauf des Todes war durchbrochen, die Widrigkeiten des Schicksals waren besiegt worden.

Der Elfenbeinspecht, diese kürzlich noch betrauerte Tierart, war wieder da und erfreute sich bester Gesundheit: stolz, prächtig, frei – ohne zu ahnen, dass er um ein Haar als Neuzugang im Museum für ausgestorbene Tiere gelandet wäre und dass die Expeditionsteilnehmer über ihn Seminare besucht und lange wissenschaftliche Aufsätze gelesen hatten, obgleich sie über keinen eindeutigen Beweis für seine Existenz verfügten.

Oder zumindest *denken* wir, räumten die Teilnehmer und ihre beiden akademischen Leiter ein, dass es das Geräusch des Elfenbeinspechts ist.

Es hörte sich zweifellos ganz nach dem Alten ES an, wie sie ihn inzwischen nannten. Aber sie waren schon etliche Tage am Fluss und in den Sümpfen unterwegs, und die einsame und sich ständig wandelnde Umgebung hatte eine seltsame Wirkung auf die Menschen. Konnte jemand ihn sehen? Nein, das konnte niemand.

War es überhaupt der richtige Laut?

Mit erneutem tiefem Schweigen an der Vogelfront wuchsen nun Triebe des Zweifels aus den Keimen der Hoffnung. Vielleicht, so spekulierte eine Studentin, waren es ferne Schüsse. Schließlich wimmelte es in dem Gebiet von Jägern und Trappern, und waren sie nicht erst gestern diesem Trupp Männern begegnet, über die alle Hinterwäldler-Witze gemacht hatten, sobald sie außer Hörweite waren?

Zwei andere Studenten murmelten zustimmend: Ja, es könnten diese irren Jäger mit ihren Bürgerkriegsflinten gewesen sein, deren Echos wie verschollene Postkarten aus der Vergangenheit widerhallten.

Schnell, beschlossen sie. Wir bilden Gruppen. Arbeiten systematisch. Durchstöbern das Dickicht, suchen die Bäume ab, durchkämmen den Wald. Die gute alte Verteilen-und-Einkesseln-Methode. Es ist keine Zeit zu verlieren. Wir gehen im Uhrzeigersinn vor, sagten sie.

Alle Teilnehmer hatten das Gefühl, sofort aktiv werden zu müssen, dass sie etwas tun sollten, um das *Klock Klock Klock* des Elfenbeinspechts zu lokalisieren.

Sie fanden nichts. Die Sichtung wurde als unbestätigt registriert, weil es nicht mal eine Sichtung war. Bloß ein Geräusch, eine Andeutung des alten ES, das Symbol eines Geschöpfs, das nicht mehr existiert.

Vielleicht war *Klock Klock Klock* der Geist des letzten bekannten Elfenbeinspechts, der für alle Zeit im Hinterland des Bayou gefangen ist, durch die dunklen Korridore Louisianas irrt und mit seinem Geisterschnabel an Geisterbäume klopft, dazu bestimmt, Menschen über Generationen hinweg in den Wahnsinn zu treiben.

POST-POSTSKRIPTUM ZU »DAS MUSEUM FÜR AUSGESTORBENE TIERE«

Monroe County, Arkansas, 11. Februar 2004. Über 697 Millionen Kameras auf der Welt, und nur eine davon erfasst einen Elfenbeinspecht im Flug – oder zumindest den Geist eines Elfenbeinspechts, denn wer kann schon den Unterschied erkennen?

Erst eine, dann noch eine, dann noch eine. Im Laufe der folgenden vierzehn Monate sieben Sichtungen von Geistervögeln oder auch nicht, jeder mit einer unverkennbaren blutroten Federhaube.

POST-POST-POSTSKRIPTUM ZU »DAS MUSEUM FÜR AUSGEROTTETE TIERE«

»Ich hörte den Sommerstaub darum flehen, geboren zu werden.« – Robinson Jeffers

Ein englisches Ende

Um sechs war der Stausee ein schwarzer Spiegel, der die ersten festen Formen der aufgehenden Sonne einfing und umrahmte, doch um sieben füllten ihn zehntausend Lichtdreiecke, die sich auf der ganzen Oberfläche immer wieder neu anordneten wie ein aufsteigender Heringsschwarm.

Es wehte auch ein leichter Wind, und Brachvögel und Mauersegler, die auf unsichtbaren Luftströmen trieben, ließen ihre Rufe erklingen. Zu ihnen gesellten sich einige verspätet eintreffende Schwalben, die sich nach ihrer langen Reise über die Sahara und weiter gen Norden durch Marokko, Spanien, Frankreich und schließlich durch halb England niederließen, um die Schnäbel ins Wasser zu tauchen und das Gefieder zu plustern. Ihr Flug war fast zu Ende. In den umliegenden Tälern und Wäldern würden sie ihre Nester bauen, ihren Energievorrat auffüllen und brüten. Sie würden drei Monate lang bis zum Ende des Sommers ausruhen und dann wieder abfliegen, ehe der Winterfrost sich erneut über die Haut des Nordens spannte.

Die Frau war außer Atem, als sie den Kamm des Berges erreichte, der auf der anderen Seite zur offenen Weite des Moors hin sanft abfiel. Sie spürte einen kalten Halbmond aus Schweiß unten am Rücken. Die feuchte Bluse klebte ihr am Körper.

Sie drehte sich um und blickte hinab auf die Stadt, die sich durch das schmale Tal wand, mit vereinzelten Weilern und Häusern am Berghang gegenüber, und durch Sprossenfenster und wuchtige Balken eine Beständigkeit suggerierte, zu der die sich wandelnde Landschaft ringsherum in einem krassen Widerspruch stand. Im Vordergrund sah sie Stechginster, Torfmoose und die Wildgräser, die sich anhörten wie rollende Kiesel an seichten Ufern, wenn der Wind durch ihre Büschel strich. Jenseits davon, bis zum Horizont, die langsam rotierenden Flügel der Windräder und die Stromleitungen, zwischen Masten gespannt, die bedrohlich aufragten wie Roboter. Sie erinnerten sie immer an die Geschichte von Ted Hughes, die sie in der Schule gelesen hatten und die von einem riesigen Eisenmann handelte, der durch die Landschaft stapft.

Das war ihr Tal; es war alles, was sie je gekannt hatte oder je kennen würde. Zum ersten Mal traf sie die Erkenntnis, dass das Tal die Grenzen ihres Lebens ausmachte, wie eine konkrete Tatsache und nicht wie eine auf Indizien beruhende Vermutung.

Der Stausee war vor hundert oder noch mehr Jahren von Arbeitern mit Seilwinden und Stricken und Spitzhacken angelegt worden. Sie hatte darüber gelesen. Es gab ein Buch über seine Entstehung in der örtlichen Bücherei, einem der wenigen Orte, an denen sie für ein paar Stunden die Zeit vergessen konnte.

Die Arbeiter waren hauptsächlich Iren gewesen. Bis zu zweitausend von ihnen wohnten in Fertighütten hier hoch oben in einer behelfsmäßigen Siedlung, zu der auch ein Laden und ein Aufenthaltsraum gehörten. Alkohol, so stand in dem Buch, war auf der Baustelle streng verboten, deshalb mussten die Männer, wenn sie was trinken wollten, runter in die Stadt gehen – denselben steilen Weg, den sie gerade in umgekehrter Richtung zurückgelegt hatte. Nur die eingefleischtesten Alkoholiker taten das, nachdem sie zwölf Stunden lang Steine behauen hatten, die in Abständen von zehn Minuten aus Loren gekippt wurden.

Die Frau ging zum Rand des Wassers. Sie fröstelte bei seinem Anblick, aber nicht vor Kälte. Es war die Feindseligkeit des Ortes, die sie schon immer fasziniert hatte. Sie machte ihr auch Angst, und diese Angst und Faszination zusammen lösten in ihr ein seltsames Gefühl aus. Eine merkwürdige Ehrfurcht vielleicht.

Selbst jetzt noch, nachdem sie ein Leben lang immer einmal wieder hier gewesen war, übte das unheilvolle schwarze Wasser eine magnetische Wirkung auf sie aus. Sie fühlte sich stets von ihm angezogen, kam wieder und wieder her. Wenn das Geräusch in ihrem Kopf ohrenbetäubend laut wurde oder ihr Körper den Sog der Schwerkraft zu stark spürte, stapfte sie im Winter den Berg hinauf, um zuzuschauen, wie Schneeflocken auf die Eishaut sanken, die sich an den seichten Stellen bildete, suchte sich dann in der abendlichen Dunkelheit ihren Weg zurück nach unten, die Lichter der Stadt ihre einzige Orientierung.

Ihr Mann begleitete sie schon lange nicht mehr. Sie waren mal jung und verliebt gewesen, ihre Zukunft ein heller Feuerball so sicher wie die brennende Sonne, und sie waren mit Decke und Korb Hand in Hand den Berg hinaufgestiegen wie schon Generationen von Paaren vor ihnen, hatten sich einen schönen Tag gemacht. Sie hatten sich ausgezogen, waren geschwommen und hatten sich zum Trocknen auf den Steinen ausgestreckt, die das gewaltige Becken säumten; Steine, gemeißelt und geformt von den groben, harten Händen grober, harter Männer, die in ein Jahrhundert hineingeboren worden waren, das heute bereits fremdartig anmutete.

Als das Wasser ihre Schuhe umspülte, die für das Gelände ungeeignet waren, bückte sie sich und wusch sich die Flecken von den Händen. Sie sah, wie die dunkelbraunen Stellen wieder zum Leben erwachten und dann von ihrer Haut tropften, ein roter Tropfen nach dem anderen, der sich zu Nichts verdünnte, zwei Dutzend Tropfen in fünfzigtausend Quadratmetern Wasser.

Sie streifte die Pumps ab und fing an, sich langsam zu entkleiden. Sie sah die Spritzer und Tropfen auf ihrer Bluse. Die getrockneten Flecke als stumme Mahnung. Sie spürte auch das Pochen in Knöcheln und Handgelenken. Sie berührte die verkrustete Schürfwunde an ihrem Hals, die aussah, als wären Morsezeichen in ihre Haut geritzt worden, und betrachtete die verblassenden Blutergüsse, Erinnerungen an Finger, die sich zu fest um Unterarme und lockere Bizepse geschlossen hatten.

Als sie ihre Kleidung zusammenfaltete, versuchte sie, einen Körper, den sie kaum wiedererkannte, nicht anzusehen. Sie ertastete Falten und Furchen, an die sie sich nicht erinnern konnte, die aber einen von Schwangerschaften fast zerstörten Körper zeichneten. Seine Worte, nicht ihre: Die Schwangerschaften haben dich zerstört. *Es* zerstört.

Es hatte keinen Schlüsselmoment gegeben – nicht den einen entscheidenden Faktor –, sondern eher eine Aneinanderreihung von bissigen Kommentaren, bedrückendem Schweigen und gelegentlichen Ausbrüchen von Lärm oder Bewegung, was alles zu groß und kompliziert für ihr enges häusliches Leben erschienen war. Der Zusammenbruch dessen, was einmal gewesen war, hatte aus Dutzenden Gesten bestanden, aus zahllosen ungesagten Dingen und Hunderten Verstimmungen im Laufe von Tausenden Tagen, die sich zu Millionen winzigen Momenten dumpfer Trübsal anhäuften. Alkohol hatte auch eine Rolle gespielt – bei ihm, nicht bei ihr –, doch er hatte nur zum Vorschein gebracht, was schon da war: einen boshaften Charakterzug, der sich in ihm ausgebreitet hatte wie Rost. Diese Verbitterung war zu einem Parasiten geworden, der alles Mitgefühl erstickte, von dem sie noch immer glaubte, dass er es einmal besessen haben musste.

Sie hatte den unaufhörlichen Niedergang dieses Mannes beobachtet, mit dem sie sich fatalerweise auf Gedeih und Verderb eingelassen hatte.

Sie war hier als Kind geschwommen. Sie hatte hier gespielt und gepaddelt und geplanscht. Warme, klebrige Limo und Wespen und Chips, die man sich auf die Finger schieben konnte wie Ringe. Schwirrende Libellen dicht über dem Wasser. T-Shirt-Sonnenbräune. Insektenstiche. Die schwindenden Kondensstreifen ferner Flugzeuge.

Das Wasser war beißend kalt, als sie hineinwatete. Schnappte nach ihr. Sie spürte den Schock in den kleinen Knochen ihrer Füße und dann in den Knöcheln und durch die Beine nach oben rasen.

Sie hatte nicht geschlafen, und sie brauchte diesen jähen Schub.

Erst als der Stausee ihr den Atem raubte, wurde ihr klar,

dass sie deshalb das Haus so verlassen hatte, wie es war, die Vorhänge geschlossen, die Bettdecke zusammengeknüllt und verdreht und fleckig und bespritzt, ein Stuhl umgekippt, die Küchenschublade offen, um durch die Stadt zu gehen, während der Morgen seine ersten Ranken in den Himmel reckte, dann weiter den Berg hinauf, um stumm in dieses weite schwarze Gewässer zu steigen: Weil sie hatte spüren müssen, wie das kalte Wasser ihren Puls beschleunigte. Weil sie Intuition und Instinkt hinter sich lassen und stattdessen das rein Körperliche erleben musste.

Sie durchbrach die vollkommene Stille und ließ sich nach vorne sinken, halb springend, halb plumpsend. Man sagt, der schwierigste Teil ist es, die Brust einzutauchen. Sobald das Herz den Kälteschock gespürt hat, folgt der übrige Körper. Das Blut pumpt, die Haut strafft und kräuselt sich.

Sie zog die Knie hoch an die Brust und hielt sie fest, tauchte dann ganz unter. Ihre Sinne stellten sich schlagartig neu ein.

Als die Frau wieder auftauchte, schwamm sie mit einem Armzug im Bruststil vorwärts. Als Teenager war sie eine gute Schwimmerin gewesen. Sogar eine athletische. Sie hatte einen Körper, der wie dafür gemacht war, und eine nördliche Konstitution, der die Herausforderungen des Wetters nichts anhaben konnten. Sie zählte nicht zu denjenigen, die im Winter das Eis aufbrachen, um anderen etwas zu beweisen, aber sie konnte ein Maß an Kälte aushalten, das andere abschreckte. Damals konnte sie noch viele andere Dinge aushalten, doch die Zeit und die Umstände hatten an ihrer Widerstandsfähigkeit genagt, bis sie das Gefühl hatte, nicht mehr atmen zu können, und etwas zerbrach.

Der Computer. Auch der war schuld, zusammen mit etlichen anderen Dingen. Die viele Zeit, die er vor ihm verbrachte, vorgab, an seinem »Projekt« zu arbeiten, ein amorphes Vorhaben, dessen Inhalt und Zweck sich im Laufe der Jahre geändert hatten. Anfangs ging es darum, die Vogelwelt des Hochlandes zu dokumentieren, dann um Recherchen für ein Buch über die Geschichte aller alten Mühlen in der Region, dann darum, eine Website über Mythen und Legenden des Tals einzurichten. Dann irgendwas mit Real Ale – vielleicht.

Aber sie kannte die Wahrheit. Die Sex-Seiten. Die Filme und die Fotos und die Chatrooms. Dreck. Ihr wäre lieber gewesen, er hätte sich eine Geliebte genommen, statt Verrat durch wortlose Nichtbeachtung zu betreiben. Affären waren wenigstens greifbar. Aktionen, die Reaktionen rechtfertigten.

Ihre Füße tasteten nach dem Grund des Stausees, konnten ihn aber nicht finden, also schwamm sie weiter hinaus. Als sie die Mitte dieses gewaltigen Kessels auf dem Berggipfel erreichte, bot sich ihr ein neuer Ausblick. Jenseits der Felsen am Rande des Beckens war nichts zu sehen außer Wasser und Himmel, deren Farben zusammenflossen und zu einer weiten Fläche aus Wolken und Sonnenlicht verschmolzen, und überall um sie herum diese glitzernden Dreiecke, die auf der Wasserfläche spielten wie Scherben eines im Zorn zertrümmerten Spiegels.

Blut. Sie spürte es in ihrem Körper rauschen, als perlten Bläschen durch ihre Arme und in ihre Fingerspitzen. Sie fühlte sich überschäumend, trunken von ihrem eigenen inneren Feuer.

Zum ersten Mal seit jenen frühen Morgenstunden, als die Nacht sich wabernd verlangsamt hatte und ihr das Haus wie eine unendliche neue Dimension aus sich verdüsterndem Grauen erschienen war, dachte sie an die Kinder. Einen Moment lang bedauerte sie deren Existenz, schon allein wegen der Folgen, die sie würden ertragen müssen. Nicht bloß das Trauma ihrer Verluste, sondern auch die Last der Geschichte. Von diesem Tag an das Stigma eines Familiennamens.

Die Frau drehte sich auf den Rücken und sah das Ufer in weiter Ferne. Sie konnte gerade noch ihre Schuhe ausmachen, ordentlich nebeneinander hingestellt. Das Wasser fühlte sich weich und geschmeidig auf ihrer Haut an, wie Öl. Wie Quecksilber.

Und es war nicht bloß der Alkohol oder der Computer oder die Stimmungsschwankungen. Auch die Arbeitslosigkeit. Dass sie arbeiten und kochen und einkaufen und putzen musste, während er sich in Apathie und Grausamkeit erging. Und er *war* grausam gewesen – denn das konnte er gut. *Manipulativ* war das Wort, mit dem sie es beschreiben würde. Die Fähigkeit, zu verdrehen und zu kontrollieren. Sich zu verstellen. Zu täuschen.

Sie wünschte, sie hätte im Laufe der Jahre so manches gesagt. All die Erwiderungen, die ihr immer erst hinterher einfielen, wenn ihre Wut lange genug gekocht hatte. Doch stattdessen hatte sie sie für sich behalten. Sich selbst zur Flasche gemacht und ihren Groll darin eingeschlossen, fest versiegelt. Aber Flaschen platzen, und Flaschen zerbrechen. Druck baut sich auf, oder etwas zerspringt.

Sie schwamm eine lange Zeit. Sie schwamm mit geschlossenen Augen und spürte, wie der Morgen sich um sie herum entfaltete. Sie spürte die volle, aufgehende Sonne auf dem Gesicht und hörte wieder die Vogelrufe. Die Frau schwamm, bis ihre Beine und Arme schmerzten und Hunger in ihrem Magen wuchs wie eine sich öffnende Blüte.

Am Ende war es eine Kleinigkeit gewesen. Ein Auslöser. Ganz sicher nichts, was sie hätte vorhersehen können. Keine erhobene Hand, sondern ein höhnisches Grinsen – dasselbe Grinsen, das sie tausendmal gesehen hatte, aber nie wieder sehen würde: Es signalisierte Ungläubigkeit ob ihrer Ankündigung, dass sie fest entschlossen sei, eine Ausbildung zu machen. Sich weiterzubilden. Ihr Leben neu zu gestalten, ohne ihn.

Sie hatte diese Ankündigung wochenlang geprobt, und dann wurde sie nur mit einem Grinsen und einem einzigen zweimal ausgesprochenen Wort quittiert: Du? *Du?*

Ein höhnisches Grinsen und dieses eine Wort, und dann wurde etwas geworfen. Ihre Hand, die nach etwas griff. Der Bilderrahmen? Nein. Es hatte sich schwerer in der Hand angefühlt. Aber sie konnte sich beim besten Willen nicht mehr erinnern, was es war. Etwas, das verletzen konnte. Und dann der Gegenangriff. Fäuste und Knöchel und Fingernägel. Ein Handgemenge. Finger an ihrem Hals. Ein zerbrochener Spiegel. Die Küchenschublade. Eine panische Hand, die nach etwas tastete. Die fliehende Katze. Und die ganze Zeit Stille, bis auf das Geräusch ihrer beider schweren keuchenden Atemzüge und ihrer Füße, die auf dem Linoleumboden quietschten. Keine Worte. Bloß ein Zustoßen und dann ein fremdartiges Gefühl von Metall und Fleisch. Metall in Fleisch. Ein letztes Entweichen von Druck, jahrelangem Druck, wie aus einem geplatzten Reifen. Ein Einstich. Chaotisch, aber beherrscht. Ein englisches Ende.

Und dann die trocknenden Flecken in der aufgehenden Morgensonne.

Sie war jetzt so weit vom Land entfernt, wie sie konnte. Der Stausee umgab sie, und sie konnte nicht mehr weiterschwimmen. Sie trat gemächlich Wasser und bewegte die Beine gerade so viel, dass sie den Mund über der Oberfläche halten konnte. Ermüdung zerrte an jedem Muskel, verwandelte ihre Gliedmaßen in Stein.

In der Ferne sah sie, wie die wilden Moorgräser sich im Wind bogen. Das Wasser fühlte sich hier kälter an. Kalt und dunkel und tief. Vielleicht, dachte sie, war der Stausee gar kein Stausee, sondern die große, gähnende Öffnung eines Tunnels, der sich meilenweit bis zum Mittelpunkt der Erde erstreckte.

Eine kleine Feder trieb an ihr vorbei. Es war eine Daune von einer Ente oder einer Gans, nach oben gekrümmt, sodass sie aussah wie eine Miniaturskulptur, die auf der glatten Oberfläche trieb und nur an einer Stelle das Wasser berührte. Geradezu schwebend.

Die Frau sah sie dort treiben, ungestört, allein, leuchtend, weiß, vielleicht das letzte reine und schöne Ding auf der Welt.

Ein Fluss

Als Junge hat er hier Forellen gestreichelt. Er lernte, wie man die schläfrigen Fische langsam aus dem Fluss hob, als wären sie versunkene Silberschätze, um sie dann wie eine schimmernde Opfergabe hoch in die sengende Sonne zu halten.

Als Teenager schwamm er in den kühlen sprudelnden Tümpeln in der Farbe von zu starkem Tee, und später, als junger Mann, kam er hierher, um seiner Frau am Ufer einen Heiratsantrag zu machen, während das Winterwasser dahinströmte wie Quecksilber und der mitgebrachte Whiskey aus dem Flachmann ihre Kehlen wärmte.

Jetzt hat er drei Kinder, und wenn er über die Autobahn fährt, erinnert er sich oft an den Fluss, der dort rauschte, wo heute bloß meilenweit Asphalt ist, und lächelt mit Tränen in den Augen bei dem Gedanken daran, wie das Licht auf die Fischschuppen fiel, sie in glitzernde Wunderdinge verwandelte.

Der längste, strahlendste Tag

Die Weizenhalme teilen sich, als die Hunde in die goldene Dichte des Feldes vorausrennen, um irgendwelche Geschöpfe aufzuscheuchen, die sich in die schattigen Mulden ducken.

Die Frau ruft sie zurück, während der Mann die Schweineherde hütet, sie mit einem festen Schnippen seines gespaltenen Birkenstabs lenkt. Ein Hund gehorcht, doch der andere ist tiefer in das Feld gelaufen, das sich so weit erstreckt, wie das wogende Land es zulässt.

Die Frau pfeift, und der Mann ruft.

Er packt das Fell des ersten Hundes im Nacken und dreht es, bis das Tier ruhig stehen bleibt.

Sie sehen, dass der andere Hund einen Zickzackpfad aus flach getretenen Halmen durchs Feld bahnt, und dann hält er inne, und einen Moment lang ist alles still, und selbst die Schweine scheinen gleichzeitig zu verharren. Die Sonne brennt auf sie herab, und sie sind träge. Sie denken bloß an den nächsten schattigen Tümpel, das nächste Wasser.

In der Luft summen mehr unsichtbare Insekten, als Sterne am Nachthimmel stehen.

Dann flattert etwas aus dem Weizenfeld nach oben: ein dicker Vogel, der sich schwerfällig aufschwingt. Er ist zu weit weg, als dass der Mann ihn mit Speer oder Steinschleuder erlegen könnte.

Und dann, einen Moment später, kommt ein Hase aus dem Weizen und hält auf die stoppelige offene Wiese zu. Er läuft nur mit halber Geschwindigkeit. Die elastischen Sehnen seiner Hinterbeine spannen sich, seine Nüstern sind geweitet und die Ohren nach hinten gedreht, um auf die wilden Sprünge des Hundes zu lauschen, der weit hinter ihm ist, ein schwindender, in der Hitze langsamer werdender Punkt.

»Nutzloser Hund«, sagt der Mann, doch er hält bereits nach Anzeichen von Gefahr Ausschau. Er weiß, dass ein beackertes Feld Menschen bedeutet, und Menschen bedeuten Schwierigkeiten, vor allem, wenn ihre Ernte von irgendwelchen fremden Viehtreibern zertrampelt wurde.

Die Frau pfeift, und diesmal kommt der Hund zurück. Sie warten auf ihn, und als er bei ihnen ist, hat er weit aufgerissene Augen und hechelt, aber sie lassen ihn nicht ausruhen. Der Mann zeigt mit seinem gespaltenen Birkenstab auf den Hügel vor ihnen, und die Frau versteht.

Sie ziehen eilig weiter.

Sie finden Wasser und eine Stelle, wo die Tiere trinken und im Schatten eines Blätterdachs Kühlung finden können.

Die Geräusche, die sie machen, schrecken einen Reiher auf, der die Flügel ausbreitet und von seinem Nest auffliegt. Er dreht Richtung Sonne ab, eine schwarze Form vor dem gleißenden Weiß der langen Trockenzeit, sein Schnabel eine Nadel, die den Himmel mit unsichtbarem Faden näht.

Der Mann öffnet ein großes Bündel, das Nüsse und Eicheln enthält, und er streut sie den Schweinen hin, die sie gierig verschlingen, und dann entrollt er eine steife Tierhaut, und sie ruhen eine Weile.

Als sie erwachen, greift die Frau vorsichtig in ihren Beutel und nimmt drei Eier aus einem losen Körbchen aus schützenden Weißdornzweigen.

Am Rand der Bäume geht sie in die Hocke und schlägt ein Ei an einem Stein auf, dann lässt sie das Innere auf die trockene Erde gleiten. Sie nimmt etwas aus ihrer Tasche. Es ist ein kleiner Zweig mit welken Blättern, die sie abstreift, zerbröselt und mit dem Stock in die Eimasse rührt, während sie leise vor sich hinmurmelt.

Die Frau klopft vorsichtig mit einem Feuerstein auf die Spitze des zweiten Eis, bis ein Loch entsteht, und sie gibt es dem Mann, der ein paar unverständliche Worte zum Boden spricht, ein eigenes Gebet oder eine Beschwörung, und dann hebt er es an den Mund und schlürft den Inhalt. Sie tut es ihm gleich, wischt sich einen klebrigen Faden vom Kinn.

Eine Handvoll Nüsse und harter getrockneter Bohnen folgen. Sie kauen langsam und leise, zermalmen sie zwischen den rauen Flächen ihrer abgenutzten Zähne.

Die Hunde liegen dicht am Wasser auf der Seite, ihre Brustkörbe heben und senken sich.

Der Bach ist nicht tief. Viele Fische schweben in der Strömung. Jeder von ihnen ist so lang wie eine Hand, und sie flitzen auseinander, als der Mann sich hinabbeugt und ein Büschel Kresse herausrupft, die Tropfen abschüttelt. Er kaut ein Blatt, gibt dann der Frau ein paar.

Er schluckt und blinzelt in die Sonne.

»Noch weit?«, fragt er, doch sie zuckt bloß mit den Schultern und fängt an, die Tierhaut aufzurollen, dann zieht sie die Beutelschnur über den Kopf, sodass sie auf ihren schmalen Schulterknochen aufliegt.

Sie pfeift nach den schlafenden Hunden, die ihre trägen Augen verdrehen und dann langsam aufstehen.

Während sie gehen, ist die Sonne ein finsteres Gesicht, das nach ihren Fersen schnappt. Die Sonne brennt wie Nesseln auf ihre schmutzig dunklen Nacken. Die Sonne, das sind die winzigen Lebewesen, die krabbeln und fliegen und sich an Fleisch gütlich tun, das dicke rote Nass schlemmen, das unter der Haut pulsiert.

Sie lecken sich die Lippen, und ihre Lippen schmecken nach Flusssteinen. Sie schlucken und schlucken erneut.

Die Hunde bleiben stehen und seufzen. Ihre rauen Zungen hängen heraus wie gegerbte Lederlappen.

Die Sonne ist Erntezeitblasen an den Händen und wund gescheuerte Haut. Die Sonne ist das Stechen abgezupfter Dornen. Die Sonne ist ein Gesang, der unaufhörlich erklingt. Der Himmel ist klar und still, und er drängt sie, sich mit den Knochen ihrer Väter zu vereinen.

Sie trotten weiter, folgen den Schweinen, die im Flachland herumstreunen.

Die Hunde halten die Herde zusammen, und der Mann und die Frau rücken die Tierhäute, die Beutel, den Proviant und die Werkzeuge zurecht, die sie sich auf den Rücken geschnallt haben.

Sie fühlen sich hier im Flachland ausgeliefert, wissen aber, dass jeder, der sich ihnen nähert, ebenfalls zu sehen sein wird.

Die Bäume bieten Deckung, aber dort haben sich auch

Menschen auf Lichtungen niedergelassen, indem sie Baumstümpfe ausgruben, Bäume fällten, Fallen aufstellten.

Es hat seit langer Zeit nicht mehr geregnet, und das grüne Gras wird allmählich gelb. Risse zeigen sich in der Erde, und sie kommen an einigen ausgetrockneten Sümpfen vorbei, wo einst Wasser war, wo es jetzt aber nur noch schlaff herabhängende Binsen und Dickichte von welken Nesseln gibt.

Im Gehen zerreibt die Frau langsam Grasähren zu Staub, und dann wickelt sie sich die Halme um die Finger. Sie windet sie, bis sie reißen oder sich auflösen und zu Boden fallen. Sie rupft weitere lange, trockene Halme aus und flicht sie zu festen, glatten Bändern, die sie später in Augenhöhe an niedrige Äste binden wird, um mit ihrer Hilfe den Weg zurückzufinden.

Die Frau weiß aus Geschichten, die sie gehört hat, dass diese weiten, offenen Ebenen genutzt werden, um neue essbare Dinge anzubauen, mehr Obst und Gemüse und Getreide, als ein Mann oder eine Frau oder eine Familie je verbrauchen könnte. Sie fragt sich, was sie jenseits der knochentrockenen Ebenen erwartet und ob alles in eine tiefschwarze Grube des Nichts stürzen wird, wenn sie die Stelle erreichen, wo der Himmel das Land berührt.

Aber der Himmel geht immer weiter, und das Land geht immer weiter.

Bei Tag und Nacht.

Immer weiter.

Unendlich.

Er beobachtet sie. Er betrachtet ihren Hinterkopf. Er bewundert ihren Gang, ihre Gestalt.

Er denkt daran, wie sich ihre starken Hüften anfühlen, wenn er die Hand um den Knochen dort schließt.

Außerdem ist sie geschickt und mutig. Sie kann Dinge herstellen, und sie kennt das Land. Ist nützlich mit ihren Händen. Sie kann heben. Navigieren. Nahrung suchen. Die Tiere versorgen.

Es erregt ihn, wenn er winzige Schweißperlen auf ihrer Oberlippe sieht oder wenn sie ihn aus der Ferne anlächelt.

Er genießt es, sie dabei zu beobachten, wie sie sich auszieht, um in einen Teich zu steigen, wenn sein Blick auf dem dunklen Ziel der Taille verweilt und sich ihre braune Haut zwischen den wechselnden Splittern des Sonnenlichts auf dem Wasser golden verfärbt. Ihre Gliedmaßen unter Wasser zu Tangenten werden.

Die Felder sind die Haut des Landes.

Hier und da bemerken der Mann und die Frau, wie sich in der Ferne Formen bewegen, und häufig nehmen sie Dinge tief im Gras wahr, Geschöpfe, die durch die undurchdringliche Wildnis huschen.

Über ihnen schweben und kreischen Vögel, manchmal in großen Schwärmen, die ständig wechselnde Formationen bilden, und manchmal sind es Einzelgänger, die herabstoßen, um etwas Hilfloses zu packen und damit nach oben wegzufliegen, dorthin, wo die Götter sitzen und wachen.

»Ich hab gehört, da draußen gibt es viel Wasser«, sagt die Frau.

»Das hab ich dir erzählt«, lautet die Antwort des Mannes.

»Nein. Das hab ich schon früher gehört, in Vaters Geschichten. So viel Wasser und so tief, dass kein Mensch es je überqueren könnte.«

»Die Götter haben es so gemacht.«

»Warum wohl?«

»Es ist sinnlos, sich das zu fragen. Denk lieber über Dinge nach, auf die es ankommt, wie die Schweine und wie viel wir für sie bekommen werden.«

»Es sind gute Mastschweine.«

»Ja. Ja, das sind sie.«

»Wir haben sie gut aufgezogen.«

»Gut genug.«

»An dem Kreis in der Mitte von allem wird jemand haben wollen, was wir anzubieten haben«, sagt die Frau.

»Das hoffe ich«, sagt der Mann. »Wir sind gut zu den Göttern gewesen, und die Götter werden gut zu uns sein.«

»Das hoffe ich auch.«

»Hoffnung ist alles, was wir haben.«

»Und einander.«

Sie erreichen den Wald und bleiben stehen und warten und lauschen. Die dichten Bäume verfinstern den Tag. Dunkle Illusionen sind am Werk.

Das wenige Sonnenlicht, das hereindringt, wird geformt und gefangen, wirft nur noch Rechtecke auf den Boden.

Sie hören weder Stimmen, noch sehen sie irgendwelche Anzeichen von Leben, wie beispielsweise Fußspuren oder verkohlte Kreise. Sie riechen keine Latrinen. Die Hunde treiben die Schweine instinktiv zusammen, und der Mann krault sie zur Belohnung hinter den Ohren.

Am Abend, nachdem sie Wasser gefunden und alle so viel getrunken haben, dass ihre Bäuche anschwellen, fesselt er die Vorderbeine der Schweine mit getrockneten Därmen, sodass sie vorgebeugt stehen müssen und die Hinterbeine nur nachziehen können, und wenn sie das tun, schürfen sie sich die Haut auf, und das tut weh, also lassen sie es. Er verfüttert den letzten Rest Nüsse an sie. Sie legen sich hin.

Der Mann und die Frau sind tief im Farnkraut versteckt. Hier breiten sie ihr Tierhautlager aus und liegen dann dicht zusammen in der dünnen, trockenen Dunkelheit, die Arme umeinander, die Münder offen, wodurch sich ihr Atem vermischt, und sie träumen von der Sonne und großen Steinen und dem gewaltigen Wasserfall zu Hause, bis die Vogelrufe laut werden und die Sonne ihnen in die Augen sticht.

Erst, als der Mann aufsteht und nach den Schweinen sieht, merkt er, dass eines fehlt.

Mithilfe der Hände zählt er sie erneut, weil er weiß, dass er so viele Schweine wie Finger hat, doch diesmal sind es mehr Finger als Schweine.

Er watet ins Farnkraut, zuerst in eine Richtung und dann in die andere. Abgesehen von dem Kreis, den sie selbst flach gedrückt haben, ist es unberührt. Es ist unerklärlich.

Der Mann geht in die Hocke und sucht den Boden nach Spuren ab, doch so, wie die Schweine die trockene Erde dort zerwühlt und zertreten haben, ist es unmöglich, andere Abdrücke zu erkennen. Ihr Kot ist überall, intensiv. Er nimmt die Farnstängel in Augenschein, und keiner scheint geknickt oder gekrümmt.

Die Kühle des Morgens entweicht bereits, und der Mann spürt nassen Schweiß an Schläfen und Rücken.

Er watet tiefer ins Farnkraut, und die weichen Farnwedel streifen seine Beine. Die Frau sieht ihn und sagt: »Was ist?«, aber er antwortet nicht, umkreist jetzt das Lager, bahnt sich einen Weg durch die Pflanzen und späht in alle Richtungen. Er empfindet zunächst Panik und dann Angst, dann Zorn und schließlich Resignation.

Er geht zurück zu den Schweinen und löst langsam ihre Fesseln. Sie stehen nacheinander auf, recken sich und fangen dann an, den Boden zu beschnüffeln.

Die Frau ist an seiner Seite. Er zeigt auf die Tiere und hält dann die gespreizten Finger hoch. »Wie?«, sagt die Frau, und ihre Augen weiten sich. »Wo?«

Der Mann schüttelt achselzuckend den Kopf.

Sie blicken beide über die Farne hinweg in den Wald und sehen, dass die Sonne hoch steht, und sie schauen einen Moment lang zu, wie die Lichtstrahlen auf dem festen Teppich des Bodens spielen.

Dann fliegt, irgendwo hinter den hohen Säulen uralter Baumstämme, unsichtbar im jenseitigen Unbekannten, geräuschvoll ein Vogelschwarm auf.

Sie orientieren sich an der Sonne. Sie gehen lange Zeit, aber sie halten immer wieder an, um die Richtung zu überprüfen oder um Wasser zu trinken und sich zu waschen und die Füße zu kühlen und die Tiere dasselbe tun zu lassen. Sie ziehen ihre grobe Kleidung aus und tauchen sie ein und tragen sie dann nass. Die Hunde werden im Wasser übermütig und lassen sich gern bespritzen. Sie versuchen, große Schlucke zu fressen, als wären sie etwas Festes. Die Schweine suhlen sich und grunzen und genießen es, wenn sie gekratzt werden.

Sie hinterlassen eine Spur aus Mist, doch der Mann bemerkt, dass die Kugeln kleiner, dunkler, trockener und seltener werden. Er denkt immer wieder über das fehlende Tier nach, und dabei wendet er jedes Mal den Kopf und blickt über die Schulter, und er sieht die Felder und Hügel, die sich hinter ihnen in der Ferne verlieren, und er sieht die verschlungenen Knäuel aus dichten Wäldern, die sich zusammenfügen, um Wege für die Bären und die Wölfe und die Rehe und die Füchse und die Luchse und die Iltisse und all die anderen Tiere zu bilden, die einander in dem immerwährenden Todestanz belauern, der von allen Lebewesen vollführt wird.

Es grollt in der Ferne, aber es sind keine dunklen Wolken zu sehen oder Streifen von weißem oder violettem Licht, und der Himmel hat nicht die Kupferfarbe von Kalksteinwasser angenommen, wie er das sonst an Tagen tut, an denen ein Gewitter aufzieht.

Sie sind inmitten der Graslandschaft, und ihre Kleidung ist mit Kletten, Samen und Ähren bedeckt und mit Pollenflecken übersät.

Der Mann und die Frau sehen einander an, und die Hunde verharren, drehen die gespitzten Ohren in die Richtung des Geräuschs. Ihre Schwänze gehen nach unten, krümmen sich eng zwischen die Hinterbeine. Obwohl ihnen die Sicht versperrt ist, senken sie den Körper und richten die Augen auf den oberen Rand der Wiesen. Das Grollen wird lauter, und der Mann bedeutet ihnen mit der Hand, sich zu ducken. Der Himmel kündet kein Gewitter an, dennoch erschüttert ihn das Donnern von etwas Mächtigem, etwas, das größer ist als jedes Lebewesen. Ein tiefes Trommeln.

Dann tauchen plötzlich Formen am Horizont auf, schwarze, wilde Formen, die über den Pfad vor ihnen rasen. Es gibt viel Gedränge, und Schnauben ist zu hören und auch Atmen, und Hufe hämmern auf den harten Löss, als unzählige Pferde am Rand der Wiese durchs Gras stürmen. Der Mann und die Frau sind nah genug, um die Mähnen der Tiere sehen zu können, die mit flatternden Schweifen donnernd dahinpreschen, nah genug, um zu spüren, dass die Luft um sie herum sich verändert.

Inmitten der Herde rennen jüngere Ponys, so schnell sie können, um mitzuhalten. Ihre Felle glänzen in dem grellen Licht, als würden Mineralien die Sonne spiegeln. Das ein oder andere stolpert auf dem Grasboden, aber keines stürzt.

Manchen Pferden hängen Schleimfäden aus dem Maul. Ihre Lippen sind gebleckt und bringen große, starke gelbe Zähne zum Vorschein, wie in rosa Zahnfleisch eingebettete Steine, und weiße Schaumflecken kleben an ihren runden Leibern.

Sie bewegen sich als Einheit.

Ihre zuckenden Nüstern sind nass und gebläht, und ihre Augen sind groß und schwarz und wild, sie suchen nach etwas Unsichtbarem, dem Ziel ihrer Begierde, tief vergraben in der kollektiven Enthemmtheit ihres unbändigen Ansturms, und der Mann und die Frau halten die Hunde fest, froh, dass die Pferde nicht auf sie zukommen, denn sonst würde ihre Karawane mit Sicherheit in die rissige Erde gestampft.

Die Schweine sind unruhig, aber sie können die Pferde nicht sehen, die jetzt davongaloppieren, eine aufsteigende Wolke aus Staub und Pollen und Löwenzahnsamen als einzige Erinnerung an ihr Auftauchen zurücklassen. Tiefe Stille breitet sich über das Grasland.

Der Mann und die Frau lächeln, weil sie wissen, dass sie etwas Wunderbares und Schönes erlebt haben.

Sie hoffen, dass sie in dieser Nacht im Schlaf die Wildpferde erneut sehen werden.

Wieder mal versperrt ihnen ein Gewirr von Kletterpflanzen zwischen den Bäumen den Weg.

Sie sind schwer behängt mit dicken Büscheln grüner Trauben. Runde, glänzende, pralle Früchte inmitten von Blattwedeln und Ranken, die sich um Äste und Zweige winden.

Die Frau pflückt eine und schnuppert daran. Sie presst sie zusammen, bis die Haut aufplatzt, und kostet den süß herausspritzenden Saft, warm und zuckrig. Der Geschmack der Sonne.

Sie kaut auf dem Fruchtfleisch, und ehe sie damit fertig ist, stopft sie sich schon weitere Trauben in den Mund. Eine, zwei, drei. Der Mann tut es ihr gleich, und schon bald sind ihre Münder zum Bersten voll, und sie lachen, während es von ihren Lippen tropft. Und dann, nachdem sie die Trauben geschluckt haben, küssen sie sich unter den Zweigen.

Sie lösen sich voneinander, und die Frau nimmt etliche Trauben und zertritt sie mit dem Fuß. Sie spricht ein Gebet. Sie presst sie in den Boden. Die Haut und das Fruchtfleisch. Die Samen. Sie vermischt alles mit der trockenen Erde.

Der Mann will den Hunden auch ein paar Trauben geben, doch sie hält ihn am Unterarm fest.

»Nein«, sagt sie. »Die sind schlecht für Hunde. Weißt du nicht mehr?«

Stattdessen verfüttern sie die Trauben an die Schweine, die fressen, bis sie rülpsen und furzen, und dann pflücken der

Mann und die Frau vorsichtig noch weitere Trauben und wenden sich von dem undurchdringlichen Dickicht ab, um einen neuen Weg durch das versunkene Labyrinth dieser Insel zu suchen.

Sie gehen lange Zeit durch den Wald, und dann gehen sie noch länger über Wiesen, und manchmal unterhalten sie sich.

»Was, glaubst du, liegt hinter diesen Wiesen?«, fragt sie.

»Darüber haben wir schon geredet.«

»Ich weiß. Aber was, glaubst du, liegt hinter diesen Wiesen?«

»Bäume.«

»Und was, glaubst du, liegt hinter den Bäumen?«

Er kratzt sich den Bart, bevor er antwortet.

»Noch mehr Bäume.«

»Und dahinter?«

Er zaudert. Er überlegt einen Moment.

»Noch mehr Wiesen.«

Jetzt ist sie es, die zaudert.

»Es kann doch nicht immer so weitergehen.«

»Wieso nicht?«

»Nur Wiesen und Bäume.«

»Ja. Ja, so kann es weitergehen.«

»Bloß Wiesen und Bäume bis in alle Ewigkeit.«

Er nickt.

»Und große Felsen und tiefe, dunkle Flüsse. Und Berge und Ebenen. Und der Himmel und die Götter hoch oben und die Götter weit unten. Und –«

»Ja?« Sie drängt ihn weiterzureden. Sie möchte, dass es mehr gibt.

»Und du weißt, was noch.«

Sie ist einen Moment lang verwirrt. Dann erinnert sie sich. Sie lächelt.

»Und der Kreis.«

»Und der Kreis«, wiederholt er.

»In der Mitte von allem.«

»In der Mitte von allem«, wiederholt er so leise flüsternd, dass sie ihn nicht hört.

Rauer Sandstein, der sich aus der Erde zwängt und in der Sonne glitzert, wird bald zu braungelbem Kalkstein. Die Sonne malt mit einer anderen Palette Muster auf den Fels.

Dort, wo das Land sich absenkt, sehen sie gewaltige steile Platten aus hellem Stein, rötlich, als wären ein paar Blutstropfen in eine kleine Schüssel Wasser gefallen. Als lägen die klaffenden Wunden der Erde offen.

Die Narben der Götter.

Später, tief in ein Wäldchen geduckt, das eine grüne Festung auf den vergilbten durstigen Ebenen ist, dringen Laute durch die Nacht, die ihnen Angst machen. Geheul und Schreie und einmal ein tiefes Grunzen von etwas ganz in ihrer Nähe, räuberisch und gierig. Die Hunde und die Schweine sind ebenfalls unruhig, also setzt der Mann sich auf, um Wache zu halten. Er hat seinen Speer, und er hat seine Schleuder, doch sie sind nutzlos gegen die Fliegen, die seinen Kopf umschwirren. Er schlägt sie weg, doch jedes Mal kommen noch viel mehr zurück. Er betrachtet die Frau, die jetzt auf der gegerbten Tierhaut schläft, seitlich zusammengerollt, und er spürt etwas Starkes in sich, ein Gefühl, das ihn in der kühler werdenden Nacht wärmt, ein Gefühl, sie beschützen zu müssen, aber auch, sich auf sie verlassen zu können, und er fragt sich, ob jetzt die Zeit gekommen ist, ob diese Reise ihnen das geben wird, was sie sich wünschen, was sie begehren und verzweifelt herbeisehnen, ob das Festhalten an den Ritualen und das Besänftigen der Götter in der Mitte von allem Früchte tragen wird, und dann denkt er darüber nach, was er ohne sie tun würde und dass er ohne sie ganz allein hier wäre, bloß er und die Tiere, und er ist sehr ängstlich und sehr wach.

Zuerst spüren sie seinen Sog.

Sie haben ihn unten in einem Tal gespürt, durch einen Fluss hindurch und über etliche Berge hinweg. Sie sind seiner Nähe gewahr, und dann endlich sehen sie ihn, wie er vor ihnen aufragt.

Vielleicht wurden sie schon von dem Moment an, als sie ihre Heimat vor vielen Tagen verließen, von ihm angezogen, denn sie wissen, dass etwas Derartiges nicht zufällig gebaut wird.

Da ist er, strategisch auf dem höchsten Punkt des Landes platziert. Ein heiliger Steinkreis.

Eine Allee von Felsen, die zu ihm hinführt.

Sie sehen zuerst die schwelenden Überreste der vernachlässigten Feuerstellen von letzter Nacht, aus denen feuchtblaue Rauchfahnen in den Morgen aufsteigen.

Sie sehen die um den Ort verstreuten Hütten.

Sie sehen und hören und riechen das Vieh, das eingepfercht oder an Pfähle gebunden ist – Schweine und Ochsen und Kühe und Schafe und unbekannte Tiere, die wie Schafe aussehen, aber keine Schafe sind, sondern leere Augen und Gesichter haben, die sie menschenähnlich machen.

Sie sehen Schüsseln und Geräte zum Pflügen und Säen und Säcke voll Getreide.

Sie sehen Männer und Frauen. Viele Männer und Frauen, die sich der Umarmung der Sonne entgegenöffnen.

Und sie sehen den Steinkreis in der Mitte von allem.

Die Steine stehen aufrecht und gerade wie junge Bäume. Sie wachsen aus dem Boden, zwölf an der Zahl, zu dem vollkommensten Kreis angeordnet, den ein Mensch ausmessen kann.

Der Frau fällt auf, dass sie geformt und behauen wurden, diese Steine, und dass sie die Narben und Schrammen von Hammer und Meißel tragen. Sie sind einander so ähnlich und so verschieden wie Menschen untereinander, zwölf Individuen, die eine größere Einheit bilden; sie haben etwas gemeinsam, eine Aura von Zugehörigkeit. Es liegt eine Kontinuität in der Art, wie der Kreis ewig weitergeht.

Dem Mann fällt auf, dass um den Kreis herum ein Graben angelegt wurde, mit dessen Aushub man die Wälle aufgeschüttet hat, die zum Schutz der Monumente dienen, ohne die Sicht darauf zu verdecken.

Der Grund, warum das alles hier steht, ist unbegreiflich groß, und doch wissen beide, dass sie an diesen Grund glauben.

Jeder Stein, denkt die Frau, hat einen Charakter, und keiner gibt Anlass zur Furcht. Tatsächlich möchte sie nichts sehnlicher, als sie berühren und in ihre Mitte treten und dort sitzen und den Himmel über sich und die Sonne auf ihrer Wange spüren und sich dann ausstrecken und tief schlafen.

Aber es sind andere Menschen da. Manche mustern sie, und einige kommen herüber, und die Hunde winseln und grummeln, doch der Mann befiehlt ihnen, still zu sein, und noch immer empfindet die Frau keine Furcht.

Sie empfindet Glück oder etwas Stärkeres, Fremderes.

Ein Gefühl jenseits aller Worte.

Eine Frau nähert sich ihnen. Sie ist groß und dunkel, und ihr folgt dicht auf den Fersen eine andere Frau, die noch dunkler und schöner ist. Sie blinzeln ins Sonnenlicht und schirmen dann die Augen ab.

»Wir heißen euch willkommen«, sagt die Erste. »Seid ihr Bauern?«

Der Mann nickt. »Wir sind Bauern. Ja.«

»Was habt ihr anzubieten?«

»Schweine, Werkzeug und Fertigkeiten. Samen. Und guten Willen.«

Die große dunkle Frau nickt. Sie lächelt.

»Wohnt ihr hier?«, fragt der Mann.

»Niemand wohnt hier. Aber es gibt einen Platz, wo ihr rasten könnt.«

Sie zeigt auf die Hutten, die rund um die Wiese jenseits des Steinkreises stehen. Sie sehen aus wie große, aus Zweigen geflochtene und umgedrehte Schüsseln, groß genug, dass zwei darin schlafen können.

»Es gibt für alle einen Platz«, fügt die schöne Frau hinzu, doch als sie spricht, sehen sie, dass sie gar keine Zähne hat, und ihre Stimme ist ein leises Krächzen durch die Weichheit ihres gequälten Mundes. »Wenn ihr etwas anzubieten habt.«

»Das haben wir«, sagt die Frau. Sie zeigt auf eines der Schweine. »Eins haben wir unterwegs verloren.«

»Oder es wurde gestohlen«, schiebt der Mann nach.

»Hier wird nicht gestohlen«, sagt die große Frau.

»Gut.«

»Hier wird nicht getötet«, sagt die Frau ohne Zähne.

»Wir wollen nur die Götter besänftigen und unseren Lohn empfangen.«

»Das ist der Ort dafür. Das ist die Zeit dafür.«

»Das haben wir gehört«, sagt die Frau. »Das haben wir gehofft.«

Ein Moment der Stille tritt ein, und dann spricht die große dunkle Frau.

»Die Schweine sind bestimmt durstig.«

Der Mann nickt.

»Und die Hunde«, sagt sie. »Ihr solltet euch vor der Nacht ausruhen.«

»Vor der Nacht?«, sagt die Frau.

»Hier geschieht alles umgekehrt«, sagt die schöne Frau ohne Zähne. »Umgekehrt und umgedreht. Licht ist Dunkelheit, und Dunkelheit ist Licht. Keine Tage und keine Nächte. Irrwege und Götterweisheit, alles geschieht bei Sonnenaufgang.«

»Da drüben gibt es Wasser«, sagt die große dunkle Frau und deutet auf einen Graben.

Die beiden Frauen wenden sich ab und gehen.

Sie schlafen bis kurz vor Sonnenuntergang, und als sie erwachen, herrscht Betriebsamkeit.

Jetzt sind viele Menschen da, Menschen wie sie, Paare von Männern und Frauen, ohne Kinder, hauptsächlich Bauern, von weither gekommen. Sie versammeln sich in Gruppen auf den Wällen, bei dem Graben und in dem Steinkreis, und schon wird viel getauscht und gefeilscht. Geschäfte werden gemacht.

Es gibt viele Waren, ausgelegt auf dem trockenen Boden oder, wenn es um Vieh geht, in unmittelbarer Nähe angebunden. Bauern bieten Samen, Knollen und Stecklinge an. Andere haben Schweine, Kühe, Schafe. Auch angriffslustige Jagdhunde und winzige Welpen. Es gibt läufige Hündinnen, Hündinnen für die Zucht. Haufenweise Körbe, Säcke, Taschen und Beutel, die eingetauscht werden können. Pfeilspitzen aus Feuerstein, Speere, Steinschleudern, Keulen. Wickeltücher und Schalen. Gegerbte Tierhäute. Lederbälle und Garnrollen.

Es gibt Kugeln aus Butter und verschiedene Käse. Schweinehälften und Schinken.

Nüsse und Dörrobst. Bohnen und Linsen und Flachs.

Honig, Öl, Wachs.

Nicht alles hat einen praktischen Nutzen. Manche bieten Dinge an, die dem Vergnügen dienen, wie zum Beispiel bunte Steine und Halsketten aus Muscheln oder Tierschädeln, die mit Beerensud violett gefärbt wurden. Es gibt kunstvolle Schnitzereien aus Horn und Knochen. Gewebte Stirnbänder. Eine Frau bietet an, Haare geschickt zu flechten.

Und mitten unter den Händlern sind einige einzelne Männer. Sie spazieren allein zwischen den Steinen und um sie herum, und hier und da bleiben sie stehen, um einen Gegenstand in die Hand zu nehmen. Sie schlagen auf den Schenkel eines Schweins oder untersuchen die Zähne eines Schafs. Sie betrachten diejenigen, die Waren feilbieten, und wechseln ein paar Worte, manchmal auch mehr. Manche gehen einfach weiter, schweigend.

Der Mann und die Frau waschen rasch den Staub von den Schweinen und lassen sich von den neugierigen Hunden zu dem Markt führen.

Sie alle erregen Aufmerksamkeit – Mann, Frau und Tiere gleichermaßen.

Sie ernten ähnliche interessierte Blicken von den anderen Händlern und Bauern, aber vor allem von einigen der einzelnen Männer. Besonders einer beobachtet sie von Weitem, halb verdeckt von einem der großen aufrechten Steine. Die Frau ist mit den Hunden beschäftigt, doch der Mann sieht ihn und nickt ihm kaum merklich zu. Der Mann hinter dem Stein starrt bloß zurück.

Die Dunkelheit bricht herein, aber es ist keine richtige Dunkelheit, sondern das dünne, aufgeladene Licht des längsten, strahlendsten Tages, wenn die Luft so straff gespannt scheint, dass sie surrt, und Gras vor Leben raschelt und die Nacht sich nie wirklich zeigt und der Tag bloß ein Weilchen ruht.

Der Mann, der hinter dem Stein gelauert hat, kommt langsam herüber und bleibt vor ihnen stehen. Sie sehen, dass er zwar untersetzt und breitschultrig ist, aber einen zu kurzen und verkümmerten Arm hat, nicht größer als der eines kleinen Kindes. Seine Brust und Arme sind dicht mit krausem Haar bedeckt, das in der Sonne die Farbe von Honig angenommen hat.

»Was habt ihr zu bieten?«, fragt er.

Er spricht zu ihnen beiden, doch seine Augen sind auf die Frau gerichtet.

Der Mann deutet auf die angebundenen Schweine.

»So viele, wie du Finger hast, weniger eines für die Götter.«

Der haarige Mann betrachtet die Tiere. Er geht in die Hocke und nimmt sie genau in Augenschein.

»Sie könnten fetter sein«, sagt er.

»Es sind die besten Schweine, die du je kosten wirst«, sagt die Frau, bemüht, nicht auf seinen Arm zu achten. »Ernähren eine Familie viele Sonnenaufgänge lang. Bringen euch gut durch die Schneezeit. Und es sind Zuchtschweine.«

Der haarige Mann betrachtet sie erneut. Er mustert sie von oben bis unten, auf eine Art, dass sie sich nackt fühlt. Starrt.

»Was ist mit den Hunden?«

»Was soll mit ihnen sein?«, fragt der Mann.

»Ich brauche einen, um sie zu hüten.«

»Hast du keinen eigenen?«

Er schüttelt den Kopf.

»Ich komme mit dem, was ich am Leib habe. Alles, was ich brauche, trage ich in mir.«

Der Mann und die Frau sehen einander an. Das Licht schwindet jetzt rasch. Ohne ein Wort zu wechseln, wissen sie, dass sie in stillem Einverständnis sind. Dafür haben sie die Ebenen durchquert. Sie haben kaum eine Wahl.

»Wenn du die Schweine nimmst, kannst du einen von unseren Hunden haben.«

Der haarige Mann wägt das Angebot ab. Obwohl er weiß, dass er es annehmen wird, zögert er seine Antwort hinaus. Wieder sieht er die Frau an, und ihr wird flau im Magen.

»Die Schweine und ein Hund sind ein fairer Tausch für das, was ich habe.«

»Wie können wir dir glauben?«

»Mir glauben?«

»Wie können wir glauben, dass es klappen wird?«, sagt die Frau.

»Habt ihr die Götter stets besänftigt?«, fragt der haarige Mann mit dem kleinen Arm.

»Ja. Jeden Tag.«

»Dann wissen es die Götter.«

»Aber wie können wir es wissen?«

Er zuckt mit den Schultern. »Weil heute der Tag ist, an dem die Sonne am hellsten und längsten scheint und die Welt bei Sonnenaufgang neu geboren wird. Weil ich jeden Tag eine Schale Schweineblut trinke und ich das schon viele Male zuvor getan habe. Fragt andere.«

»Wen?«

Der haarige Mann schaut sich um. Er zeigt auf zwei Männer und eine Frau. Einer der Männer ist vorgebeugt und packt einen Stapel Weidenkörbe ein.

»Wir akzeptieren«, sagt die Frau.

Der haarige Mann deutet mit dem Kinn auf die Mitte des Steinkreises.

»Dann beten wir zu den Göttern, und wir warten«, sagt der haarige Mann. »Wir warten bis kurz vor Tagesanbruch.«

Er sieht den Mann einen Moment lang an.

»Aber du nicht. Nur ich und sie.«

Abermals in ein Wäldchen geduckt, sieht er, wie die ersten Finger des Lichts sich um den Rand der Nacht schließen. Die Wolken, von hinten angestrahlt, beginnen zu leuchten.

Er hört den zaghaften Ruf des ersten erwachenden Vogels, ein knospendes Lied, noch auf der Suche nach einer Melodie.

Die große dunkle Frau und die schöne Frau ohne Zähne haben ihm gesagt, er müsse sich entfernen und dürfe erst zurückkommen, wenn der Tag ganz hell und der Tau auf dem Gras getrocknet sei. Sie zeigten auf die Bäume und sagten ihm, dass er dort schlafen könne, aber den Steinkreis nicht betreten dürfe. Wenn er es trotzdem tue, würde er sich dem Willen der Götter widersetzen. Sich dem Willen der Götter zu widersetzen würde das Ritual für alle zunichtemachen. Und das Ritual findet nur zweimal im Jahr statt: am längsten, strahlendsten Tag der Sonne und am kürzesten, dunkelsten Tag des Eises.

Sie konnten seine Sicherheit nicht garantieren, sollte er das Ritual stören.

Er ist hungrig, kann aber nicht essen. Er ist durstig, wagt es aber nicht, einen Becher zu heben, um seine Lippen zu benetzen. Stattdessen kauert er wie ein verbanntes Wesen in einem dunklen Winkel des Wäldchens, reglos.

Und jetzt sieht er den ersten Lichtstrahl eine Wolke durchbohren, wie eine Knochennadel durch Rindsleder sticht. Er leuchtet genau zwischen zwei der stehenden Steine hindurch, genau in die Mitte des Steinkreises. Das Licht und die Steine sind vollkommen aufeinander abgestimmt.

Selbst aus der Entfernung sieht er Formen, die Formen von sich krümmenden und windenden Körpern.

Viele von ihnen ineinander verschlungen.

Während die Sonne an Kraft gewinnt, bleibt der wärmende Strahl auf den Kreis gerichtet und weitet sich immer mehr, bis er ihn ganz in herrliches, Leben spendendes Licht taucht.

Sie ist irgendwo da drin.

Der haarige Mann ist auf ihr, und er hält sie fest. Sein verkümmerter Arm ist erstaunlich stark, als er sie geschickt umdreht und in Stellung bringt. Die Bewegungen der anderen innerhalb des Kreises nimmt sie kaum wahr, aber die Geräusche sind schwer zu ignorieren. Das Stöhnen, das Schluchzen. Das Ächzen. Ihre Knie auf dem harten, trockenen Boden sind wund, und er hat seine Hände in ihrem Haar und seinen Atem in ihrem Ohr. Sie kann ihn riechen. Als sie spürt, dass die aufgehende Sonne ihren Rücken wärmt, gibt sie sich ihm hin, gibt sich dem Ritual hin. Den Göttern. Sie schließt die Augen und lässt sich an einen anderen Ort treiben, und für eine Weile entrinnt die Zeit, und dann fühlt es sich an, als wären viele Hände auf ihr, als strichen viele Finger durch ihr Haar, als würden sie es packen und um eine Hand oder viele Hände schlingen. Münder sind auf ihr. Überall, warme, nasse Münder. Es ist, als würde sie überall berührt, innen und außen, und das Stöhnen und das Schluchzen und das Ächzen ist jetzt laut, es ist überall um sie, und sie hört erstaunt, dass auch sie stöhnt und schluchzt und ächzt, und die Sonne geht auf und brennt und flammt, Licht breitet sich über dem Kreis aus, und die Steine werfen lange Schatten wie verzerrte Kreaturen, und Farben wirbeln hinter ihren Augen, aber sie weigert sich, sie zu öffnen. Sie wird gestoßen und gezogen, und es sind Hände und Münder auf ihr, und ihr Rücken brennt, und die Farben wirbeln, und es wird gelacht und geschrien und geheult und gewimmert und gebrüllt, und die Schatten krümmen und strecken sich, als die Sonne sie umkreist, und sie sind alle in seiner Mitte, während Samen im Boden der Sehnsucht Wurzeln treiben. Und die Götter gewähren ihnen ihre Wünsche.

Noch immer überzieht Frost den Boden, und die ersten Frühlingstriebe haben den gefrorenen Teppich, der die Erde bedeckt, bislang nicht durchstoßen, als sie unter Qualen im halbdunklen Schutz der Höhle liegt.

Er ist an ihrer Seite, mit einem Stock, auf den sie beißen kann, und mit Wasser, und das Feuer lodert. Es könnte tagelang brennen, so viel Holz hat er gesammelt. Auch zu essen ist genug da. Er hat die richtigen Vorbereitungen getroffen.

Die Beine der Frau sind weit gespreizt, und sie wird vor Schmerz ohnmächtig, aber als sie wieder zu sich kommt, ist der Kopf zu sehen, eine kleine, dunkle, nasse Wölbung mit dichtem Haar, und dann spähen zwei Augen hinaus in die Welt, suchen nach einem Licht zur Orientierung.

Sie schreit, und das Baby glitscht hinaus auf das Bett aus Moos.

Der Hund trottet herbei und will den schlüpfrigen Film ablecken, der das Kind bedeckt, doch der Mann stößt ihn weg. Das Baby ist still, aber es atmet.

Er wischt das kleine Gesicht sauber und bückt sich, um die Nabelschnur durchzubeißen. Und da sieht er ihn, in dem Dämmerlicht des flackernden Feuers: einen fast unwirklich kleinen Arm.

Das Kind gurgelt und öffnet die Augen. Es streckt die Hand nach ihm aus.

Er hält ihm einen Finger hin, und die winzige Hand des Kindes schließt sich darum.

Sie greift zu.

Vorstadttiere

Vorher.

Bevor Angst die Brachflächen unserer erwachsenen Psyche heimsuchte, gab es die Pubertät. Jene Zeitschleuse zwischen alten und neuen Körpern, als Unschuld ein Rohstoff war, eine Tugend.

Wir wohnten in der Vorstadt, und die Vorstadt schien unendlich zu sein. Meilenweit nichts als Asphalt und Sackgassen, die sich um tote Ecken wanden. Flache Häuser mit doppelt verglasten Fenstern, in denen sich Kondensstreifen spiegelten, die den jungen Sommerhimmel schraffierten, markierten die Grenze unserer Welt, der einzigen, die wir kannten. Wir okkupierten diese Räume total.

Vorstadt, jede ihrer Erscheinungsformen anders und doch irgendwie gleich. Unsere war ein Mikrokosmos von Häusern, die alle nach demselben Entwurf gebaut worden waren und vor denen glänzend polierte Autos in neuen Einfahrten standen. Die waren von einem Trupp Wanderarbeiter angelegt worden, die einige Jahre zuvor von einem Zeltplatz oben bei Consett angereist waren, um den Straßenbelag in der ganzen Siedlung zu erneuern. Außerdem hingen in den Wohnzimmerfenstern zahlloser Häuser die gleichen Lamellenvorhänge, die den Besitzern von einem einzigen Verkäufer, der eine Glückssträhne gehabt haben musste, angedreht worden waren.

Hier stromerten wir durch ein Labyrinth von Nachkriegsneubauten, die für eine aufstrebende untere Mittelschicht errichtet worden waren, ein Ort, der eine niedrige Kriminalitätsrate verhieß, Grünflächen und eine günstige Anbindung zu Autobahnen, die einen nach Edinburgh oder London, Sunderland oder Saint-Tropez brachten.

Es gab ein Einkaufszentrum, Sportplätze und jede Menge Nebenstraßen mit veralteten Graffitis, die allmählich zur Unkenntlichkeit verblassten wie die Kreidebilder eines Pflastermalers im Regen. Es gab eine Kirche für Gläubige, ein Pflegeheim für die Alten und einen Friedhof, der darauf wartete, gefüllt zu werden.

Jenseits der Häuser, wo kreosotfleckige Zäune die Demarkationslinie zwischen neuer Vorstadt und altem Landleben bildeten, erstreckten sich Weizenfelder, und hinter den Weizenfeldern folgten weitere Siedlungen, wo einst alte Pfarrdörfer gelegen hatten, die vom Kohlebergbau lebten. Diese weiter entfernten Ortschaften spiegelten unser Leben über die Felder hinweg wider. Und schmale grüne Straßen, die die Siedlung säumten, boten gute Deckung für Spiele von morgens bis abends und heimliche Verstecke für Pornohefte.

Wir hatten Gärten, wir hatten Bäume, wir hatten Freiheit.

Aber es gab kaum wild lebende Tiere in der Vorstadt. Keine Füchse oder Eichhörnchen oder Dachse oder Rehe, bloß weiche Katzen und überfütterte Hunde.

Und Menschen.

Vorstadttiere.

Wir spielten in den Ferien Kricket auf dem Schulsportplatz, als Duncan von seinem Bruder Luke ausgeworfen wurde.

Duncan war zwei Jahre älter als wir Übrigen und mit dem Downsyndrom auf die Welt gekommen. Wenn er mit dem Fahrrad zu mir nach Hause kam, benutzte er meist nicht die Pedale, sondern bewegte sich lieber mit den Füßen in weit ausholenden Schritten vorwärts.

Die Brüder stammten aus einer liebevollen Familie. Ihre Eltern waren älter als die von uns anderen, und sie waren gläubige Christen, machten aber keine große Sache draus. Und Duncan war nicht *speziell* oder *blöd*. Er war einfach einer von uns.

Aber er hatte seine Rituale, und eines seiner Lieblingsrituale bestand darin, jedes Mal, wenn er beim Kricket ausgeworfen wurde, die Wicket-Stäbe aus dem Boden zu reißen und sie dem Nächstbesten entgegenzuschleudern. Was einmal in einem echten Wutanfall begonnen hatte, war inzwischen zu einem Spiel geworden, bei dem wir alle »Duncan – *nicht!*« schreien mussten, während drei angespitzte Stäbe auf unsere Köpfe zusegelten und Duncan vor Vergnügen schallend lachte.

Manchmal ließ er aus Spaß seine Hose runter und schwenkte seinen übergroßen Schwanz. Duncan war vor uns anderen in die Pubertät gekommen und hatte da unten schon Haare. Dichte, dunkle Büschel. Eine Masse von kleinen Drähten. Es war schwer, nicht darauf zu starren, und wenn nur, um zu sehen, was uns erwartete; Duncan musste auf eine andere Schule gehen und würde vielleicht kürzer leben als wir, aber er hatte ein größeres, behaarteres Glied und spielte sein junges Erwachsensein zu seinem Vorteil aus.

Nach einem Vormittag auf einer Wiese wechselten wir auf den Allwetterfußballplatz, dessen Kunstrasen einem glatt die Haut von den Knien schrammen und eine rote, medaillonförmige Schürfwunde unter der stonewashed Jeans hinterlassen konnte, wenn man ein Tackling falsch timte.

Wir waren dabei, den Ball lässig hin und her zu kicken, als die Jungs auftauchten. Sie waren zu dritt, im selben Alter wie Duncan. Sie kamen auf den Platz und schlenderten zu uns herüber, schnappten sich den Ball aus der Luft. Duncan versuchte, ihn zurückzuerobern, aber sie spielten ihn einander auf eine Art zu, die ihn dumm aussehen lassen sollte, und auf einmal bekam der Sommertag Risse in seiner blau glasierten Fassade. In dem Moment wünschte ich, wir hätten die Wicket-Stäbe zur Hand, sodass Duncans Beeinträchtigungen ihn dazu bringen könnten, einem von ihnen den Schädel zu durchlöchern.

Jeder kleine Junge weiß, dass solche Cliquen sich auf Macht stützen, und in dieser Gruppe lag die Macht bei Kyle Todd, einem verwöhnten Jungen, der mit seinen hellblonden Haaren fast als Albino hätte durchgehen können. Er fuhr oft BMX-Räder, stets das neuste Modell, trug teure Turnschuhe und trat mit dem Selbstbewusstsein eines Menschen auf, der zumindest vordergründig zu Hause wie ein König behandelt wurde und diese Defizite elterlicher Fürsorge gern an allen ausließ, die kleiner, jünger oder glücklicher waren als er.

Duncans Zorn steigerte sich, und wenn das passierte, zeigte es sich in seinen weichen, rundlichen Gesichtszügen, während seine Hände sich langsam zu Fäusten ballten und seine Wangen dunkelrot anliefen. Luke und ich liefen los, um uns den Ball zurückzuholen, doch ehe wir bei ihnen waren, ließ Toddsy ihn an Duncans Kopf abprallen, und die drei brüllten vor Lachen. Wir hörten das Geräusch, das der Ball machte, und dann wie Duncan mehr vor Wut als vor Schmerz aufschrie. Schon mit zwölf war uns anderen klar, dass das Ganze eine vorhersehbare Szene aus einem Highschool-Problemfilm war, aber wir wussten auch, dass wir es bis zum unvermeidlichen Ende durchziehen mussten. Das war eine unausweichliche Tatsache.

Der Ball rollte weg, und ich bückte mich, um ihn aufzuheben, aber einer der anderen Jungs trat ihn mit voller Wucht bis ans hintere Ende des Platzes.

Irgendwo in der Ferne jaulte die Alarmanlage eines Autos los, eindringlich, aber unbeachtet und somit völlig wirkungslos. Ich hörte auch einen Vogel, eine Möwe, obwohl wir meilenweit vom Meer entfernt waren.

Die Jungs fingen an, Duncan mit Wörtern zu verspotten, die Sie kennen, aber nicht in Schriftform sehen müssen, Wörter, die die heile Welt der Vorstadt durchlöcherten. Sie machten höhnische Gesten, die Jahre später ein amerikanischer Präsidentschaftskandidat live im Fernsehen machen würde, der dann trotzdem die Wahl gewann. Gesten, die den Panzer unserer Kindheit weiter aufbrachen. Toddsy trank einen großen Schluck aus einer Coladose und spuckte etwas davon in unsere Richtung. Cola tröpfelte an seinem blöden Kinn herab.

Wir sagten ihnen, sie sollten aufhören, zogen Duncan zurück. Wir führten ihn weg, zu unserem Ball, zu unserem Spiel, zu unserem Sommer.

Grinsend und sabbernd wandte Toddsy sich ab und ging, und seine dämlichen speichelleckenden Bimbos folgten ihm übertrieben lässig.

Wir beruhigten Duncan, warfen unsere verschwitzten T-Shirts auf den Boden und fingen an, Fußball zu spielen, aber die Jungs waren noch da, lungerten hinten auf dem Platz herum, ein eng zusammenstehendes Grüppchen aus gackerndem Gelächter und tobenden Hormonen. Der hohe Maschendrahtzaun, der den Fußballplatz umschloss wie einen Gefängnishof, warf einen eigenartigen Schatten auf den grünen Kunstrasen, und ich konnte sehen, was sie da hinten machten: Toddsy urinierte in die Coladose. Alle drei machten das, einer nach dem anderen.

Ich pfiff Luke und nickte in ihre Richtung. Nahm die Entwicklung zur Kenntnis.

Wir spielten weiter, und die Hitze prickelte auf makelloser Haut, die sich im ersten Ferienrausch rosa färbte. Duncan landete einen Treffer in die imaginäre obere Ecke und feierte ihn wie üblich mit einer langen Ehrenrunde, einen Arm erhoben und einen Finger zum Himmel gereckt. Sein Lächeln war so strahlend wie die Sonne, lebenspendend.

Dann kamen die Jungs zurück. Kam Toddsy zurück.

Jetzt war sein Arm ausgestreckt.

»Duncan«, sagte er, »wir haben was zu trinken für dich.«

Er hielt ihm die Dose hin.

»Nicht annehmen, Duncan«, sagte Luke.

»Er hat reingepisst«, sagte ich.

Bei Duncan war die Sache die: Wenn man sagte, er sollte etwas nicht tun, tat er es. Das war einfach so. Genau wie mit den Wicket-Stäben. Genau wie mit dem Runterspringen vom Schuppendach. Genau wie mit dem Fallenlassen einer leeren Glasflasche auf die rissigen Steinfliesen im Einkaufszentrum. *Tu's nicht* hieß für Duncan *Tu's*. Das war kein Problem; es bedeutete bloß, dass Luke hinterher ein bisschen erklären oder aufräumen musste. Das war nun mal Duncans Art, und er war einer von uns.

Ich konnte sehen, dass etwas von dem warmen Urin das Loch oben in der Dose verfehlt und sich in der kleinen Vertiefung rund um den Rand angesammelt hatte. Er war ziemlich dunkel; der Farbton eines heißen Tages. Das war keine Cola. Ganz bestimmt nicht.

Die drei Jungs grinsten, und Duncan lächelte. Er wollte ihr Geschenk haben. Er wusste, dass er es nicht haben konnte, und er wollte es mehr als alles andere.

»Tu's nicht, Duncan.«

Tu's nicht hieß *Tu's.*

Toddsy hielt ihm weiter die Dose hin. Ein Angebot. Die Lücke zwischen ihm und Duncan – zwischen Duncan und der Dose – wurde schmaler, und jetzt waren keine Möwen oder Flugzeuge mehr am Himmel. Nicht mal ein einsames Wölkchen, bloß eine tiefblaue Decke aus endlosem Sommer, als wäre das Universum dahinter vollkommen leer, und irgendwo in der Siedlung mähte jemand einen Rasen, verpasste ihm einen akkuraten Schnitt.

Die Zeit verlangsamte sich, bekam etwas Mythisches. Da war Toddsy, und da war Duncan, und da war die warme Dose Urin. Duncan lachte. Er gluckste.

»Bitte sehr, trink auf uns«, sagte Toddsy.

Duncan trat vor. Von seinen Freunden flankiert hob Toddsy die Dose etwas höher. Lud ihn ein. Forderte ihn auf.

»Na los.«

Jetzt riefen wir alle: »Duncan, tu's nicht.«

Tu's nicht hieß *Tu's.*

Duncan griff nach der Dose und nahm sie.

Er nahm die Dose mit Urin, und er hob sie lächelnd an die Lippen und trank erst einen kleinen, dann einen größeren Schluck, und in dem Moment sprang Luke vor und schrie – »Duncan – *nein!*« –, und er schlug sie seinem großen Bruder aus der Hand. Sie landete auf dem Boden zwischen Duncan und Toddsy, und ihr Inhalt lief gluckernd auf das raue grüne Plastik des künstlichen Fußballplatzes.

Die Sonne brannte, und keiner sagte etwas. Stattdessen hing »Duncan – *nein!*« in der Luft, füllte die Stille zwischen uns. Diese beiden Wörter waren mit Emotionen aufgeladen: mit Zorn und brüderlicher Liebe und Entsetzen und Grausamkeit. Sie waren ein einzelner Laut, der aus dem tiefsten Innern aufstieg, der Laut der dünnen Schale der Unschuld, die für immer zerbarst.

Nachher.

Nachdem wir zu Männern herangewachsen und in die Welt hinausgezogen waren, zu Jobs und Ehefrauen und Kindern, gab ich Toddsys Namen bei Facebook ein. Nach über dreißig Jahren dauerte es nicht mal fünf Sekunden, um ihn ausfindig zu machen.

Er leitet in Sunderland eine Firma für Terrassenbau. Er hat Kinder. Ich fand seine Adresse online und besuchte sein Haus mit Google Maps. Es ist ein Neubau aus rotem Backstein im nachgemachten Townhouse-Stil. Ich zog das gelbe Icon von Street View auf seine Straße und stand vor dem Haus. Ich stellte mich an den Anfang seiner Einfahrt. Ich zoomte die Fenster heran. Ich fand das Zimmer, in dem er schläft.

Auf meinem Computerbildschirm scheint die Sonne, und der Tag ist hell, genau wie damals. Die Straße erstreckt sich unter einem anderen selten klaren blauen Himmel, wieder fast irreal wolkenlos.

Das Haus ist nicht weit vom Meer.

Ich glaube, ich höre Seemöwen.

Die Oberhand

Die Walzerbahn kam zum ersten Mal in jenem Sommer vorzeitig zum Stehen.

Das Fahrgeschäft quietschte, bebte wütend und seufzte schließlich. Die kreisenden Gondeln auf ihren schrägen Achsen wurden langsamer und stoppten, und die Schreie der Fahrgäste verklangen in ihren engen jungen Kehlen. Ohne die Begleitung durch die rasanten Drehungen wirkte die pulsierende Elektromusik, die aus den Lautsprechern dröhnte und gemeinsam mit den üblichen Sprüchen des Betreibers – *Alle festhalten, jetzt geht's los!* – über den halb leeren Rummelplatz dröhnte, plötzlich hohl und banal.

Unter der Drehscheibe, auf einem schattigen, sonnenhungrigen Grasfleck, der sich hellgelb verfärbt hatte, lag Walt Moody, halb in die Zahnräder und Achsen der Mechanik gezogen, die ihn wie eine hilflose Stoffpuppe mitgeschleift hatte. Eine komplette Hand und der ganze andere Arm waren weg. Zu Brei zerquetscht. Seine Schulter war ebenfalls erfasst worden, aber das große Knochengelenk, das seine Gliedmaße mit dem Torso verband, hatte die Zahnräder blockiert und die Sicherungsbremse ausgelöst.

Er war still gestorben, die Schmierpistole in der verbliebenen Hand und ölige Lappen in den Gürtelschlaufen. Eine noch glimmende Filterzigarette hing einen Moment lang an seiner Unterlippe, ehe sie in das welke Gras fiel. Walt Moody lag da, in den schwindenden Tagen eines langen Sommers mit anhaltender Dürre, zermalmt, und sein Blut sickerte in die rissige trockene Erde.

Er war Opfer des Fahrgeschäfts geworden, das ihm ein kleines Vermögen eingebracht und dazu beigetragen hatte, aus den Moodys eine der berühmtesten Schaustellerfamilien in England zu machen.

Zur Beerdigung kamen fast zweitausend Trauergäste.

Walts ältester Sohn und Erbe des Jahrmarktimperiums der Familie, der berühmt-berüchtigte Whitey Moody, hatte das große Ereignis bis zum Ende der Saison aufgeschoben, damit Schausteller von weither anreisen konnten, um einem ihrer Veteranen die letzte Ehre zu erweisen. Repräsentanten aller alten Schaustellerfamilien nahmen teil. Sie kamen aus Kent und Cambridgeshire. Aus Derbyshire und Gloucestershire. Manche kamen sogar von Irland herüber.

Die zweitägige Abschiedsfeier fand direkt auf dem Rummelplatz statt, mit Blumen und schäumendem Fassbier, Trauerreden und geteilten Erinnerungen, Schlägereien und Gesang und einem gewaltigen Lagerfeuer, dessen Rauch das ganze Wochenende über viele feuchte Augen trocknete.

Am Abend des zweiten Tages, voll mit Bier und Cider, stand Whitey Moody auf und legte vor allen, die ihm noch zuhörten, ein feierliches Versprechen ab.

»Ich werde diesen Mann ehren«, sagte er und hielt ein gerahmtes Foto seines Vaters hoch. »Einen Mann, der aus dem Nichts ein Imperium aufgebaut hat. Einen Mann, der ganze Generationen unterhalten und Millionen Freude bereitet hat.«

Die Trauergäste und Zecher rund um das Feuer wurden still und lauschten, denn wenn Whitey Moody das Wort ergriff, tat er das immer schwungvoll und mit einem Hang zum Drama. Er war berühmt für seine Wortgewandtheit, und nur wenige wagten es je, ihn zu unterbrechen.

»Mein Vater war ein bescheidener Kerl. Ein kleiner Mann mit einem großen Herzen – und einer großen Vision. Und deshalb werde ich ihn auch mit etwas Großem ehren. Höret: Ich werde für Walter Moody ein Denkmal errichten.«

Sein Dialekt war geografisch unbestimmbar und linguistisch nebulös, eine Mischform aus Schaustellerjargon und Umgangssprache, die Ausdrucksweise eines Mannes, der ständig unterwegs war.

»Ich werde den höchsten Berg besteigen, und ich werde sie mit eigenen Händen errichten«, sagte er. »Eine Steinskulptur, die Jahrhunderte überdauert. Jawohl. Sie wird daran erinnern, wer dieser Mann war und wofür er stand. Und für diejenigen unter euch, die das nicht wissen: Er stand für harte Arbeit, Barmherzigkeit, Großmut – und Familie. Besonders für die Familie. Walter Moody war ein Gott unter Menschen, und er wird geehrt werden wie ein wahrer Gott.«

Während er sprach, beleuchtete der Schein des lodernden Feuers Whitey Moodys Gesicht von unten. Es hob die dreieckigen Formen seiner Wangenknochen hervor und betonte einen Mund, der wirkte, als berge er zu viele kräftige, lange Zähne. Es warf Schatten über seine verwitterten Falten und um die tiefen Höhlen seiner großen Augen. Augen, die einen Mann klein machen konnten.

Vor allem verlieh das flackernde orange Licht seinem hellblonden, schütter werdenden Haar, das wie immer zu dem für ihn typischen Pferdeschwanz gebunden war – und mit dem er sich schon vor so langer Zeit einen Spitznamen eingehandelt hatte, dass sich kaum noch jemand an seinen richtigen Vornamen erinnerte –, eine Farbe wie Magnesium.

Im Schein des Feuers schien jeder Muskel seines untersetzten, straffen Körpers, jede Sehne angespannt und bereit für die bevorstehende Aufgabe.

»Also«, sagte er, »wer macht mit?«

Waldige Hänge säumten das abgelegene Tal und erstreckten sich bis hinauf zu einem Bergkamm, wo die gezackte Baumlinie den trüben Himmel berührte.

Eine Fahrzeugkolonne rollte langsam den holprigen Waldweg entlang, rumpelte durch Schlaglöcher und kroch über liegen gebliebene verrottende Holzstämme oder die verhedderten Zweige abgefallener Äste hinweg.

Im ersten Wagen, einem mit Werkzeugen, Zelten und Proviant beladenen Pick-up, saß Whitey Moody. Hinter ihm folgte sein jüngerer Bruder Joss Moody in einem verbeulten alten Land Rover mit einem großen Pferdeanhänger im Schlepptau. Den Abschluss der Prozession bildete ein Ford Transit, gesteuert von einem Jahrmarktshelfer, den alle nur den *Polen* nannten. Der osteuropäische Kriegsveteran war drei Sommer zuvor angeheuert worden, und die Moodys hatten ihn wegen seiner Stärke, Loyalität und bedrohlichen Ausstrahlung behalten. Seine Fracht war menschlich: eine zusammengewürfelte Menagerie von Männern in unterschiedlichen Stadien der Trunkenheit und Verwahrlosung, allesamt zwangsrekrutiert, genötigt, unter Druck gesetzt oder mitten in der Nacht aus verrauchten Hinterzimmern, Übergangswohnheimen für Haftentlassene, Spielhöllen oder ihren gemütlichen Betten irgendwo in Nordengland entführt.

Es waren insgesamt zehn, und jeder von ihnen stand irgendwie in der Schuld der Familie Moody, denn ihre geschäftlichen Unternehmungen erstreckten sich über Rummelplätze hinaus auf Spielhallen, Cafés, Wahrsagerbuden an Strandpromenaden, Wettbüros, Kartenspiele, Viehhandel, Terrierzucht, Hunderennen und undurchsichtige Kreditgeschäfte. Diejenigen, die ihre alten Schulden nicht beglichen oder die Moodys ungewollt verärgert hatten – indem sie beispielsweise vor Wut einen Spielautomaten zertrümmert oder versucht hatten, ein Pokerspiel zu manipulieren –, sahen sich jetzt gezwungen, das auf eine völlig unerwartete Art wiedergutzumachen.

Der Waldweg endete auf einer Lichtung, wo noch die Überreste eines Holzeinschlags zu sehen waren: gesplitterte Baumstümpfe, eine schwarz verkohlte Feuerstelle, zerquetschte Bierdosen.

Der dichte Wald erstreckte sich in alle Richtungen, und die Baumstämme und das Gitterwerk der kahlen Äste reduzierten das Licht auf ein Minimum.

Whitey Moody stieg aus seinem Pick-up und starrte regungslos auf die Bäume, und einen Moment lang war der Wald ein so stiller und heiliger Ort wie eine Kathedrale. Ein Teppich aus Nadeln mit rostfarbenen Spitzen bedeckte den Boden. In einiger Entfernung flog ein wohlgenährter Fasan schwerfällig aus dem Unterholz auf, flatterte durch den Korridor aus dünnen Säulen und erhob sich ohne jede Eleganz oder Anmut in die Luft.

Whitey drehte sich zu den Männern um, die aus ihren Fahrzeugen kletterten, und sprach sie an.

»Jungs, macht's euch mal bequem. Keiner kommt hier weg, bis die Arbeit erledigt ist.«

»Welche Arbeit?«, fragte einer der Männer.

Whitey Moody wandte sich wieder den Bäumen zu, blinzelte den steilen Hang hinauf zum Gipfelkamm des Tales. Dort sah er Abbrüche von Schiefer und Gestein. Er sah Buckel und schroffe Vorsprünge, Felsbrocken so groß wie kleine Häuser.

Er sagte nichts.

Der Pferdeanhänger war mit Schlafkojen ausgestattet worden, und rechts und links davon wurden zwei große runde Militärzelte aufgeschlagen. An die Anhängerkupplung des Pick-ups, auf dessen Ladefläche auch ein Käfig mit Hühnern stand, wurde ein blökendes Lamm gebunden. Ein großes Lagerfeuer wurde aufgeschichtet und angezündet.

Die Männer standen um das Feuer herum, sogen die Hitze auf, mürrisch und unsicher. Ängstlich. Der weiche, feuchte Lehm unter ihren Füßen fühlte sich ungewohnt an, und das seltsame, kehlige Krächzen eines in der Nähe nistenden Rabenpaars war ein Klang, den sie noch nie gehört hatten.

Joss Moody ging von Mann zu Mann und verteilte Overalls und Wollmützen. Der Pole folgte hinterdrein und gab jedem zwei rohe Bratwürste, ein Brötchen und eine Dose Bier. Einige von ihnen machten sich zögernd auf die Suche nach Stöcken, um ihr Essen zu grillen. Andere standen unsicher herum. Ein oder zwei schwere Trinker tauschten ihre Bratwürste gegen mehr Bier ein.

Kurz darauf war das Geräusch von zischendem Schweinefett auf Glut zu hören und das Gemurmel von Männern, die tief in der Hocke kauerten, während die Sonne allmählich hinter den Bäumen versank.

Whitey Moody kam im Unterhemd aus dem Pferdeanhänger. Er hatte etliche Paar Handschellen dabei, und über einen Arm hatte er lange Kette gelegt.

»Seht ihr die hier?«, sagte er und rasselte mit den Handschellen. »Die sind für diejenigen von euch, die abhauen wollen. Also macht den Mund auf, falls ihr das vorhabt.«

Keiner der Männer sagte etwas.

»Und denkt nicht mal dran, mitten in der Nacht zu verschwinden«, fügte er hinzu. »Bis zum nächsten Ort sind es gut zehn Meilen. Dreißig bis zum nächsten Bahnhof. Wir kommen mit Hunden hinter euch her, bevor ihr auch nur eine Meile durch den Wald geschafft habt.«

Er ließ die Drohung wirken.

»Also gut«, sagte er. »Kommt mit.«

Er ging voraus auf einem dicht mit Gestrüpp überwucherten Pfad, auf dem nur zwei schmale, spitz zulaufende Abdrücke von Rehhufen zu sehen waren. Sie gelangten auf eine kleinere Lichtung. In der Mitte lagen drei große, grob behauene Granitblöcke, jeder gut einen Meter breit.

»Okay«, sagte Whitey Moody. »Ihr macht jetzt Folgendes. Ihr schafft die hier da rauf.«

Dabei zeigte er durch den Wald hinauf zum Berggipfel, hundert oder mehr Meter entfernt.

»Da stapelt ihr sie, und anschließend lasse ich das Ganze im Andenken an meinen Vater Walter Moody gravieren. Bis dahin gehört ihr mir.«

»Die Blöcke wiegen mindestens eine Tonne«, sagte einer der Männer.

»Fast drei, um genau zu sein«, sagte Joss Moody. *»Jeder.«*

»Die kriegen wir nie im Leben da rauf.«

Whitey marschierte auf den Mann zu, der das gesagt hatte, ein junger Taschendieb aus Glasgow, und packte ihn vorne an seinem Overall. Er ohrfeigte ihn einmal, fest. Das Geräusch der flachen Hand auf der Wange des jungen Mannes hallte durch den stillen Wald.

»Ihr könnt und werdet es schaffen«, sagte er. »Wenn die Ägypter Pyramiden bauen konnten, dann kann Whitey Moody drei verdammte Granitblöcke auf einen Berg in England verfrachten.«

Einer der anderen Männer räusperte sich und ergriff dann unsicher das Wort.

»Mr Moody, Sir.«

Whitey sah ihn an. »Was?«

»Ich wollte nur wissen, was schlagen Sie vor, wie wir das machen sollen?«

»Mit Muskelkraft und Einsatz«, sagte er. »Mit Muckis und Köpfchen, mein Junge. Mit Seilen und Flaschenzügen und Walzen. Mit Generatoren und Ketten. Mit allem, was nötig ist, um die Sache zu erledigen. Wir haben Essen und Unterkünfte und mehr Bier, als ihr euch träumen lasst, für jeden von euch, der sich bewährt. Unser Joss hier hat eine frische Ladung gebraut. Hab ich recht, Bruder?«

Joss nickte neben ihm.

»Ein richtig gutes Gesöff«, sagte er. »Ihr werdet glauben, ihr seht Gott, und wollt ihm die Füße küssen. Davon fallen euch die Ohren ab.«

»Und was ist mit denen, die nicht arbeiten wollen?«, sagte der Glasgower, ein junger Mann von knapp zwanzig.

Whitey drehte sich wieder zu ihm um.

»Du stellst meine Geduld auf die Probe, mein Junge.«

»Und er ist kein geduldiger Mann«, sagte Joss.

»Ich würd's nur gern wissen«, sagte der Schotte.

»Ganz einfach«, sagte Whitey. »Wir haben hier jede Menge Erde und einen Spaten zum Graben. Aber ihr solltet das Loch möglichst tief ausheben, damit die Füchse nicht an euch rankommen, wenn der Pole euch reingeworfen hat. Lebendig begraben werden soll ja schlimmer sein als Ertrinken. Der Dreck kommt überallhin. Füllt jedes Loch. Die Würmer und Insekten auch. Ach ja, und die Maden. Die dringen in euch ein und fangen an, euch von innen aufzufressen.«

Whitey Moody musterte die übrigen Männer. Er sah Angst in ihren Gesichtern, und er war zufrieden. Die Angst würde sie antreiben.

Er schniefte.

»Dann legt mal los.«

Den ganzen nächsten Tag wuchteten sie Granit und rutschten auf gnadenlosem Matsch aus.

Hände bekamen erst Blasen und dann Schwielen. Die Männer stritten so heftig untereinander, dass sie mehrmals fast aufeinander losgingen und von dem Polen getrennt werden mussten, der kein einziges Wort sagte.

Während sie arbeiteten, zog Whitey los, um die Fallen zu kontrollieren, die er am Vorabend aufgestellt hatte. Eine Stunde später kam er mit einem halben Dutzend Kaninchen zurück. Er hatte die Tiere durch die Hinterläufe auf ein dünnes Seil aufgefädelt, und sie waren schon fast steif vor Totenstarre.

Er setzte sich auf einen Erlenstumpf und fing an, die Tiere auszunehmen, warf die Eingeweide zischend ins Feuer. Mit einigen Einschnitten und zwei kräftigen ruckartigen Bewegungen zog er jedem das Fell ab, um es an einem Ast aufzuhängen. Auf einem Holzblock zerlegte er die Kaninchen und warf die Einzelteile in einen großen Kochtopf. Schenkel, Vorderläufe, Torso. Lenden. Er gab Kartoffeln, Möhren, Kohl dazu. Salz.

Als die Sonne unterging, hatten die Männer unter den wachsamen Augen von Joss Moody einen Granitblock sechs Meter weit bewegt.

Sie aßen gut an dem Abend, zogen sich dann in ihre Zelte und den Pferdeanhänger zurück. In der Dunkelheit erörterten sie im Flüsterton die Möglichkeit, zu ihren Ehefrauen und Freundinnen und Kindern zu fliehen. Sie sprachen darüber, ihre Bewacher zu überwältigen und abzuhauen, sich vom Mondlicht den Weg weisen zu lassen.

Am Morgen hatte sich eine dünne Frostschicht über die weiche Erde gelegt und ihre Fußabdrücke und die Spur des vorwärtsgeschleiften Blocks verhärtet. Sie wurden früh geweckt, bekamen jeder Tee und eine Dose Obst und mussten dann den ganzen Tag an dem Berghang schuften. Das Mittagessen bestand aus dem restlichen Kanincheneintopf, das Abendessen aus hart gekochten Eiern, Brot und Bier.

Anfangs zogen sie den Granitblock nur mithilfe von Stricken und gefällten Baumstämmen, die als Walzen dienten, den Berg hinauf, und dann, als der Hang sich immer steiler zu einem Himmel erhob, der jetzt mit den ersten Frostfingern des Winters durchzogen war, gruben sie zusätzlich Stufen in die Erde.

Zwei Wochen lang arbeiteten die Männer so. Sie schliefen und aßen. Sie defäkierten in eine Grube, und sie wuschen sich in einem Graben, der mit kupferfarbenem Sumpfwasser gefüllt war. Sie redeten noch immer davon zu fliehen, zu ihren Häusern und Hütten heimzukehren, doch das war zu einer abstrakten Idee geworden, da sie Whitey Moody inzwischen für einen Mann hielten, der zu seinem Wort stand. Sie hatten eingesehen, dass Whitey Moody die Oberhand hatte.

An dem Tag, als sie den ersten Granitblock über die oberste Kante und auf den Berggipfel wuchteten, schneite es. Die Männer sanken erschöpft zu Boden. Ihre Muskeln schmerzten in den schweißgetränkten Overalls, die inzwischen vor Dreck standen und übel rochen.

Das kleine Gipfelplateau war mit dichtem Gestrüpp bewachsen, das teilweise gerodet worden war, um Platz für das Denkmal zu schaffen.

Erst als die Männer aufstanden und sich reckten, nahmen sie die Aussicht wahr.

Die Landschaft erstreckte sich in alle Richtungen, eine endlose Abfolge von Schichten und Ebenen, eine gestaffelte Weite aus Senken und Felsen, Tiefen und Tälern, die höchsten Höhen mit erstem zaghaftem Schnee bedeckt. Es war traumhaft. Sie wurden still, während sie keuchend die kalte metallische Luft eines englischen Winters einsogen.

»Nicht da«, sagte Whitey. Er zeigte auf eine Stelle zwei Meter weiter. »*Dahin.*«

Die Männer stöhnten.

»Können wir nicht noch kurz eine rauchen, Mr Moody?«

Die Frage kam von einem stämmigen Exboxer aus Norfolk, der jetzt seinen Lebensunterhalt damit bestritt, in einem Zelt auf dem Moody-Rummelplatz Kämpfe mit Herausforderern aus dem Publikum zu bestreiten. Sein Vergehen war gewesen, dass er nach der Saison bei einem Schaukampf in McGinteys Pleasure Palace in Blackpool mitgemacht hatte. Seine Arbeit für eine rivalisierende Familie hatte ihn etliche Wochen seines Lebens und zwei zerquetschte Finger gekostet.

»Okay, von mir aus«, sagte Whitey Moody. Er griff in seine Tasche und holte eine Packung Zigaretten hervor. »Lasst die rumgehen«, sagte er. »Na los, qualmt euch die Lunge aus dem Leib.«

Die Männer zündeten ihre Zigaretten an und standen schweigend da, atmeten ein und aus. Der Baldachin aus Bäumen unter ihnen war mit den halmbewehrten Nestern von Krähen gesprenkelt, die auf dem Gerüst dünner Zweige schaukelten, und der Berghang erstreckte sich bis hinunter zu der Stelle, wo eine graue Rauchfahne von ihrem Lager aufstieg.

»Ist schön«, sagte eine Stimme. Jeder der Männer hätte das sagen können, denn sie hatten alle denselben Gedanken. »Verdammt schön.«

Es dauerte zehn Tage, den zweiten Block den Berg hinaufzuhieven.

Überall lag jetzt hoher Schnee. Er veränderte die Form der Landschaft. Glättete sie mancherorts. Er verkürzte die Konturen und füllte Senken. Dämpfte die Geräusche des Waldes.

Der schmutzige Kreis des Lagers war vom Kamm des Talhangs aus noch immer sichtbar, ein zertrampelter Ring aus winzigen Fußspuren mit der Feuerstelle genau in der Mitte. Von dort führte ein schmaler, dunkler, matschiger Streifen den Berg hinauf wie ein Weg in den Himmel.

Whitey half den Männern und stemmte die Schulter gegen den Stein. Joss auch.

Sie gewannen nun alle an Kraft. Die Körper der Männer veränderten sich. Strafften sich. Es lag an der sauberen Luft und der körperlichen Arbeit, und da Whitey sie mit frischem Fleisch und Gemüse versorgte, kamen viele von ihnen zum ersten Mal in ihrem Leben in den Genuss einer ausgewogenen Ernährung. Abgesehen von Bier und Zigaretten waren ihre sonstigen Laster zwangsweise unterbunden worden.

Natürlich gab es Streitigkeiten und allerlei Schlägereien, eine davon als Abendunterhaltung organisiert, für die die beiden Teilnehmer von Whitey eine Barzahlung erhielten und bei der eine Nase zu Bruch ging und etliche Knöchel Schwellungen davontrugen, doch am Ende schüttelten sich die Kombattanten die Hand.

Eines Abends, nachdem der Granitblock in die Erde eingelassen und mit eingeschlagenen Pflöcken und um nahe Bäume gewickelten Ketten gesichert worden war, verließ Whitey Moody das Lager mit einem Bolzenschneider. Er blieb die ganze Nacht weg und kam bei Tagesanbruch mit einer Platzwunde an der Stirn, einem Generator, zwei Fässern Diesel und seinem jungen Neffen Frankie Moody zurück.

Der Erstgeborene von Whiteys zweiter Schwester Francine, Frankie Moody, hatte das gleiche hellblonde Haar wie sein Onkel, fast albinofarben, und arbeitete ebenfalls auf dem Rummelplatz als Lastenträger und Mädchen für alles. Mit sechzehn hatte er bereits den Körperbau eines älteren

Mannes und eine finstere Mimik, die vermittelte, dass er niemanden fürchtete, erst recht nicht einen zusammengewürfelten Haufen von Zwangsarbeitern.

Frankie begann, an dem Generator herumzuschrauben. Am zweiten Tag trat er zurück, stellte seine Werkzeugkiste beiseite und startete ihn. Der Generator hustete dreimal wie ein lungenkranker Greis, der seinen ersten Glimmstängel des Tages anzündet, und sprang dann stotternd an. Das mechanische Geknatter hallte durch den Wald, und die umstehenden Männer, die wussten, dass ihr Arbeitspensum soeben halbiert worden war, spendeten verhalten Applaus.

Schon bald trieb der Generator ein Seilrad an, um den Granitblock die letzten paar Meter den Hang hinaufzubefördern.

An dem Tag ließ Whitey die Männer früher Feierabend machen.

»Wascht euch mal«, sagte er. »Wir gehen raus.«

Die Männer sahen einander an.

»Wie, ›raus‹?«, fragte einer.

»Na, raus aus diesem Scheißwald«, antwortete er.

»Heißt das, wir fahren nach Hause?«

»Ich hab doch schon gesagt: Ihr könnt wieder nach Hause, wenn die Arbeit erledigt ist. Wir machen in der Stadt einen drauf. Ich lad euch ein.«

Die Männer wussten nicht, wie sie darauf reagieren sollten.

»Also ehrlich, ihr könntet ruhig mal ein bisschen Begeisterung zeigen«, sagte Whitey. »Ich jedenfalls fahr jetzt was futtern und gieß mir einen hinter die Binde.«

»Ehrlich, Mr Moody?«

»Beeilt euch. In zehn Minuten ist Abfahrt.«

Die Männer kletterten in den Ford Transit und auf die Ladefläche des Pick-ups und fuhren los. Nur der Pole blieb zurück, um das Lager zu hüten.

Sie rumpelten durch den Wald. Die Äste der Bäume auf beiden Seiten hingen tief herab, schwer beladen mit dicken Kissen aus Schnee. Die Nacht war still und klar, während ihre Fahrzeuge rollten und stockten, und die Männer fröstelten.

Nach einer Weile bogen sie auf einen alten Feldweg, der sich dann zu einer Forststraße weitete, die sie kurz darauf in Richtung Zivilisation beförderte. Sie fuhren weiter, vorbei an Gehöften, Weilern und Dörfern, und dann erreichten sie den Rand der Stadt.

Die Männer bestaunten die Neonlichter, den Verkehr und die harten Winkel der Gebäude, die um sie herum größer wurden. Sie sahen Laternenpfähle und grell beleuchtete Büroräume. Garageneinfahrten und Hochstraßen. Parkhäuser und dunkle Unterführungen. Alles war so völlig anders als die Bäume und der Matsch und der Schnee der letzten Wochen.

Sie parkten vor einem Schnellimbiss. Sie bestellten Hamburger und Pommes, Cola und Milchshakes. Whitey bezahlte. Als sie aufgegessen hatten, bestellten sie noch mehr Hamburger und noch mehr Pommes. Mehr Drinks. Als sie das verdrückt hatten, bestellten sie noch einmal das Gleiche. Außerdem Äpfel und Donuts. Eiscreme. Tee und Kaffee. Dann lehnten sie sich zurück und gähnten und rülpsten und zündeten sich Zigaretten an und rauchten genüsslich, bis der Nachtmanager sie nervös aufforderte zu gehen. Whitey

Moody stopfte dem Manager einen Zehn-Pfund-Schein in die Brusttasche und tätschelte ihm das Gesicht. Die Männer brüllten vor Lachen und spazierten gemächlich hinaus in die Nacht, Millionen Sterne über ihnen, die Bäuche prall gefüllt und die Köpfe voller Verheißungen.

Diese seltsame Bruderschaft marschierte zum nächsten Pub, wo sie alle Bier und Whiskey tranken. Sie spielten Billard und nahmen die Jukebox in Beschlag. Sie rauchten Zigaretten und auch Zigarren, und Whitey und Joss Moody witzelten mit ihnen herum und sangen auch kräftig mit. Dann zogen sie weiter in einen anderen Pub und dann in noch einen.

Schließlich landeten sie in einem Nachtklub. Hier nahmen sie sich gegenseitig aus Spaß in den Schwitzkasten, und sie versuchten, mit Frauen ins Gespräch zu kommen, und sie torkelten unter einer blitzenden Discokugel auf der Tanzfläche herum. Sie verschütteten Drinks, und als dann das Licht anging, waren ein paar der jüngeren Männer auf Tischen eingeschlafen, und die anderen hoben sie hoch und trugen sie lachend und singend hinaus in die eisige Nacht.

Verkatert, aber neu gestärkt, machten sich die Männer am nächsten Morgen mit frischem Elan an dem dritten Granitblock zu schaffen, der zum Gedenken an Walter Moody aufgestellt werden sollte. Sie arbeiteten bis zum Mittag, während Whitey Anweisungen brüllte und die Arbeit überwachte.

Als sie ins Lager zurückkehrten, hatte der Pole das Lamm geschlachtet, das in den vergangenen Wochen gemästet worden war, und briet es am Spieß. Kleine Fettklumpen fielen auf die glühende Asche darunter. Sie aßen große Brocken Fleisch und gingen dann wieder zu dem Hang hinüber.

Es dämmerte, und der Block war nur noch viereinhalb Meter vom Gipfelplateau entfernt, als das Sicherheitsseil riss und das Gewirr von Verankerungen wie ein stählerner Blitz durch die Luft peitschte. Der Generator kippte um, und ein gewaltiges Rumpeln ertönte.

»Achtung!«

Die Männer sprangen auseinander, als der Granitblock auf sie zustürzte, ein größer werdender Fleck vor der untergehenden Sonne.

Whitey glitt im Morast aus. Er ruderte mit den Armen, dann fiel er hin.

Der Block prallte einmal auf, dann ein zweites Mal, und dann rollte er genau über Whitey hinweg. Er zerquetschte ihn augenblicklich und rutschte dann weiter bergab, bis er mit einem lauten Knall, der durch das Tal hallte, gegen einen schroffen Felsen krachte.

Joss Moody kämpfte sich durch Schnee und Matsch zu der Stelle, wo sein Bruder hingestreckt lag. Whiteys Körper war zerschmettert, aber der herabstürzende Granitblock hatte seine markanten Gesichtszüge irgendwie unversehrt gelassen.

Die Männer eilten zu ihm.

Joss zögerte unsicher, das Gesicht vor Trauer und Entsetzen verzerrt. Seine Brust hob und senkte sich.

Es herrschte Stille.

Dann richtete Joss sich langsam auf. Er schöpfte Atem. Sammelte sich.

»Höret«, sagte er. »Ein großer Mann ist heute von uns gegangen. Mein Bruder Whitey Moody ist tot. Und ich werde ihn ehren.«

Wieder trat lange Stille ein, bevor eine Stimme sich meldete.

»Wie denn, Joss?«

»Ich werde ihm ein Denkmal errichten«, antwortete er. »Es soll sich hier in diesen Wäldern gleich neben dem seines Vaters Walt Moody weithin sichtbar auf dem Gipfel erheben. Und ihr alle werdet mir dabei helfen.«

Der letzte Apfelpflücker

Das erste Mal tauchte er uneingeladen in der Apfelplantage auf. Anfang September. Er schlug auf einer Schlüsselblumenwiese sein Zelt auf und half bei der Ernte.

Der Mann sprach wenig, bat um nichts. Er ernährte sich von Brot und Fallobst, badete im oberen Teich. Manchmal kümmerte er sich auch um die Bäume, schnitt die schädlichen Kletterpflanzen zurück, die langsam alles Lebendige erstickten.

Dann, als die Äste ihrer jährlichen Gaben entledigt und die Fässer gefüllt worden waren und der Westwind stärker wurde, verschwand er ohne ein Wort, hinterließ bloß eine vergilbte Stelle im Gras, wo er geschlafen hatte.

Im Jahr darauf kam er wieder und auch in den Jahren danach, jedes Mal ein bisschen älter, ein bisschen dünner, um die alten glänzenden Apfelsorten hinunter auf den weichen Teppich der Plantage zu werfen und Wespen zu verscheuchen, die sich an den angefaulten, für die Verarbeitung zu sauer gewordenen Früchten gütlich taten.

Nach gut zehn Jahren bot die Farmersfrau ihm einen Platz in der Scheune und ein Bad an, doch er lehnte höflich ab. Ihm waren das Zelt und der Teich lieber. Die Schlüsselblumenwiese.

Eine weitere Dekade verging auf diese Weise, bis er in einem Herbst nicht auftauchte.

In dem Jahr fiel die Ernte besonders schlecht aus. Die Bäume waren von Efeu überwuchert, und die Früchte wurmstichig. Es war, als trauerte die Apfelplantage um ihren ruhigen Hüter.

In dem Winter riss ein Sturm drei Bäume um, und der Farmer geriet zuerst in finanzielle Schwierigkeiten und erlebte dann eine Tragödie, die zu groß war, als dass er an solche Kleinigkeiten wie Äpfel hätte denken können.

Nach einer Weile war die Apfelplantage ganz verschwunden.

Doch tief in der Erde warteten die Samenkörner herabgefallener Äpfel still und leise auf Sonnenlicht.

Saxofon-Solos

Sie war zunächst eine bewundernde Leserin von Bill Katz gewesen, und ihr anschließender Werdegang zur weltweit führenden Kennerin seiner Werke und Organisatorin eines internationalen wissenschaftlichen Symposions zu seinen elf Romanen und drei Essaysammlungen und journalistischen Arbeiten, um letzthin seine Geliebte zu werden, war eine ebenso gradlinige wie vorhersehbare Entwicklung, die Art von Handlungsbogen, die Dr. Elizabeth Brownlee selbst als die redundanten Überreste jenes erlesenen literarischen Genres abgetan hätte, das sich bis vor zehn oder fünfzehn Jahren ziemlich gut verkauft hatte.

Wäre ihr dieser Handlungsbogen als Exzerpt für eine Konferenz oder als Beitrag für die von ihr mit herausgegebene literarische Anthologie vorgelegt worden, sie hätte ihn kurzerhand abgelehnt.

Eine ehemals heimliche Liaison, die dem Druck ihrer eigenen Unvermeidlichkeit nachgab, hatte sich nun zu einer hohlen Beziehung verhärtet, in der das blecherne Echo von jahrhundertealten literarischen Klischees widerhallte, und dennoch ließ sie sich zur Hauptantagonistin in dem Drama des gut dokumentierten Privatlebens dieses prominenten Autors machen, zu der Person, die manche dafür verantwortlich hielten (obwohl die Verantwortung natürlich allein bei ihm lag), dass seine Ehe mit Anne Allan, der Fernsehproduzentin und Mutter seiner beiden Kinder, schließlich endete.

Die ganze Geschichte war schäbig und peinlich für alle Beteiligten, außer vielleicht für Katz selbst. Unter dem Einfluss seiner schwindenden Libido und aus lächerlicher Dankbarkeit für die Aufmerksamkeit einer intelligenten Frau, die gerade noch als nicht zu jung durchging, betrachtete er diese Entwicklung als den unerwarteten Auftakt zum vorletzten Akt einer Karriere, in der er vom eloquenten Bad Boy des leicht verdaulichen liberalen Intellektualismus der 1990er zum Midlist-Schriftsteller der späten 2010er Jahre abgesunken war.

Eine dünne Schicht Skandal in einer Ära, in der die alten, tief verwurzelten Totempfähle des Patriarchats um ihn herum spektakulär und schnell zu Fall gebracht wurden, war, so meinte er, ein kleiner rebellischer Akt, vielleicht sein allerletzter. Ein finaler Versuch, das gewisse Aufsehen zu erregen, das ihn in den Klatschspalten hielt, während sich seine Paperback-Verkaufszahlen dem mittleren bis unteren vierstelligen Bereich annäherten.

Er hatte keinen Hehl aus der Affäre gemacht, weder vor seiner Frau noch vor den Reportern und Bloggern, die einem Satiriker, der einmal damit geprahlt hatte, gemeinsam mit dem jetzigen Innenminister LSD genommen zu haben, als sie beide Doktoranden waren, noch immer widerwillig ein paar Zeilen widmeten. Katz klammerte sich an seinen Ruf als selbsternannter Bonvivant für die mittelständischen Massen, ohne zur Kenntnis zu nehmen, dass seine Leserschaft älter geworden war, die Metropole verlassen hatte, die er noch immer besang, und jetzt in Hastings, Totnes oder Hebden Bridge Stadthäuser bewohnte, die voll waren mit Retro-Plattenspielern, Spiralschneidern und zynischen Kindern, während er in einem feuchten Haus südlich des Flusses vor sich hin brütete.

Er rauchte nach wie vor Zigaretten, obwohl kein Mensch in seinem Alter noch Zigaretten rauchte. Aber man sah ihn bei Preisverleihungen, Buchpräsentationen (hauptsächlich seinen eigenen) oder unterwegs auf Lesereise, wie er auf Rathausbalkonen oder gebeugt auf verregneten Uni-Vorplätzen, mit den jungen Dampfern qualmte und in einem unangebrachten Gefühl von Stolz Ascheflecken auf seinem Revers zur Schau trug wie Ehrenzeichen, die *Ich hab's noch drauf* verkündeten.

Anne hatte ihn zuvor schon mehrmals verlassen. Beim letzten Mal hatte sie nur halb im Scherz allen, die sie fragten, erklärt, dass es seine Vorliebe für Saxofon-Solos gewesen war, die ihr den Rest gegeben hatte. »Wenn ein Mann Saxofon-Solos satthat, hat er das Leben satt«, sagte er daraufhin oft, häufig zu denselben paar Leuten.

Sie war nie ganz dahintergekommen, ob seine sonderbare Schwäche für den Yacht Rock der Siebziger und für Mainstream-Rockballaden der Achtziger, die vom unaufhörlichen Jaulen dieses tragisch phallischen Instruments bestimmt wurden, echt war oder eher Bestandteil eines größeres Plans, um sie zur Weißglut zu treiben. So oder so, in Bill Katz' Händen und auf seiner Stereoanlage war das Saxofon zur Waffe und zum Folterinstrument geworden, um in einer Art akustischem Dauerkrieg zuerst Gereiztheit und dann Zorn auszulösen und schließlich nahtlos zu einer Scheidung überzuleiten, die ihn, falls alles gut lief, nicht völlig ruinieren würde.

Es hatte geklappt, und die Verachtung, die Anne deshalb für ihn empfand, genügte ihrem Mann, sich bestätigt und berechtigt zu fühlen, die Beziehung mit Dr. Elizabeth Brownlee einzugehen, obwohl unter den zahllosen wahren Gründen für das ungehörige Benehmen gegenüber seiner Frau wahrscheinlich einzig die Tatsache ausschlaggebend war, dass sie neuerdings eine finanziell erfolgreichere und von Kritikern hochgelobte Karriere als Filmproduzentin gemacht hatte, während seine eigene offensichtlich ins Stocken geraten war.

Sein letztes Werk, eine kurze Erzählung, in der es allem Anschein nach um einen Mann ging, der aus einem Baum fällt, war kaum zur Kenntnis genommen worden, obwohl seine geniale Agentin irgendwie einen beachtlichen Vorschuss herausgeschlagen hatte. Sogar Katz selbst wusste, dass es so nicht weiterging, zumal die vielen Film- und Fernsehoptionen, die in den letzten zehn Jahren in der Warteschleife gesteckt hatten, fast alle verpufft waren und ihm nun ein Schicksal schlimmer als der Tod drohte: die mögliche Rückkehr zu einer Art von Journalismus, mit der er sich nicht mehr auskannte, nämlich die der Listicles und Clickbait-Gastbeiträge.

Ihm fröstelte bei dem Gedanken an nervtötende Provokationen für 10 Pence pro Wort, schließlich war sein anstößiges Verhalten doch früher selbst Anlass für inszenierte Empörung gewesen.

Er blies Rauch über den Restauranttisch in das Gesicht von Dr. Elizabeth Brownlee, der, nachdem sie eine Dissertation und etliche Aufsätze über den Mann und sein Werk verfasst und das bereits erwähnte dreitägige Symposion organisiert hatte, wo Katz einen überraschenden und recht selbstgefälligen Gastauftritt mit dermaßen viel Pomp hinlegte, als wäre Liberace aus seinem Glitzergrab auferstanden, um eine letzte Zugabe auf dem Strip zu spielen, plötzlich klar wurde, dass sie ihn bereits satthatte. Diese Erkenntnis kam ihr schließlich, nachdem er ihr vor acht oder neun Monaten zum ersten Mal eine Hand in den Nacken gelegt und sie dort sanft mit zwei Fingern gestreichelt hatte, die sich, wie sie fand, kalt, klamm und aufdringlich anfühlten, während »Born to Run« aus den billigen Laptop-Lautsprechern klang, die er neben ein paar Teelichtern in seinem Novotel-Zimmer aufgestellt hatte.

Was für ein Glück, dachte er, während er sie ansah.

Was für eine Enttäuschung, dachte sie.

Wien *(Die Jäger im Schnee)*

Ich spüre ein Feuer in mir, wärmend. Wärmend und brennend. Brennend und lodernd.

Es geht an, gleich nachdem wir unsere steifen, schlafenden Körper entfalten und in die gefrorene Finsternis aufbrechen. Nach hundert oder weniger knirschenden Schritten züngeln die Flammen an unserer Brust, unsere Kehlen keuchen von den steilen verschneiten Anstiegen, die sich einem verdrießlichen Halbmond entgegenheben, Atemwolken entweichen unseren schlaffen, nassen Mündern. Der Wind erlaubt es nicht, den Weg mit einer Kerzenleuchte zu erhellen.

Wir jagen den Tag.

Beten um Beute.

Vielleicht werden unsere Gebete erhört, als erste Lichtfinger durch die Dunkelheit streichen, und wir gehen und gehen, suchen nach Spuren, und beim matten Erwachen der Sonne scheint der aschfahle Himmel schwer mit Schnee beladen. Ein aufgespanntes Netz aus Schnee. Gewiss wird noch mehr Schnee fallen. Tiefer, dichter.

Wir stapfen in ihn hinein.

In unserem Hotelzimmer hingen Leuchten von der hohen Decke, die mich mit ihren wie Bowlerhüte geformten Lampenschirmen an Magritte erinnerten.

Als wir spät ankamen, müde vom Flug und noch immer behaftet mit dem Geruch des Bordessens und der verbrauchten Kabinenluft, säumten Plastikkerzen mit unechten Wachstränen die Treppe, die zu dem gedämpften Korridor hinaufführte. Obwohl das Eckzimmer auf eine belebte Kreuzung hinausging, waren die Fenster so gut gegen die Kälte isoliert, dass der Lärm der vorbeifahrenden Straßenbahnen und des übrigen Wiener Verkehrs nicht durch die Glasschichten und die schönen, schweren altmodischen Holzläden drang.

Das Hotel, das eine Etage eines Stadthauses belegte, wurde dezent geführt und bot seinen Gästen daher eine heimelige Atmosphäre, die meiner Frau und mir sehr entgegenkam. Es gab keines der bei Hotelketten üblichen Ärgernisse, keine unerwünschte Musikberieselung oder unerwartete Zusatzkosten auf Rechnungen, die zu unchristlichen Zeiten unter Zimmertüren hindurchgeschoben wurden, nur eine ruhige Lobby mit einer lächelnden jungen Österreicherin am Empfang, der Möglichkeit, sich Tee oder Kaffee zu machen, und einem umfangreichen Angebot an Alkoholika, für die man bezahlte, indem man das Geld einfach in einen Kasten warf, falls niemand vom Personal da war.

Ein derartiges Vertrauen ist in unserem Land selten zu finden.

Nach einem überraschend erholsamen Schlaf und einem schnellen Frühstück in einer Bäckerei um die Ecke liefen wir am ersten Tag durch die großen Straßen, von denen jede länger und breiter zu sein schien als die davor. Die Wohnhäuser mit ihren verschnörkelten, sauberen, hellen Steinfassaden ragten stoisch vor einem schneeschwangeren Himmel auf und muteten an wie aus grauem Granit, Syenit und Marmor gehauene Schluchten. Vom ständigen Hinaufschauen an den Gebäuden bekamen wir Nackenschmerzen, während unsere Füße auf den Gehwegen über wie Quarzstaub glitzernden Raureif und über Streusalzkörner knirschten, die Löcher in die Patina aus schimmerndem Weiß ätzten.

Eistropfen verzierten die Laternenpfähle, und die Sonne war ein monochromes Aquarell, das an der Wand des Himmels hing.

»Alles ist so frisch«, murmelte ich so leise, dass niemand es hätte hören können. »Alles ist so *sauber.*«

Während wir durch die Straßen spazierten, sog ich die vielen Gerüche der Stadt ein. Wenn ich ausatmete, stellte ich mir eine dicke schwarze Rauchwolke vor, als Symbol für die Beklommenheit, die ich ständig mit mir herumgetragen hatte. Sie verflog, löste sich in der starren Luft auf. Ich versuchte, negative Gefühle loszulassen und die Spannungen und gelegentlichen Panikattacken zu verjagen, die ein anstrengendes Jahr geprägt hatten.

Ich hatte kürzlich den ersten Roman bei meinem neuen Verlag eingereicht, und jetzt war ich eine ausgelaugte Hülle, eine wandelnde Leiche mit Kohlestücken als Augen, nachdem die mageren Überreste meiner psychischen Energie in eine letzte Überarbeitung geflossen waren. Ich hatte einen meiner »Zustände« gehabt, und wie so oft hatte ich all meine Willenskraft aufbieten müssen, um überhaupt aufzustehen und mich anzuziehen und das Haus zu verlassen, damit wir es rechtzeitig zum Flughafen schafften. Der Roman war bloß einer der Gründe für die Anspannung und die Panik; die anderen waren nebulöser und nicht so leicht zu benennen.

Nicht zum ersten Mal war der Flughafen, jedenfalls für meinen gestressten Verstand, eine Art Schlachthaus der nahen Zukunft gewesen, ein existenzieller Viehstall, vor dem ich instinktiv Reißaus nehmen wollte. Mein Problem waren die vielen Menschen, alle in einem exaltierten Zustand heller Vorflugaufregung, durch die sich die am Flughafen herrschende Energie veränderte und die Ränder meiner ohnehin schon fragilen Sinne angesengt wurden. Ich war in letzter Zeit so viel allein gewesen, dass der Anblick all der Leute, die an mir vorbeiströmten, deren Körper immer mal wieder meinen streiften, deren Stimmen zu laut waren und deren Atem manchmal nach aromatisiertem E-Zigarettendampf und einem morgendlichen Bier roch, meiner psychischen Verfassung nicht zuträglich war. Alles kam mir zu laut vor, zu grell.

Ich übergab mich auf der Toilette.

Aber jetzt waren wir hier, und ich roch den warmen, kräftigen Duft von Pferden. Sie trugen Scheuklappen, ihre Schweife waren geflochten, die Fesseln geschmückt, und Dampf stieg von ihren Flanken auf. In den Kutschen, vor die sie gespannt waren, saßen die Fahrer herum und warteten darauf, den nächsten Schwung Touristen durch die Stadt zu fahren.

Andere Gerüche vermischten sich zu einem kollektiven Aroma des alten Europas. Auf dem Weihnachtsmarkt überlappten sich das Zischen und Brutzeln von Bratwürsten auf den Rosten der Grillstände mit dem Zimt von warmem Strudel und den Glühweingewürzen, während köchelndes Gulasch, frittierte Donuts und starker Kaffee den Appetit anregten.

Auf weiten Plätzen und entlang anderer Straßen andere

Gerüche: Vanilleschoten, Zuckerwaffeln, Röstkastanien, dunkle Schokolade, Zigarettenrauch – selbst der eingefleischteste Ex-Raucher spürt an einem Tag mit Minustemperaturen manchmal die Verlockungen des Tabaks –, Schnitzel, Autoabgase, heißes Öl. Mehr Brezeln.

Wir trugen Kleidung, die selbst für Nordengland im Dezember zu warm war: unsere teuersten Mäntel plus Schals, Handschuhe und Mützen sowie unsere besten Lederschuhe.

Europäische Großstädte im Winter haben etwas an sich, das in einem den Wunsch weckt schauzulaufen. Vielleicht ist das Bedürfnis, sich zu bewegen und dabei zu schauen und zu beobachten und zu atmen, eine Form von Zeitreise. Erkannt und genossen haben das eindeutig die französischen *flâneurs* des 19. Jahrhunderts, deren ausgedehnte Spaziergänge in Verbindung mit bewusstem Schauen als eine eigene Kunstform betrachtet wurden. Dass wir uns hochtrabend entschieden, etwas Ähnliches zu tun, noch dazu in unseren besten Mänteln und Schuhen, schien uns jenen, die vor uns flaniert waren, nur näherzubringen, und in manchen Momenten – beim Blick in eine dunkle Gasse, die sich hinter einer Straßenecke auftat – wurden die Jahrzehnte und Jahrhunderte (und Sprachbarrieren) bedeutungslos, denn wir waren im Gleichklang mit unseren europäischen Vorfahren, und die Sohlen der Jahrhunderte klopften denselben Takt auf den harten Gehwegen.

Wir sind zu dritt. Bernt, Elrick und ich.

Wir haben dreizehn Hunde dabei; für zwei ist es die erste Jagd, der erste Winter.

Bei den beiden müssen wir immer mal wieder mit einem Stöckchen oder Zweig den Schnee wegkratzen, der sich zwischen den

Pfotenballen festsetzt, damit er nicht gefriert und sie anfangen zu hinken. Sobald das erledigt ist, springen sie zurück zum Rudel, und ihre heraushängenden rosa Zungen baumeln wie zum Trocknen aufgehängte Hautstreifen in der Gerberei. Zwischendurch verschwinden sie oft, sinken tief in den Schneewehen ein, aber wir halten nicht an, um sie auszugraben. Das müssen sie selbst lernen, damit sie nicht faul oder im Wald zurückgelassen werden und die Jahreszeit allein überleben müssen.

Überwiegend bleiben wir zusammen, das Rudel eine sich verändernde Form, stets mit einem der zwei älteren Hunde an der Spitze. Vop, meistens, oder Yeff. Beide sind noch immer schlank und stark, nach einem heißen, trägen Sommer und milden Herbst gut ausgeruht und bereit.

Die anderen folgen den beiden, und wir folgen ihnen. Bernt auf der linken Seite, Elrick auf der rechten, und ich bilde die Nachhut und achte darauf, dass keiner der Hunde zurückbleibt oder ob sich irgendein Hirsch, Wildschwein, Wolf oder Fuchs für so schlau hält, noch einmal zurückzukommen, um einen zweiten Blick zu riskieren.

Am Abend besuchten wir die Wiener Secession, wo Ed Ruscha Bilder von der amerikanischen Flagge und Trommelfelle ausstellte, die mit Zitaten aus Mark Twains *Puddn'head Wilson* beschrieben waren. Die Arbeiten wurden in einem weißen Betonkasten von Raum gezeigt, in dem das Stakkato-Geplapper deutscher Studenten widerhallte. Wir blieben nicht lange.

In einem eigenen klimatisierten Raum im Untergeschoss glitzerte Gustav Klimts »Beethovenfries« von 1902 gülden; die Wirbel, Schlangenlinien und Hängebrüste der nackten Frauen, die laut der Museumsbroschüre für Wollust, Unkeuschheit und Völlerei standen, wirkten lebendig. Hoch oben an der Wand, auf die sie direkt aufgemalt worden waren, schienen sie sich kokett zu räkeln, während draußen am Vorabend der Wintersonnenwende die Dunkelheit hereinbrach.

Bei der Betrachtung des Frieses stellte ich überrascht fest, dass ich kaum etwas empfand außer einem unangenehmen Sodbrennen aufgrund des vielen Gebäcks, das ich tagsüber gegessen hatte. Meine Flasche Gaviscon hatte ich im Hotelzimmer gelassen, und der saure Reflux, der lautlos unter meinem Brustbein brannte, nahm meine Aufmerksamkeit mehr in Anspruch als die einst umstrittenen »feindlichen Gewalten« von Klimts unzüchtigen Figuren. Ich wünschte, meine Kritikfähigkeit wäre ausgeprägter gewesen, doch manchmal rebelliert das Gefäß, das der Geist bewohnt, auf eine Weise, die schwer auszublenden ist.

Die Wiener erschienen uns vom Temperament her recht schroff. Sie waren zwar keineswegs feindselig, aber doch häufig kurz angebunden, besonders diejenigen, die in der Gastronomie arbeiteten oder einer älteren Generation angehörten. Mehrmals ernteten wir mit unserem Lächeln oder unseren Versuche, in Cafés und Restaurants Small Talk zu machen, einen vernichtenden Augenaufschlag oder, schlimmer noch, ein ausdrucksloses Gesicht. Als ich in einem traditionellen Kaffeehaus, wo die Gästeschar scheinbar ausschließlich aus tatterigen alte Leutchen bestand, die Suppe in ihre zittrigen Münder löffelten, und die Fenster dermaßen beschlagen waren, dass die belebte Straße draußen dem Blick verborgen blieb, um die Rechnung bat, reagierte der Kellner lediglich mit dem überaus knappen gereizten Zucken einer buschigen

Augenbraue. Aber wir sahen gnädig darüber hinweg und gaben großzügig Trinkgeld, da immerhin die Würstchen gut gewürzt waren und mit köstlichem geriebenem Meerrettich als Beilage serviert wurden.

Auch der liebenswert drollige und häufig missverstandene Humor ihrer Nachbarn in Deutschland ist den Bewohnern der österreichischen Hauptstadt fremd. Obwohl Wien kürzlich durch eine Umfrage im Vergleich zu anderen Weltstädten der beste Lebensstandard attestiert worden war, machten viele seiner älteren Bürgerinnen und Bürger, die wir sahen, auf uns keinen glücklichen Eindruck. Aber vielleicht projizierten wir ja zu hohe Erwartungen auf sie und zogen kulturelle Unterschiede nicht hinreichend in Betracht.

Irgendwie erinnerten mich diese Gaststättenbeobachtungen an den in Wien spielenden Roman, den ich vor Kurzem gelesen hatte. Er behandelte den Aufstieg des Faschismus und führte vor Augen, dass solche Regimes nur aufgrund der Komplizenschaft derjenigen, die die höheren Ränge der Gesellschaft besetzen, Macht erlangen. In ganz Europa gewannen rechte Ideologien nun erneut an Zugkraft und mussten zweifellos im Keim erstickt werden, ehe sie tiefere Wurzeln schlagen konnten. Das Problem war, dass sich viele Faschisten jetzt als ganz normale besorgte Bürger ausgaben und ihre alten Masken gegen die Annehmlichkeit und Sicherheit eines Social-Media-Avatars oder gegen eine gemeinsame Verschwörungstheorie austauschten, die sich unhinterfragt in den Köpfen hatte festsetzen können.

Dass ich das alles davon ableitete, rund einem Dutzend Wiener Rentnern dabei zuzusehen, wie sie sich über Kalbsschnitzel und Sachertorte hermachten, ist vielleicht eher ein verstörender Ausdruck meines eigenen Geisteszustands als alles andere.

Jedenfalls half das alles nicht gerade gegen meine Angst, die tief in mir brodelte, eine Teergrube in meinem Bauch.

Wenn wir einmal freundlichen Menschen begegneten, waren sie entweder in den Zwanzigern und in Besitz einer positiven Energie und Aufgeschlossenheit, die ihren älteren Landsleuten fehlte, was ich als Hoffnungsschimmer für die Zukunft auffasste, oder sie kamen ausnahmslos von weiter her – Berlin, Italien oder Japan.

Wien ist die perfekte Stadt für eine kurze Zeitreise, doch die Banalität der modernen Welt ist nie weit weg. Als wir uns an jenem Morgen anzogen, hatte ich den BBC World Service eingeschaltet und ließ die aktuellen Nachrichten leise im Hintergrund laufen. Einer Meldung zufolge hatte man den Flughafen Gatwick geschlossen, weil in der Nähe angeblich eine Drohne oder mehrere Drohnen gesichtet worden waren. Das Wort Reisechaos fiel des Öfteren, wie das immer so ist. Ein Reporter sprach es aus, während er draußen in der Kälte bibberte, der Airport so weit hinter ihm, dass er kaum mehr als eine graue Kontur in der Ferne war. Es hätte genauso gut ein Schlachtschiff oder ein Einkaufszentrum oder ein Urwald sein können. Vielleicht war es das auch.

Das Stapfen und Stolpern durch endlose Weiten aus Nichts. Die langen Pausen zum Spähen, Stunden von irgendwas entfernt.

Das Beobachten und Warten. Das Fährtensuchen und Pirschen.

Dann, plötzlich, huscht Fell vorbei.

Ein verwischter warmer Pelz in rasender Geschwindigkeit, wie ein in das pochende Herz des Winters geschleuderter Speer. Die Hunde sind nur noch auf ihre Beute konzentriert, der starke Geruch lässt sie ganz wild werden. Schwänze erhoben, Nasen gesenkt, suchen sie den Boden ab, durchforsten ihn nach Antworten, nach Geheimnissen, nach Fleisch.

Vielleicht wittern sie ein Wildschwein, die beste Belohnung überhaupt. Vielleicht meinen wir, es auch zu riechen, wünschen es herbei, zischend und brutzelnd über heißen Kohlen in den Träumen von morgen, wir drei schon fleischtrunken von dem Gedanken daran und vom Lächeln unserer Kinder, deren Wangen vor Zufriedenheit glühen. Wir stellen uns bereits die stillen, von Stolz erfüllten Mienen vor, die unsere Frauen durch die dunkelsten Dezembertage hindurchtragen.

Doch es ist nicht gut, am Tag zu träumen.
Es ist nicht gut, vom Pfad abzuweichen.
Verwirrt laufen die Hunde auseinander.
Der Moment ist vorüber.
Er ist verschwunden, wie das Tier.

Sobald wir gut gesättigt vom Abendessen – gegrillte Calamares, Wolfsbarsch, irgendwas mit Kichererbsen – wieder im Hotelzimmer waren, entledigten wir uns unserer Hosen und streckten uns auf dem Bett unter den Magritte-Lampenschirmen aus.

Ich zappte die Fernsehkanäle durch und landete zufällig bei einem syrischen Nachrichtensender, der körnige Aufnahmen von Panzern zeigte, die mit Raketenwerfern beschossen wurden. Dazwischen brachten sie Bilder von Männern, die

Kalaschnikows schwenkten und dann in die Luft feuerten, während sie ausgelassen zu Musik tanzten.

Ich rief meine Frau, und wir guckten uns den Bericht gemeinsam an, wobei die wechselnden Farben des Fernsehschirms ständig die Atmosphäre in unserem dunklen Zimmer veränderte.

Einige der Männer hatten die gleichen wattierten Puffa-Jacken an, die kleine Drogendealer in den 1990ern in kalten englischen Städten getragen hatten. Die Szenen wurden in Dauerschleife gezeigt, eine Explosion nach der anderen. Die triumphierenden Gewehrsalven wurden immer lauter und ungezügelter, die Musik wummerte, leicht schräg, um zu irritieren. In den Clips waren keine Frauen zu sehen. Wir versuchten, über die absurde Demonstration von Machogehabe und pornografischer Gewalt zu lachen, die diesen staatlichen Nachrichtensender ausmachte, doch es fühlte sich hohl an, die Sache mit Humor nehmen zu wollen. Wir wussten beide, dass in den Panzern, die da in die Luft gesprengt wurden, höchstwahrscheinlich Menschen saßen, dass das Ganze nicht bloß Show war.

Die schonungslose Musik machte mich schwindelig, und die Teergrube der Angst in mir brodelte erneut. Ich musste mich wegdrehen.

Das Zimmer fühlte sich zu warm an. Ich hantierte an der Heizkörper-Einstellung herum.

Ein Fernsehkanal bot eine Auswahl an Filmen, von denen uns kaum einer interessierte, und wir gingen das Angebot durch, bis wir uns für *Der seidene Faden* entschieden. Ich war schon immer ein Fan von Daniel Day-Lewis. Ich sah ihn das erste Mal, als ich etwa zehn Jahre alt war und ihm mit seiner

Rolle in *Mein wunderbarer Waschsalon* der Durchbruch gelang, dann in *Mein linker Fuß* und *Im Namen des Vaters* und später noch, als er in solchen Blockbustern wie *There Will Be Blood* mitspielte.

Außerdem wird erzählt, dass Day-Lewis der Schauspielerei für eine Weile den Rücken kehrte, um in Italien Schuhmacher zu werden, eine Geschichte, die möglicherweise in die Welt gesetzt wurde, um den Mythos von ihm als einem der rätselhaftesten Schauspieler seiner Zeit zu nähren. Oder aber er wollte tatsächlich einfach nur Schuhe machen. Schließlich wollen die Menschen vielleicht nicht immer Filme in ihrem Leben haben, aber sie werden mit ziemlicher Sicherheit immer Schuhe benötigen.

Der seidene Faden war sein erster Film nach fünf Jahren und sein letzter, bevor er sich zur Ruhe setzte, also machten wir es uns bequem und guckten ihn uns an.

Er ist vielleicht vor allem deshalb denkwürdig, weil es eine frühe Szene gibt, in der Day-Lewis als englischer Couturier Reynolds Woodcock mit eleganter Krawatte und die ganze Zeit in einem überaus kultivierten, fast schon affektierten Ton sprechend ein großes und üppiges Frühstück bestellt.

Zufällig wusste ich, dass diese Szene in einem kleinen Hotel in North Yorkshire gedreht worden war, genauer gesagt in dem Dorf Robin Hood's Bay, dem Schauplatz des Romans, den ich kürzlich abgeschlossen hatte und der der Grund für meine Erschöpfung und Angst war. Doch aus irgendeinem Grund amüsierte mich vor allem die Art, wie Day-Lewis die Schlussworte seiner Frühstücksbestellung aussprach: »... und ein paar Würstchen.«

Wir lachten viel über diese Bemerkung, meine Frau und

ich, und in den nächsten paar Tagen passierte es mir, dass ich sie häufig wiederholte, sowohl innerlich als auch laut, oftmals wenn ich gar nicht damit rechnete, sodass ich nicht nur mich selbst damit überraschte, sondern auch jeden in meiner Nähe, der sie mitbekam.

Als der Film zu Ende war, schliefen wir beide, und die Formulierung »... und ein paar Würstchen« hallte in meinem Unterbewusstsein wider wie ein Gummiball, auf den in einem Squash-Court eingedroschen wird. Im Laufe der folgenden Tage nahm das Mantra allmählich fast etwas Quälendes an, denn es setzte sich in meinem Kopf fest, ein unerwünschter Eindringling im Geplapper eines jeden meiner wachen Momente.

Rosa ist der Schnee, als wir in tiefen Wald eindringen, so stumm und still wie eine Flechtwerkkirche. Die Bäume sind windgepeitschte Kirchtürme. Ein heiliger Ort, und manchmal kann ein Mensch hier Gott finden. Manchmal findet er stattdessen sich selbst. Und bisweilen gar nichts. Ein so tiefes und teuflisches Nichts, dass er sich eine kalte geballte Faust in den Mund stopfen muss, um nicht zu schreien. Es verschlingt uns. Es verschlingt uns alle.

Der Hauptgrund für unsere verlängerten Weihnachtsferien in dieser alten Stadt war die Ausstellung von Gemälden, Zeichnungen und Druckgrafiken von Pieter Bruegel dem Älteren, die das Kunsthistorische Museum zusammengestellt hatte und die wir uns anschauen wollten. Ich war seit Langem ein Bewunderer der Darstellungen ländlicher Landschaften und bäuerlichen Lebens im sechzehnten Jahrhundert des holländischen Meisters und freute mich vor allem auf die Möglichkeit, sein berühmtestes Werk, *Die Jäger im Schnee*, aus nächster Nähe zu betrachten.

So erging es anscheinend auch einem wesentlichen Teil der europäischen Bevölkerung, denn die dreimonatige Ausstellung war schon lange ausverkauft. Bruegels Arbeiten, so alt und empfindlich, wie sie waren, wurden nur selten auf Reisen geschickt, somit war dieses »Gipfeltreffen der Meisterwerke«, wie das Museum es nannte, eine äußerst seltene Gelegenheit, was sich im Titel der Ausstellung niederschlug: *Once In A Lifetime*.

Eine Woche zuvor hatten meine Frau und ich feststellen müssen, dass keine Tickets mehr zu bekommen waren, woraufhin ich im Vorfeld unserer Reise an die Presseabteilung des Museums eine E-Mail schrieb, in der ich mich als Schriftsteller und Gelegenheitsjournalist vorstellte, der die Absicht hatte, die Stadt zu besuchen, um für eine geplante Veröffentlichung eine Kurzgeschichte mit dem Titel *»Die Jäger im Schnee«* zu schreiben. Das war bestenfalls eine Halbwahrheit, eine hastig und aus dem Stegreif formulierte Anfrage, deren Begründung ich nur halbherzig in die Tat umzusetzen gedachte, wenn überhaupt, aber jahrelange journalistische Erfahrung hatte mich immerhin gelehrt, dass schüchterne Kinder bei Süßigkeiten leer ausgehen und dass schamloses Bluffen eine Kunstform ist, die Selbstvertrauen und ein gewisses Minimalwissen über das Thema erfordert sowie, wie ich beschämt zugeben muss, ein leises Anspruchsdenken angesichts von Hindernissen, die andere Leute abschrecken würden.

Einen Tag vor unserem Abflug antwortete die Presseabteilung des Museums, dass man mir eine Presseakkreditierung für mich und einen Gast gewährt hatte.

Ehe wir das Hotel verließen, brachte der BBC World Service die neusten Meldungen zu der Gatwick-Story. Ein Nachrichtensprecher sagte, dass sämtliche Starts und Landungen vorübergehend ausgesetzt worden seien, während Polizei und Flughafenbehörde herauszufinden versuchten, ob die angeblich gesichteten Drohnen eine echte Bedrohung darstellten. Der Vorfall wurde wie ein möglicher Terroranschlag behandelt, und es wurden Ermittlungen in der Umgebung angestellt. Aufnahmen zeigten Menschen in langen Warteschlangen, manche davon mit Skiern im Gepäck, und eine Anzeigetafel, auf der neben jedem geplanten Flug die Wörter *Delayed* oder *Cancelled* blinkten.

Als wir am Kunsthistorischen Museum ankamen, sahen wir davor ein Menschengedränge.

Im Eingangsfoyer hallten die aufgeregten Stimmen von Hunderten, vielleicht Tausenden Besuchern durch die Halle, während sie ihre Taschen durchsuchen ließen, ihre Mäntel abgaben und sich Audioguides aufsetzten, auf die ich allerdings stets verzichte, weil ich mich, auch wenn das vielleicht arrogant klingt, durch die Erläuterungen nicht bei der Interpretation der Werke beeinflussen lassen möchte.

Unsere Namen standen nicht auf der Presseliste an der Kasse, aber dank unseres souveränen Auftretens und weil die Ticketverkäufer so gestresst waren, wurden wir einfach weitergewinkt und die Doppeltreppen hinaufgeschickt, wo sich das Ganze am nächsten Kontrollpunkt wiederholte. Erneut konnte man unsere Namen nicht finden, doch als ich einen Ausdruck der E-Mail vorzeigte, die ich von der Presseabteilung erhalten hatte, durften wir weiter. Die Menge staute sich am letzten Kontrollpunkt – wieder kein Name, wieder brachte uns unsere Überredungskunst weiter –, und dann waren wir inmitten der detailreichen Dioramen des bäuerlichen Lebens in den Niederlanden des sechzehnten Jahrhunderts.

Es war voll und warm. Ich nahm meinen Schal ab, rollte ihn auf und steckte ihn zusammen mit meiner Mütze und den fingerlosen Handschuhen in die Tasche. Als ich meinen Mantel aufknöpfte, wünschte ich augenblicklich, ich hätte eine Flasche Wasser mitgenommen.

Als Erstes nahm ich nicht die eigentliche Kunst wahr oder die Menschen, die versuchten, sich vorzudrängeln, um sie besser betrachten zu können, sondern das Geräusch des Parkettbodens, der unter dem Gewicht von Hunderten sich bewegender Füßen knarrte. Es hatte ein Timbre und einen Rhythmus, etwas, das völlig losgelöst von dem Raum zu sein schien und doch ganz offensichtlich dazugehörte. Ich blieb ein paar Minuten stehen, lauschte dem Boden und fühlte mich klaustrophobisch, ehe ich mich von der Menge an den frühen Bleistiftskizzen von Landschaften vorbei in einen Raum mitziehen ließ, in dem sich der Gegenstand meiner Faszination befand: *Die Jäger im Schnee* (1565).

Das Tier ist den Blicken entschwunden, unsichtbar. Leichte Pfotenabdrücke im Schnee verschwinden unter dem Gewirr von Spuren der Hunde, die bei der Verfolgung kreuz und quer gelaufen sind. War es überhaupt ein Wildschwein? Wir gelangen zu einem Bach, und die Fährte wird so kalt wie das Wasser, das ich mit den Händen schöpfe, um zu trinken und meine pochenden Schläfen zu benetzen. Die Hunde rennen im Kreis, zwei winseln und scharren, und ich pfeife Elrick, der wiederum Bernt pfeift, und wir drei halten die Stellung. Rings um uns herum ächzt der Wald. Dunkle Stämme ragen auf. Nasse Füße.

Keine Vögel.

Wahrscheinlich kennen auch Sie das Gemälde, selbst wenn Ihnen der Titel nichts sagt.

Die Bedeutung des Werks liegt nicht nur darin, dass es ein Artefakt aus längst vergangener Zeit ist – sondern darin, dass es uns mehr verrät, als hunderttausend geschriebene Wörter vermocht hätten.

Mindestens zwei Dutzend Personen verschiedener Nationalitäten standen vor *Die Jäger im Schnee*, sodass meine Sicht darauf von Körpern versperrt war, die eine als leises Surren wahrnehmbare kollektive Energie ausstrahlten. Ich versuchte, einen Blick zu erhaschen, mein Ausstellungsprogramm in der Hand. Ich fühlte mich klamm in meinem Mantel, der ein wenig feucht war. Ich zupfte am Kragen meines Pullovers. Die gebohnerten Holzriemen des Parkettbodens knarrten weiter unter den Schritten.

Überall im Saal wetteiferten ähnliche Menschentrauben um Platz vor Bruegels bekanntesten Werken. Regelmäßig lösten sich Personen von diesen Gruppen und gingen zu einem anderen Bild, wenn sich ihnen die Möglichkeit bot, das Erlebnis mit einem Selfie zu dokumentieren. Jeder Einzelne war Teil desselben Schwarms, der sich durch die Räume bewegte, eine unaufhörlich pulsierende Masse, die betrachtete, dokumentierte und dann weiterzog.

Ich drehte mich wieder zu *Die Jäger im Schnee* um. Jetzt befand ich mich mitten in einer dieser Gruppen, die einem Moshpit bei einem Punkkonzert glich, einem Ritual, das auf gewissen unausgesprochenen, von allen akzeptierten und über etliche Jahrzehnte hinweg verfeinerten Regeln basierte.

Falls das stimmte und ich williger Teilnehmer in dem Moshpit war, dann war der Gegenstand unserer Aufmerksamkeit – sozusagen der Funke, der unseren Zunder in Brand setzte – keine Musikband, die sich des Mediums der Elektrizität bediente, sondern das Werk eines einzelnen Malers. Da waren wir, drängelten mit ausgefahrenen Ellbogen, Handys über die Köpfe gereckt und angewinkelt, spürten den Atem der anderen im Nacken, machten Fotos und luden sie dann mithilfe von Satellitentechnologie in Social Media hoch und das alles wegen einer verschneiten Szene, deren Schöpfer fünf Jahre nach der Geburt von William Shakespeare gestorben war.

Dieser Gedanke war eine Offenbarung. Da hatte uns jemand in seinen Bann geschlagen, jemand, der just in diesem Moment – und dem nächsten und dem nächsten und vielleicht für immer – in eine zukünftige Welt hineinreichte, die er sich unmöglich hatte vorstellen können, selbst mit der blühendsten Fantasie.

Im Gestrüpp verfangen: ein Fetzen Fell in der Farbe von Bernts Bart. Ich drücke ihn an sein gerötetes Gesicht, und wir bleiben eine Weile schweigend stehen, dann wenden wir uns dem niedrigen Tunnel im Unterholz zu. Es ist der Laufweg eines Fuchses, keine Frage. Sein Fell würde sich lohnen, aber sonst kaum etwas, weil Füchse nicht zum Essen taugen. Zu bitter. An einem anderen Tag wäre er eine spielerische Jagdbeute für die Hunde, aber unsere Speicher sind fast leer, und der Winter ist lang, und das hier ist kein Spiel.

Es dauerte eine gefühlte Ewigkeit, sich einen Platz zu ergattern, der einen unverstellten Blick auf das Gemälde bot. Wie mir auffiel, hatte das Museum kein Problem damit, uns alle nach Lust und Laune herumschlendern und ganz nah an die Werke herantreten zu lassen, ganz anders als die Galerien in London. Ich sah keine Wachleute durch die Räume tigern oder gelangweilt gähnend auf einem Stuhl in der Ecke sitzen. Es war erfrischend vertrauensvoll.

Allerdings war es verboten, Taschen mit in die Ausstellung zu nehmen, und mittlerweile hatte ich Durst und dachte oft an Wasser. Ich bin nicht gut, wenn ich Durst habe. Genauso wie, wenn ich Hunger habe. Ich werde gereizt, fahrig. Meine Gedanken gleiten ab und zersplittern. Meine Gliedmaßen werden bleiern, und meine Haut prickelt vor Hitze. Außerdem windet sich Angst in meinem Magen, und das tat sie auch jetzt. Eine finstere Schlange, die durch die Speiseröhre nach oben kroch. Bald würde sie mir an die Kehle gehen.

Um mich von der Endzeitstimmung abzulenken, die meine Psyche zu überwältigen drohte, und diesen negativen Gedanken zu entkommen, holte ich unwillkürlich mein Handy hervor: Die Gatwick-Drohnen-Story lief noch immer. Laut einer Meldung vom späten Vormittag waren sämtliche Flüge gestrichen worden. Passagiere waren erbost, verwirrt und müde. Viele wollten über Weihnachten verreisen oder nach Hause und hatten keine Ahnung, wie es weitergehen sollte. Andere hatten ihre Anschlussflüge verpasst und lagen jetzt ausgestreckt auf Sitzbänken oder auf dem Boden, mit ihrem Bordgepäck als Kissen und mit T-Shirts, Schals oder Mützen über die Augen gezogen. Die Nachrichtenreporterin interviewte einige, die wach waren. Es waren Mexikaner und Polen und

Australier und Engländer. Niemand wusste, wem die Drohnen gehörten, und darüber hinaus konnte niemand sagen, wer genau sie eigentlich gesehen hatte oder wo und wann überhaupt. Viele Reisende waren hungrig und durstig.

Es war nicht gut, diese Meldungen in meiner Situation zu lesen, denn jetzt spürte ich, wie mir das Herz in der Brust hämmerte. Ich leckte meine trockenen Lippen und schluckte einmal, dann zweimal.

Als ich aufblickte, sah ich, dass ich ganz nah vor *Die Jäger im Schnee* stand, und ich würde diesen Platz auf keinen Fall aufgeben, nur um für ein bisschen Wasser zurück durch mehrere Räume und die große Marmortreppe hinab zu den Toiletten im Untergeschoss zu gehen.

Ein erfrischendes Minzbonbon hätte gegen den Durst geholfen, und ich verfluchte mich innerlich dafür, dass ich keine in der Tasche hatte, weil ich mir schon immer was darauf eingebildet habe, derjenige zu sein, der das Aspirin, den Stift, die Minzbonbons, die Büroklammer, den Kamm hat. Was auch immer gebraucht wird, ich hab's. Ich habe sogar stets sicherheitshalber einen Ventolin-Inhalator dabei.

Schließlich stand ich so dicht vor dem Gemälde, wie es nur möglich war, ganz vorne, und ehe ich wusste, wie mir geschah, war ich in ihm drin. Atmete seine stille Luft und spürte das Knirschen von verkrustetem Schnee unter den Füßen, den Puls meines Herzens in Schläfen und Handgelenken. Ich blickte hinaus auf die Landschaft, die Häuserdächer und die Brücke über die gefrorenen Teiche, wo die Leute aus dem Dorf – meinem Dorf – Schlittschuh liefen, und die Äste der Winterbäume knarrten, die dürren Zweige klapperten, ihr Saft gefroren, schwarze Krähen kreisten über mir, und in der Ferne legte sich Nebel auf die gewaltigen felsigen Steinwände, die spitz aufragten, turmhohe Anklagen gegen den Himmel.

Meine gefühllosen Finger schlossen sich um den langen Speer, dessen Spitze unbefleckt war vom Blut großer Beute, und ich benutzte ihn, um mich durch die letzten tiefen Schneewehen hindurch abzustützen, bevor wir uns trennten und jeder nach Hause ging, jetzt nicht in Eile, denn der Jäger hat es nie eilig, mit leeren Händen zurückzukehren. Meine Beine waren nass, meine Gliedmaßen bleischwer. Ich war durchgefroren bis auf die Knochen und nahezu besiegt vom Tag.

Und da waren die Gerüche, die heraufwehten: Holzrauch von dem Feuer, auf dem schon ein Topf brodelte, bereit, die Borsten von dem Tier zu lösen, das wir nicht erlegt hatten. Irgendwo unsichtbar: Suppe. Überall ringsherum Verfall, Feuchtigkeit und Mistgestank.

Ich war mittendrin, atmete die Tieflandluft, und meine Muskeln schmerzten von der nutzlosen Jagd nach nichts. Und es war alles so schön, so richtig.

Und es war alles zu viel.

Die Wärme und das Gedränge und das Bedürfnis nach Wasser wurden übermächtig. Das war nicht gut. Nein. Das war überhaupt nicht gut. Mit je einem Fuß in beiden Zeiten, in beiden Welten, hatte ich das Gefühl, als würde ich von irgendwo tief in mir in Stücke gerissen. Ich war dort und hier, damals und jetzt, vergangen und gegenwärtig, heiß und kalt, durstig und hungrig, euphorisch und ängstlich, erschöpft und belebt, alles gleichzeitig.

Der Raum nahm seltsame neue Dimensionen an, ein Wirrwarr von gebogenen Linien und Fischaugenperspektiven.

Und wo war meine Frau?

Es war lange her, dass ich sie zuletzt gesehen hatte. Ich schaute auf meinem Handy nach, ob sie mir geschrieben hatte, sah aber nur ein BBC-Nachrichten-Update, dass nach wie vor keine Flüge gingen und die Polizei noch immer nicht hatte ermitteln können, wer Drohnen in den Luftraum gelenkt hatte. Die Wörter wirbelten vor meinen Augen. Wieso schrie hier niemand? Alle schienen so begeistert oder glücklich oder in Gespräche vertieft oder mit ihren Handys und Audioguides beschäftigt. Wieso rannten sie angesichts solcher Schönheit nicht nackt auf die Straße, sprangen auf geparkte Autos? Überwältigt vom existenziellen Grauen der Zeit und der Drehung des Planeten, von Leben und Tod und allem, wieso rissen sie keine Scheibenwischer ab und warfen mit ihren eigenen Fäkalien um sich und schlugen die Köpfe in die verspiegelten Glasfenster der großartigen Prachtbauten dieser Stadt und aller Städte?

Wie konnten sie sich bloß so beherrschen?

Mein Kopf und mein Bauch sind leere Krüge, und meine Beine zittern. Ich denke nur noch an Essen, als wir den Berg hinunterstapfen und ich die Wassermühle und die Teiche sehe. Ich weiß, dass es Bernt und Elrick genauso ergeht, und falls sie nicht an Essen denken, dann denken sie an die Schmach, mit leeren Händen ins Dorf zurückzukommen. In den Augen unserer Familien haben wir versagt.

Heute sind wir schwächere Männer.

Man findet mich ohnmächtig auf dem Museumsboden. Etliche Personen sind über mich gebeugt und reden Deutsch. Alle blicken besorgt, was mir ungemein peinlich ist. Jemand reicht mir eine Flasche Wasser, ein anderer hilft mir, mich aufzusetzen. Der Mosaikparkettboden knarrt um mich herum.

Als ich aufstehe, sind mein Kopf und mein Bauch leere Krüge, und meine Beine zittern. Meine Füße und Beine sind nass bis zum Knie, aber ich verstehe nicht, wieso. Ich halte noch immer meinen Mantel umklammert. Ich versichere allen, dass es mir gutgeht, indem ich ein Lächeln aufsetze und einen Daumen hochstrecke, was angesichts der Örtlichkeit und der Situation einfach nur absurd wirkt. Ich setze mich, und allmählich zerstreuen sie sich, wobei einige wenige sich noch einmal zu mir umdrehen, sich beratschlagen, dann aber weiter in den nächsten Raum gehen.

Ich nehme mein Handy, um herauszufinden, wo meine Frau ist. Die Gatwick-Story hat ein Ende gefunden. Bald sollen die ersten Flüge starten, doch der gewaltige Rückstau sorgt dafür, dass viele Urlauber noch immer nicht wissen, wann sie den Airport endlich verlassen und ihre Reise fortsetzen können. Die Polizei hat keine Drohnen oder Drohnenbesitzer ausfindig gemacht. Vielleicht gab es nie welche.

Es ist später Vormittag an einem kalten winterlichen Donnerstag im Herzen Europas im einundzwanzigsten Jahrhundert, als ich eine Nachricht von meiner Frau erhalte: *Wo bist du?*

Ich antworte: *War auf der Jagd. Lunch?*

Der alte Ginger

Erinnert euch an den alten Ginger, den Wildhüter. Um den ranken sich viele Mythen.

Er war im ganzen Grenzland bekannt, der alte Ginger, für manche eine Legende, für die meisten eine prügelnde, im Heidekraut lauernde Gefahr.

Fasane ebenso wie nette Leute, die sich in ihren Wochenendhäusern erholten, fürchteten ihn gleichermaßen, und das war auch gut so, denn der kleine Mann war nicht ganz richtig im Kopf. Zu viel Zeit draußen im Moor allein mit seinen Fallen hatte ihn verrückt werden lassen. Ihm den Verstand geraubt, sagten sie.

Der Mann im Herrenhaus behielt den alten Ginger trotzdem und ließ ihm in jeder Hinsicht überall auf seinen Ländereien freie Hand. Ein Job fürs Leben. Solange genug Vögel reif zum Abschuss waren, wenn der August kam und rotgesichtige Börsenmakler lärmend anrollten, um ihrer Jagdlust zu frönen, behielt er ihn in seinen Diensten. Ließ ihn machen.

Außerdem hatte der alte Ginger schon für den Daddy des Mannes im Herrenhaus gearbeitet, und sein Daddy hatte davor schon für dessen Daddy gearbeitet, somit sorgte das Festhalten an den Gepflogenheiten des Gutsherrn und seines Wildhüters dafür, dass die alte Ordnung am Leben gehalten wurde. Damals war es wichtig, Kontinuität zu bewahren, während sich alles andere auf der Insel veränderte. Für manche ist es das heute noch.

Aber der Mann im Herrenhaus war kein echter Gutsherr, obwohl er gern so tat als ob: Er war zunächst durch Erbschaft an sein Geld gekommen und dann später, indem er billige Sportklamotten über eine Discount-Einzelhandelskette verkaufte, die für ihre gesetzwidrigen Arbeitsbedingungen berüchtigt war. Er hätte einen Adelstitel nicht erkannt, wenn er ihm von der Queen höchstpersönlich an den linken Hoden gepinnt worden wäre. Und der alte Ginger wiederum war weniger ein Wildhüter als vielmehr ein Sadist mit einem Knüppel und einem wachsenden Groll gegen Wanderer von auswärts.

Aber dennoch, der Boss hatte ein Familienwappen entwerfen lassen, und er hatte Personal aus der Stadt und verschiedene Autos für verschiedene Tage, und er veranstaltete Jagdgesellschaften, bei denen er den Pseudogutsherrn geben konnte, also behielt er den alten Ginger, der die Futterstellen mit Korn füllte, die Tannenpflanzungen inspizierte und das Moor auf der Suche nach tierischer oder menschlicher Beute durchstreifte.

Das war nämlich das Problem mit dem alten Ginger. Nach Jahrzehnten hier oben war er so mit der Landschaft verwachsen, dass er die Fähigkeit verloren hatte, zwischen Mensch und Tier zu unterscheiden. Für Ginger war alles Jagdbeute. Seine Welt war eine Welt aus Blut und Fallen, Raubvögeln und Hasen. Sein Dasein waren Knochen und Gefieder. Wind und Regen. Gras und Heide.

Messer und Kehle. Gewehr und Kugel.

Die Grenze seiner Welt war die pfeilgerade asphaltierte Straße, die die Römer vor zweitausend Jahren durch die rote Hochlanderde gegraben hatten, das Moor sein Reich, und bedauernswert jeder arme Kerl in raschelnder Regenjacke, der es arglos betrat.

Weil so viele Geschichten über Ginger erzählt wurden, wusste man einfach, dass manche davon wahr sein mussten. Zum Beispiel die, dass er sich auf einsame Wanderer stürzte und sie windelweich prügelte. Oder dass er seine Hunde in Zwingern hielt und mit einer Spezialmischung fütterte, die er mit Speed versetzte, damit sie aufgedreht und aggressiv blieben, wenn sie Jagd auf Ratten an den Futterstellen machten oder, noch wahrscheinlicher, jedes neugierige Arschloch verjagten, das sich um seinen jämmerlichen Steinkasten von Haus am Rand des Moors herumtrieb.

Angeblich hatte er mal eine Frau, die es aber nicht mit ihm ausgehalten hatte. Irgendwann war sie die Gerichtstermine ebenso leid wie die Gefriertruhe voll mit zerlegten Tieren und das Blut unter seinen Nägeln, wenn er sie mit groben Fingern betatschte. Felle im Trockenschrank. Innereien in der Vorratskammer.

Ihr hättet Gingers Gesicht niemals vergessen, wenn ihr ihm einmal begegnet wärt: windgegerbt und ein halb kahler Kopf, der Rest umringt von einer zotteligen roten Mähne. Außerdem hatte er Glupschaugen, der Ginger. Ein Augapfel wanderte ständig zu einem Punkt im Innern seines kleinen Schädels. Aber er selbst war auch klein. Die meisten Moormenschen einer bestimmten Blutlinie sind nämlich klein. Die Besten von ihnen jedenfalls. Die Leute sagen, große Burschen kippen um wie Fichten im Sturm, aber die untersetzten lehnen sich einfach in den Wind und marschieren weiter. Beine wie Hinterschinken hatte der alte Ginger. Sie hatten von oben bis unten denselben Umfang, waren geformt wie Berge und zum Laufen gemacht, obwohl seine Knie hinüber waren, nachdem er sein Leben lang durch Furchen und Bäche gestolpert war, weshalb er im fortgeschrittenen Alter lieber mit einem Quad durch die Gegend fuhr.

Und dann war da seine Uniform, unverändert so lange man ihn kannte: Stahlkappenstiefel und dieselben fingerlosen Handschuhe. Er trug nie einen Mantel, bloß mehrere Hemden und Pullover übereinander, alle verfilzt und zusammengeknüllt zu einer weichen Hülle aus Schweiß und Dreck und Wolle, in der er angeblich auch schlief, aufrecht in seinem Wohnzimmersessel, bei glimmendem Kaminfeuer und knisternden Scheiten.

Bedauernswert jeder, der versuchte, ein paar Fasane oder Hasen auf den Ländereien zu wildern, wenn der alte Ginger in der Nähe war. Knochenbrüche waren der Lohn, und oft kam es noch schlimmer. Einen armen Kerl fesselte er im oberen Wald und demütigte ihn mit Tannenzapfen auf eine Weise, die hier nicht näher beschrieben werden soll.

Aber noch bedauernswerter waren die Lebewesen mit Krallen und Zähnen. Der alte Ginger stellte nämlich weit weg von neugierigen Blicken Fallen und Schlingen auf, ein oder zwei Meilen zu Fuß von jeder Straße oder jedem Feldweg entfernt, ganz weit oben, gut versteckt in einer Senke im Moor oder verborgen in einem Wäldchen. An einer Steinmauer befestigt, in einen Baumstumpf geschoben. Er probierte immerzu nur so zum Spaß neue Methoden aus und erneuerte alte Techniken. So rächte er sich an einem Fuchs, den er einmal zu oft mit einem Fasan in der Schnauze hatte davonschleichen sehen, indem er eine kleine Stahlfeder nahm und sie mit einem selbst auflösenden Catgutfaden zusammenband. Dann kochte er ein paar Fleischbrocken mit besonderen Kräutern auf, um den Fuchs anzulocken, presste die Masse zu einem festen Ball rund um die Stahlfeder zusammen und legte die Falle an einer Stelle aus, an der das Tier häufig auf seiner morgendlichen Runde vorbeikam. Der Fuchs wurde nie wieder gesehen, wohl weil er irgendwo eines langsamen und entsetzlichen Todes gestorben war, innerlich zerfetzt von der Falle, die tief im Magen des armen Tiers auslöste.

Und dann waren da Gingers Käfige: riesige Oschis, knapp zwei Meter hoch und viereinhalb Meter breit. Greifvögel waren seine Beute – die Räuber, die sich von den Moorhühnern und Fasanen des großen Mannes ernährten. Das konnte der alte Ginger nicht dulden. Wenn die Jungvögel es irgendwie bis zum Schlüpfen geschafft hatten, weil die Eier nicht von Füchsen gefressen worden waren, bestand für sie noch immer die Gefahr, plötzlich hinauf in die Luft gerissen zu werden, solange sie noch wehrlose Daunenbällchen waren, deshalb schlug der Wildhüter lieber als Erster zu, ohne Pardon.

Seine Käfige hatten Kornweihen und Wanderfalken gefangen. Auch jede Menge Bussarde, Turmfalken und Sperber. Genug Eulen, um eine Matratze auszustopfen. Rotmilane waren immer ein besonders guter Fang, aber bei denen musste man vorsichtig sein, weil sie Flügelmarken trugen, seitdem sie vor einigen Jahren wieder in der Gegend ausgewildert worden waren, und schon der Besitz des Skeletts eines Rotmilans konnte eine Gefängnisstrafe nach sich ziehen.

Nur ein einziges Mal hatte er einen Steinadler erwischt, der eine Flügelspanne hatte, die breiter war als der alte Ginger groß, und einen Schnabel so spitz wie ein Messer. Klauen wie bei einem mythischen Wesen. Der alte Ginger träumte noch monatelang von ihm. Der Adler verfolgte ihn im Schlaf.

Und jetzt kommt das Schlimmste. Die Lieblingsmethode des alten Ginger war die, seine Fallen mit Lebendköder, hauptsächlich Krähen, zu bestücken. Aber ein gefangener blauschwarzer Vogel reichte ihm nicht als Lockmittel. Nein. Er schnappte sich eine Krähe oder eine Amsel oder irgendein anderes Viech, das in den weitläufigen Wäldern des Landgutes nistete, und dann erhitzte er einen Nagel in der Glut eines Feuers und stach dem armen Geschöpf damit in die Augen. Erst in das eine, dann in das andere. Blendete es. Und die Krähe kreischte und wand sich, aber der alte Ginger band ihr einfach den Schnabel mit einem Gummiband zusammen und packte sie noch fester, bis die Sache erledigt war.

Dann steckte er sie in den Käfig und ließ sie dort liegen, und der Vogel dachte, er wäre gestorben und in die nächste Welt übergegangen, aber eine Welt, in der noch immer ein schneidender Wind übers Moor heranweht, egal zu welcher Jahreszeit. Oben im Käfig war nämlich ein Loch, und wenn ein Raubvogel die Krähe erspähte und herabstieß, saß er anschließend fest wie ein Hummer im Hummerkorb, zu dumm oder panisch, um einen Ausweg zu finden. Und dann gehörte er dem alten Ginger: Der Besitz ging von Geäst und Adlerhorst und Himmel auf ihn über. In seinen Händen lag das Schicksal des Vogels.

Der alte Ginger trank nie Alkohol. Er ging nie runter in den Ort, um sich mit den Jungs ein paar hinter die Binde zu kippen, und das war sein Verderben. Weil die Jungs nämlich bei irgendwelchen Verstößen immer ein Auge zudrücken und zusammenhalten. So eine verschworene Gemeinschaft sind sie. Die Zeit und die ländlichen Sitten haben sie dazu gemacht. Ginger behauptete, Alkohol würde ihm nicht schmecken, doch in Wahrheit waren es die Menschen, die ihn störten. Das Zusammensein mit ihnen, eingesperrt in Räumen. Ihre Gespräche. Ihr Gelächter. Doch hätte er einmal mit ihnen ein Glas getrunken, hätte er sich vielleicht nicht mit dem jungen Kipper angelegt.

Also, der junge Kipper war der unangefochtene Anführer einer Gang von wilden Jungs. Allesamt Wilderer. Sie machten das wegen des Nervenkitzels, aus Spaß, aus denselben Gründen, die schon die Väter ihrer Väter gehabt hatten. Hasen, Kaninchen, Fasane, Moorhühner – egal was. Füchse und Dachse. Auch schon mal ein Reh. Weil auch sie gern die alten Sitten lebendig hielten und die Tricks ausprobierten, die ihre Großväter ihnen beigebracht hatten, sobald sie laufen konnten: den Henkersknoten, die Blendlampe, das Fangnetz und so weiter. Sie waren Malocher, Kippers Leute. Tagsüber Arbeiter und nachts Wilderer. Sie verkauften ihre Tiere heimlich an die Markthändler oder an Metzger in weit verstreuten Ortschaften, oder aber sie behielten ihre Beute für die eigenen Töpfe.

Einer von ihnen kochte angeblich einen köstlichen Kanincheneintopf, der gut und gern in einem Pariser Restaurant hätte serviert werden können.

Und wenn der alte Ginger grausam war, dann war der junge Kipper verrückt. Total verrückt. Der Alte erwischte ihn nie auf frischer Tat, aber er wusste, was Kips Jungs so trieben, und es brachte ihn zur Weißglut, dass diese junge Generation ihm die besten Vögel wegschnappte. Nur ein einziges Mal konfrontierte er den jungen Kipper, draußen im Moor, Auge in Auge, aber der Jüngere lachte bloß und verwies auf sein Recht, sich frei zu bewegen, und das war's. Keine Schlägerei von Mann zu Mann, bloß brodelnder Zorn.

Also nahm der Wildhüter Rache. Er dachte angestrengt nach, bis er eine Schwachstelle fand, die er ausnutzen konnte. Der junge Kipper hatte nämlich zwei Raben. Wunderschöne Vögel. Er hatte sie von klein auf großgezogen, sie zu Haustieren gemacht. Er war mit ihnen im Fernsehen gewesen. Er war schon fast berühmt wegen seiner Raben, der junge Kipper. Klar, dass der alte Ginger einen von ihnen haben musste.

Und genau das setzte er eines Nachts in die Tat um. Er klaute einen der Raben, obwohl keiner je erfuhr, wie ihm das gelungen war, denn Kipper hielt die Vögel gut geschützt in seinem langen Garten am Ortsrand. Anscheinend war der alte Wildhüter Ginger der größte Wilderer von ihnen allen.

Kurz nachdem Kipper gemerkt hatte, dass einer seiner geliebten Raben verschwunden war, klärte eine nächtliche Durchsuchung der Käfige vom alten Ginger das Rätsel auf, als der Vogel tot und geblendet gefunden wurde. Lebendköder, bei dem was schiefgegangen war. Kipper war untröstlich, und alle seine Jungs wussten, dass das nur auf eine Art enden konnte. Vergeltung war so unvermeidlich wie der Wechsel der Jahreszeiten. Kühle Entschlossenheit machte sich breit. Der junge Kipper wartete ein oder zwei Wochen ab, dann zog er allein los. Machte Jagd auf den Jäger. Ließ sich Zeit.

Schließlich, im Dämmerlicht eines Oktoberabends, schlich sich der junge Kipper von hinten an den alten Ginger ran und stürzte sich auf ihn. Er verfrachtete ihn in einen von Gingers eigenen Köderkäfigen oben hinter dem Stausee, den entlegensten von allen. In dem Käfig zückte der junge Kipper eine Gartenschere, die er mit Wetzstein und Öl gründlich geschärft hatte, und nahm ein paar Stückchen vom alten Ginger mit für seinen verbliebenen Raben. Ein Augenlid. Eine Fingerspitze.

Ein Ohrläppchen. Eine Unterlippe.

Er steckte das alles in seine Tasche, verließ dann den Käfig und ging über das Moor davon, wo ihm nur das wächserne Licht eines Jägermondes den Weg zeigte.

Der alte Ginger, abzüglich einiger kleiner Körperteile, schaffte es so gerade eben nach Hause. Sechs chirurgische Eingriffe brachten die meisten körperlichen Aspekte wieder in Ordnung, doch da hatte er schon den Verstand verloren, denn ein Teil von ihm blieb für immer in dem Käfig, wo in der hereinbrechenden Nacht Blut von einem Auge und einer Hand und einem Ohr und einem Mund trieft, wo ihn Vogelscheiße und Federn bedecken, während er sich im Dreck krümmt und hinaus in die Dunkelheit greift.

Ein Akt der Auslöschung

Es war September, der Monat, in dem der Rauchgeruch in der Luft die Jahreszeit des Verfalls ankündigt. Die Bäume werden mit Skeletten behängt, und wimmelnde Würmer durchgraben die Erde darunter.

Mein Großvater kränkelte schon seit Längerem.

Er hatte kürzlich den Lebensmittelladen verkauft, über dem er und meine Großmutter ihr ganzes Eheleben lang gewohnt hatten, fast ein halbes Jahrhundert. Sie waren in ein Reihenendhaus gezogen. Eines Tages kam er nach Hause, und seine braune Hose war bis zur Taille triefnass.

»Du bist ja ganz durchnässt, du dummer Kerl«, sagte Großmutter, merkte dann aber, dass er sie nicht ansehen wollte, als er sich bis auf die dünnen weißen Knochen auszog.

Wie sich herausstellte, war er in die schiefergraue Suppe der Nordsee hinausgewatet, aber irgendwas hatte ihn dazu gebracht umzukehren.

Es kam immer wieder vor, dass sie einen Hammer an verschiedenen Stellen im Haus fand: im Bad, in der Küche, unter dem Bett. Als sie ihn darauf ansprach, gab Großvater zu, dass er vorgehabt hatte, sich selbst damit zu erschlagen. In seinem bekümmerten Zustand war es nur logisch, ein Instrument der Zerstörung griffbereit zu haben.

Eines Morgens dann, als Großmutter kurz zum Laden an der Ecke lief, um eine Zeitung und Schinkenspeck zu kaufen, band er sich einen Strick um den Hals und sprang von der Treppe, und für einen stillen Moment wurde der Lärm seines Lebens zum Schweigen gebracht.

Als sie zurückkam, fand sie sein künstliches Gebiss auf dem Teppich, unter seinem baumelnden Schatten.

Nach der Beerdigung und den Blumen, der Trauerfeier und den Besuchern, nach der Todesanzeige und den Beruhigungsmitteln, aber lange bevor die Albträume sich zu verkraftbaren nächtlichen Erscheinungen abschwächten, fand meine Großmutter eines Tages beim Aufräumen mehrere Tuben Haftcreme für Zahnprothesen in einer Schublade, alle ungeöffnet.

Die verdammte Glocke

Mit dem Wind im Rücken gingen wir an dem großen Wall entlang.

Es war ein pfeifender Wind, einer, der mal kreischte wie wilde Waldgeschöpfe, die in den tiefsten Abgründen unserer Kindheitsalbträume zerfleischt wurden, mal zu einem dumpfen Summen abflaute. Der Wind wurde hier hypnotisch und bösartig, so als stöhnten die Steine selbst vor Schmerz, wenn die schneidend scharfe Luft unsere Umhänge peitschte, unsere Lumpen am Körper flattern ließ und uns die Mützen vom Kopf riss, die dann vor uns herflogen wie verrückte Vögel.

Selbst wenn wir uns in den kurzen Schatten des Erdwalls drückten, an dem sich der große schlangenförmige Bau entlangwand und im Nebel verlor, oder uns tief in den Vallum-Graben duckten, ließ der Wind nicht nach. Stattdessen spielte er mit uns, wechselte die Richtung und spie uns wie eine in die Enge getriebene Wildkatze die ersten wirbelnden Schneeflocken ins Gesicht.

Es lag eine Wut in seiner sich verdüsternden Stimmung, eine dunkle Vorahnung des Weges, der vor uns lag.

Wir waren erst zwei Tage und eine Nacht unterwegs, und schon schrumpfte und dehnte sich die Zeit, sodass die tiefe silbrige Wintersonne sich im Handumdrehen über den Himmel bewegen konnte, während bloße Momente mitunter endlos erschienen.

Eine Sonne, die keine Wärme verströmte.

Eine Sonne, die keinen Trost spendete.

Sie war eine schimmernde Schönheit, wie eine erkaltende Quecksilberpfütze auf dem Boden eines Schmelzofens, hatte aber keinen Nutzen, außer dass sie uns nach Osten führte, fort vom Treibsand des Solway, durch das Tal des Flusses Eden, dorthin, wo der große Wall angeblich endete und das Salz eines anderen Meeres in der Nase brannte und ein Mann von großem Reichtum uns erwartete.

Wir waren zu sechst.

Da waren Colly der Glockenmacher, bei dem jedes zweite Wort mit einem rasselnden Husten herauskam, als würde der Tod selbst Flusskiesel in der Faust schütteln, und sein Lehrling Foul Wendle, dessen Atem so faulig roch wie eine ertrunkene Ratte, die mit dem Bauch nach oben in der Jauchegrube schwimmt.

Diese beiden Schwächlinge hatten eine große Bronzeglocke dabei, an der Colly ein Jahr lang gearbeitet hatte, um sie zu gießen, zu glätten, zu polieren und zu stimmen, und die so groß war wie ich, also nicht besonders groß, aber so schwer wie vier gemästete Schafe, und sie war auf dem Handkarren festgebunden, den die beiden abwechselnd zogen und schoben, so weit der große Wall sie führen würde.

Die Glocke war der Grund für unsere Reise, weil mein Vater damit betraut worden war, den hustenden Colly und Foul Wendle durch das Land zu geleiten und dafür zu sorgen, dass nur deren Hände die Glocke auf dem Weg von einem Salzwasser zum anderen berührten, denn sie war offenbar wertvoller als das Leben der meisten Männer, und Vater hatte einen guten Ruf als Kämpfer. Kein Mensch, gleich welcher Hautfarbe oder Sprache oder welchen Rangs, hatte ihn bislang bezwungen, denn wenn die Wut in ihm aufstieg, wurde Vater zu einem der gefürchtetsten Schrecken im Nordland. Männer des kaiserlichen Walls hatten Geld, Bier und Fleisch gegeben, um ihm, einem armen Mann von Carvetii-Blut, der weder Meere befahren noch einer Armee angehört hatte, dabei zuzusehen, wie er im Zweikampf gegen ihre besten Soldaten antrat, bis nur einer von ihnen noch aufrecht stand. Und das war nie ein Wall-Mann.

»Wie die Steine des großen Walls im Wind beuge ich mich niemandem«, sagte er laut und oft.

Wir hatten unsere Peg mitgenommen, meine Schwester, denn Mutter lag seit Kurzem unter der Erde, und ein Mädchen in Pegs Alter konnte auf dem Gehöft nicht allein zurückgelassen werden, weil das so wäre, als würdest du ein junges Reh auf der Lichtung eines Waldes anbinden, obwohl du genau weißt, dass die Wölfe, die du da heulen hörst, seine Witterung in den glänzenden Nasen haben. Nein, Peg konnte nicht zurückbleiben, obwohl sie die einzige Tochter unseres gefürchteten Vaters war, denn manche Männer griffen lieber zuerst zu und dachten erst später über ihre Taten nach.

Dann war da Priester Popple, der mitkam, um das Wort Jesu zu verbreiten, den er für einen Mann der Magie und der Wunder hielt, obwohl wir alle wussten, dass der Priester ein Freund des gegärten Safts war und deshalb oft in Rätseln sprach. Er war ein frommer Mann, in dessen Gesicht noch nie jemand Lachfalten gesehen hatte, und er trug zwei zu einem

Kreuz zusammengebundene Holzbalken über der Schulter, ein überaus sinnloses und hinderliches Ding, von dem Colly der Glockenmacher meinte, es sei zwar noch grün, würde aber trotzdem gut brennen, doch als er versuchte, es anzuzünden, bekam er von Priester Popple eine schallende Ohrfeige.

Und dann war da noch ich, der ich mit meiner Steinschleuder und dem schärfsten Auge dafür zuständig war, Kaninchen zu erlegen und Wache zu halten. Außerdem war mir von Colly der Klöppel der Glocke anvertraut worden, den ich auf dem Rücken trug. Colly sagte, es sei eine besondere Ehre, das Ding zu tragen, doch die Schmerzen und Blasen und Schwielen, die ich davon bekam, erweckten in mir den Verdacht, dass er und Wendle bloß zu faul waren, es selbst zu schleppen.

»Der Klöppel ist schwer«, sagte ich.

Colly antwortete, indem er hustete, bis er blau anlief.

»Das mag wohl sein«, sagte er schließlich. »Aber sei stolz auf deine Plagen, junger Mann, denn was nützt eine Glocke ohne Klöppel?«

»Er hat recht«, sagte Priester Popple. »Deine Last ist heilig.«

Da sah ich, dass Foul Wendle grinste.

»Kommt«, sagte Vater. »Der Sturm wird schlimmer. Wir suchen uns eine geschützte Mulde, wo wir ausruhen können.«

Als wir erwachten, schneite es heftig, und Foul Wendle jammerte wie verrückt.

Vater schob den Kopf aus dem Schlitz in unserem Lederzelt, und da war Wendle, ohne Hemd im Schneegestöber.

»Mein Meister Colly«, sagte er und schob dann »Colly der Glockenmacher« nach, als gäbe es noch einen anderen.

»Nun, was ist mit ihm?«

»Sein Gesicht ist eine Maske.«

»Eine Maske«, sagte Vater.

»Er ist tot.«

»Bist du sicher?«

»Seine Lippen sind zu einem ewigen Husten geformt, und seine Glieder sind so steif wie der Klöppel, den dein Junge trägt«, sagte Wendle. »Ich glaube, es war die Glocke, die hat ihn erledigt. Sie ist verflucht.«

»Was redest du da für einen Quatsch«, sagte Vater. »Colly trinkt krügeweise Gänsefett und bespringt jede pockennarbige Dirne von Whitehaven bis zum Ende des großen Walls, die er mit seinem römischen Geld kaufen kann. Es war klar, dass er demnächst den Löffel abgibt.«

Im selben Moment kam Priester Popple aus seinem Zelt.

»Was ist passiert?«

»Du wirst uns mit dem Glockenkarren helfen müssen«, sagte Vater. »Colly ist tot.«

»Aber ich muss das Kreuz Jesu tragen.«

»Dein Pech.«

Priester Popple spuckte in den Schnee. Er betrachtete die Glocke. »Sie ist unansehnlich.«

»Aber ich dachte, du hättest gesagt, alle Lasten sind heilig«, warf ich ein.

Vater lachte.

»Komm schon, heiliger Mann. Wir packen den Glockenmacher in den Graben, wo er bis zum Frühjahr auf Eis liegt, und dann können die Raben sich über ihn hermachen. Brechen wir auf, bevor dieser Sturm uns in die Knochen fährt.«

Wir kämpften uns durch mit Raureif überzogenes Buschwerk und brüchiges Gehölz. Es war unser dritter Tag, und wir kamen langsam voran. Meine Füße waren gefühllos, der Klöppel schwer auf meinem Rücken.

Wir gingen mit dem großen Wall zu unserer Linken. Dahinter erhob sich aus dem Boden mächtiges Felsgestein in hohen Säulen, die so vom Wind umtost waren, dass ein schmächtiger Junge von einer Böe glatt umgerissen werden konnte.

Schlimmer noch waren diejenigen, die da draußen lebten. Es hieß, dass diese Raubeine die Kastelle des Reichs angegriffen hatten und einige in ihre Hände gefallen waren. Angeblich waren die römischen Soldaten von irgendwem, der die Macht dazu hatte, abberufen worden, und sie kämpften jetzt auf fremden Feldern, sodass ihre Lager schutzlos den Plünderungen dieser furchterregenden Kaledonier ausgeliefert waren.

Aber wir Carvetii hatten nichts zu befürchten. Wir Carvetii aus der Solway-Ebene, die wir unsere Namen oder Rosettenzeichen in Meilensteine überall im Land Cumbria meißelten, trieben schon seit den Zeiten des Vaters des Vaters meines Vaters Handel mit den Soldaten, vielleicht sogar noch länger, und manchmal lagen auch unsere Frauen bei ihnen, sodass sich das Blut vermischte und wir in Ruhe gelassen wurden. *Civitates* nannten sie uns – Bürgerschaften –, und jetzt brachten wir eine dicke, fette Glocke für eines ihrer Schiffe, auf Bestellung gegossen. Bezahlung: ein hübsches Sümmchen.

Wir rasteten in Meilenkastellen, alle gespenstisch leer, und aßen dort unsere fettigen Hammelfleischscheiben und tranken die Getreidemaische, die die wachsenden Schneeverwehungen erträglich machte. Nur Priester Popple weigerte sich, sie zu trinken, weil er meinte, sie würde einem Mann den Verstand rauben.

An einem dieser Orte stießen wir auf einen Burschen mit weit aufgerissenen Augen und haarigem Kinn.

»Sei gegrüßt«, sagte Vater.

Der Mann hielt eine Keule in der Hand.

»Die ist nicht nötig«, sagte Vater. »Wir befördern eine Riesenglocke für ein Schiff, das zum Kaiser selbst oder in seine Nähe segeln soll. Welches Kastell ist das hier?«

Vater hatte alle Meilenkastelle auswendig gelernt. Auch die großen Festungen. Maia, Congavata, Aballava, Petrianis. Wir waren zwar ganz nahe an denen vorbeigekommen, ohne von ihnen Rauch aufsteigen zu sehen, hätten aber nicht sagen können, ob sie freundliche Gesichter beherbergten.

Vercovicium lag auf halbem Weg über die offenen Ebenen, und uns war versichert worden, es würde uns dort eine achthundert Mann starke Armee erwarten, die unsere Vorräte auffüllen würde, denn die Glocke war zwar von uns Carvetii aus der Gegend um Carlisle gegossen worden, doch bestellt hatte sie ein heimkehrender römischer Händler, und deshalb war ihr sicheres Geleit garantiert.

Seltsam, dass wir bislang noch nicht auf diese Soldaten gestoßen waren, die angeblich hart wie Eichen waren und die Farbe dieser Bronzeglocke hatten. Wirklich seltsam.

»Wo sind die Männer mit den Metallhelmen und Breitschwertern, über die du mir so viele Geschichten erzählt hast?«, hatte ich meinen Vater gefragt.

»Vielleicht haben sie ja endlich Vernunft angenommen und dieses Land verlassen, das so kalt ist wie der Arsch eines Kesselflickers«, hatte er geantwortet.

»Das ist mein Kastell«, knurrte der Mann im Tonfall der furchterregenden Kaledonier aus dem Grenzgebiet. »Und wenn ihr's nicht glaubt, könnt ihr ein Dutzend tote Männer Roms fragen.«

»Wir haben das freie Geleit des Imperiums«, sagte Vater.

»Rom hat hier nichts mehr zu sagen. Ihr gebt mir jetzt alles, was ihr zu essen und zu trinken habt. Und das Mädchen.«

Priester Popple trat vor. »Mit diesem Kreuze Jesu –«

Der Kaledonier schwang seine Keule und schlug zu. Er traf Priester Popple an der Schläfe, und der kippte um wie eine Vogelscheuche im Sturm. Peg schnappte nach Luft. Priester Popple zuckte zweimal, dann rührte er sich nicht mehr.

»Na bitte«, sagte der Kaledonier.

»Dieser Mann hat viel Fleisch in seiner Bettrolle«, sagte Vater. »Und einen Krug. Du kannst beides und seine Kleidung behalten, wenn du uns weiterziehen lässt.«

»Was für Fleisch?«

»Gutes Hammelfleisch. Und ein großes Stück Schinken.«

»Was ist in dem Krug?«

»Honig und Haferbier. Besseres gibt es nicht.«

Der furchterregende Kaledonier überlegte, dann trat er beiseite.

»Ich hab den Priester ohnehin nicht gemocht«, sagte Vater, als wir hinaus in den Schneesturm zogen.

Überall nichts als Weiß.

In jener Nacht schliefen wir zu viert in einem Zelt. Vater zwischen Peg und mir, und Foul Wendle lag quer zu unseren Füßen.

Als die Nacht am dunkelsten war, sagte Peg, sie müsse Wasser lassen, und ging, um nie wiederzukommen.

Wir drei machten uns in verschiedenen Richtungen auf die Suche nach ihr, riefen ihren Namen in den tosenden Wind eines tückischen Sturms, in dem wir kaum unsere eigenen Nasen sehen konnten. Wir fanden keine Spur von meiner Schwester. Der Schnee bedeckte ihre Fußabdrücke und begrub fast das Zelt unter sich. Selbst der große Wall verschwand aus dem Blickfeld.

Nur die Glocke führte uns zurück. Ein flüchtiger Mondstrahl reichte aus, um uns in diesem teuflischen Meer aus Stein und Eis eine Orientierung zu geben, und wir sahen die Glocke glänzen, ein Ding von Schönheit, gleich neben dem ächzenden Zufluchtsort unseres Rindslederzeltes.

Wir sahen Peg nie wieder. Sie war für immer an das Land verloren. Arme Peg, mit Rosen in den Wangen und ihrem noch ungelebten Leben.

Am nächsten Morgen wurden keine Tränen vergossen, denn das hätte nur noch mehr Eis für die Welt gegeben, aber wir zehrten in düsterem Schweigen von unserem Proviant, wärmten unsere Hände an den Splittern eines brennenden Holzkreuzes und hofften, dass der Sturm unsere Peg zurückgeben würde. Er tat es nicht.

»Wir müssen den Tod meines Mädchens hinnehmen«, sagte Vater. »Und auch den von Colly und Priester Popple, obwohl ich um keinen der beiden trauere. Bald werden wir Vercovicium erreichen, wo die Steinböden angeblich von verborgenen Feuern gewärmt werden und es einen Raum geben soll, in dem ein Mann schwitzt, selbst wenn der Himmel draußen finster droht.«

Vater und Wendle nahmen den Karren, und wir setzten unseren Weg schweigend fort.

Carvetii ist der Name unseres Stamms und geht zurück auf das Wort *carvos*, das Hirsch bedeutet. Denn Hirsche sind wir. Wandernde Geschöpfe, geschmeidig und still. Und edel. Doch an dem Tag wusste ich, wie es war, ein Packesel zu sein, dumm und tief gebeugt unter der Last meines Kummers, ein gebrochen Ding.

Ein Pfeil in den Leib von Foul Wendle war sein Verderben. Wer ihn abschoss, weiß ich nicht, nur, dass er irgendwo nördlich des verlassenen Hilfstruppenkastells Vindolanda trudelnd über die schartige Felswand geflogen kam.

Ein rätselhafter Schuss, alles in allem.

Vater hüllte den Lehrling des Glockenmachers in seinen Mantel und legte ihn in den Schatten des großen Walls, vor weiterem Unheil geschützt, und wir beugten uns beide zu ihm, während der Tod in seinen Augen tanzte wie nasser Holzrauch und ein wenig schwarzes Blut auf seine Lippen quoll, als er seine letzten Worte sprach – irgendwas über die verdammte Glocke, das wir beide nicht richtig verstanden, weil der schneidende Wind selbst das mit sich fortriss.

Vater band seine Handgelenke mit Lederstreifen, die seine Haut aufscheuerten, an die Griffe der Karre. Ich schob von hinten.

»Wie weit noch bis zu dem Kastell, Vater?«, schrie ich ihm zu, weil der Wind wieder heulte.

»Nicht mehr weit.«

»Und du sagst, die Steinböden dort fühlen sich warm an?«

Ohne sich umzudrehen, nickte Vater in den Sturm.

»Und es gibt da genug zu essen für uns, um drei Tage satt zu werden?«

»Genug zu essen für eine ganze Armee.«

Wir wuchteten den Karren gerade einen besonders steilen und unwegsamen Abhang hoch, und ich konnte nichts sehen außer den Karren und den Hinterkopf meines Vaters.

»Und wegen dieser verdammten großen Glocke werden sie uns gut behandeln?«

»Junge, wenn wir mit dem Essen fertig sind, müssen sie uns nach Hause rollen.«

Ich lächelte in den Schnee, weil ich wusste, dass bessere Zeiten vor uns lagen.

Dann blieb Vater stehen. Als er aufhörte, den Karren zu ziehen, sah ich, dass er erst zu einer Seite blickte, dann zur anderen. Dann noch einmal.

»Nein«, rief er laut. »*Nein*. Das kann nicht sein. Ach, um meiner geliebten toten Frau und meiner geliebten toten Tochter willen – das kann nicht sein.«

Ich kämpfte mich durch den Schnee zu ihm.

»Was hast du denn?«

»Der große Wall«, sagte er.

»Was ist damit?«

»Verkeile die Räder des Karren, und binde mich los.«

Ich fand eine paar faustgroße Steine und klemmte sie unter die Räder des Handkarren, und dann löste ich den Lederstreifen um eine von Vaters Händen. Wir lehnten uns in den Hang.

Vater rieb sein Handgelenk und deutete dann durch die fallenden Schleier aus dichtem weißem Schnee.

»Siehst du das nicht?«

Ich schaute, und dann schaute ich noch einmal.

»Der große Wall«, sagte er. »Er ist rechts von uns.«

»Rechts?«

»Wir haben ihn überquert«, sagte Vater, und seine Stimme war wieder laut. »Wir haben den Wall überquert und gehen den Weg zurück, den wir gekommen sind. Oder vielleicht haben wir den Wall zweimal überquert. Wir gehen auf jeden Fall in die falsche Richtung.«

»Das kann nicht sein«, sagte ich, als ein Schluchzen der Verzweiflung und Angst aus meiner Brust aufstieg. »Es stimmt, diese Glocke ist wirklich verflucht. Sie zerstört alles, was mit ihr in Berührung kommt.«

Und in dem Moment setzte sich der Karren mit der Glocke in Bewegung und rollte rückwärts.

Ich fuhr herum und wollte Vater festhalten, aber er wurde von mir weggezerrt. Der Karren riss ihn zuerst an dem noch festgebundenen Handgelenk mit, schleuderte ihn dann hoch in die Luft, als er umkippte, und dann wurden Glocke, Karren und Mensch zu einem einzigen sich überschlagenden Gewirr aus Holz und Metall und Fleisch. Schließlich kam das zerschellte Chaos tief im Schnee am Fuß des großen Walls zum Stillstand.

Ich schlitterte hinunter zu Vater, der stark verdreht und zerschmettert dalag, Beine und Arme in unvorstellbaren Winkeln.

Ich nahm den Klöppel vom Rücken und drosch auf die Glocke ein. Ich schlug sie und prügelte sie und zertrümmerte sie, und ihr Klang schallte über das gefrorene Nordland, doch nichts geschah und niemand kam, und schließlich warf ich mich auf meinen Vater, als die letzte Wärme aus ihm entwich.

Zehn Männer

Als Ray-Ray das zweite Mal rauskam, suchte er Arbeit auf der Farm.

Er wurde von der ersten warmen Brise der Saison zu uns gebracht, mit nichts als zwei Plastiktüten und einem gefährlichen Silberblick. Er sagte, er habe gehört, dass wir Arbeit hätten; er sagte, er würde alles machen, scheißegal was. Zufällig brauchte Onkel noch jemanden für die kommende Saison, also gab er ihm zwei Overalls und Arbeitsstiefel und setzte ihn hier und dort ein.

Die Tage wurden länger. Als der Frühling sanft in den Sommer überging, musste das Sonnenlicht genutzt werden, und es konnte vorkommen, dass ein Farmhelfer gut und gern zwölf bis vierzehn Stunden durcharbeitete und nur Pause machte, um zu trinken oder zu essen oder um sich hinter eine bestimmte Hecke mit ein paar Ampferblättern zurückzuziehen. Zeit zum Nachdenken nannte Onkel das. Er deponierte eine Schaufel dort.

Ray-Ray war von Anfang an ein guter Arbeiter. Onkel meinte, einer der besten, die er je hatte, und Onkel war mit seinen Komplimenten wesentlich geiziger als mit seinen Wutanfällen, deshalb wusste man, dass ein gutes Wort aus seinem Munde was wert war.

Onkel sagte, dass Ray-Ray ja vielleicht aussah wie eine Stangenbohne, die über den Winter am Strauch verdorrt war, aber dass der Schein trügen konnte, und es dauerte nicht lange, bis klar war, dass er die Kraft und Ausdauer von zehn Männern hatte. Oftmals sind es gerade die Hageren, die weiterarbeiten können, bis der Mond eine rosa Perle am Himmel ist, während die großen Muskelprotze, die den Vormittag über Autoreifen wie Frisbees schmeißen, um die Mittagszeit aber bereits ausgepumpt sind und Fäden von Frühstücksgalle auf ihre Stiefelspitzen spucken. Draußen auf den Feldern zählt ein dicker Bizeps so gut wie nix, sagte Onkel. Wie lange deine Tankfüllung reicht, das allein ist ausschlaggebend. Es geht um Durchhaltevermögen.

Die meisten anderen Farmhelfer waren Wanderarbeiter, die für kurze Zeit angeheuert wurden. Damals gab es viele ausländische Arbeitskräfte. Rumänen, Tschechen, etliche Albaner. Auch viele aus Irland. Onkel war das Wer, Warum und Woher egal, obwohl er immer sagte, die Polen wären die besten. Die Polen arbeiteten wie Packpferde, meinte er, und sie machten nie Ärger. Manche von ihnen bauten sich in ihrer Heimat Häuser, und sie erledigten die Arbeit, die viele englische Burschen einfach nicht machen wollten, zweimal so schnell und zum halben Preis, ohne sich je über ihr Los zu beschweren. Gute Jungs, die Polen.

Diejenigen, die zum Pflücken und Ernten und Heumachen kamen, waren meistens Männer, über deren Vergangenheit nicht geredet wurde. Männer mit Geheimnissen, Männer auf Achse.

Manche, wie Ray-Ray, waren zuvor im Gefängnis gewesen,

während andere alte Namen ablegten, die aus Gründen, die sie nicht gern preisgaben, lebenslang in Registern verzeichnet waren, um sich draußen auf den Feldern neu zu erfinden. Die wenigen Engländer, die bis zum Ende der Saison durchhielten, waren schon mit Schmutz unter den Fingernägeln aufgewachsen und hatten keine große Lust, irgendwas anderes auszuprobieren, denn ihr Leben war in älteren landwirtschaftlichen Gebräuchen verankert und ihre Wurzeln erstreckten sich tief durch Generationen hindurch. Sie waren in der Erde, und die Erde war in ihnen, doch inzwischen waren sie in der Minderheit, und wie es so schön in dem Song hieß: *The times they are a-changing.*

Ray-Ray war so vernünftig, für sich zu bleiben. Tagsüber arbeitete er auf den Feldern, und abends hockte er in dem Wohnwagen vor einem kleinen tragbaren Schwarz-Weiß-Fernseher, den man mit einem Drehknopf einschalten musste. Er vertrank seine Lohntüte nicht wie die anderen Farmhelfer, die jeden Samstagabend ihren Wochenlohn versoffen und sich dann mit den einheimischen Raufbolden draußen auf der Straße prügelten, um die nächsten sieben Tage schwitzend und zerknirscht aus trockenen Mündern fluchend auf den Feldern zu verbringen, nur um am nächsten Wochenende alles wieder genauso zu machen. Nein, Ray-Ray hielt sich bedeckt.

Den Frühling und Sommer über wurden Äcker gepflügt und Heu gemacht, Kraut geschlagen oder Rüben gewaschen. Was immer Onkel brauchte. Südlich von uns, in Kent, bauten unsere Farmerkollegen auch Hopfen an, aber nicht hier oben im Norden, wo der Boden nicht dafür geeignet ist und die Sonne auch nicht so heiß brennt, wie man sagt.

Die Männer arbeiteten. Die Männer tranken. Sie stritten sich, und sie aßen gut, und meistens legten sie ihre Streitigkeiten auf die alte Art bei, Knochen auf Knochen, und ein blaues Auge wurde wie ein Orden getragen.

Später dann, als der Herbst sich ankündigte, als das letzte Gras in der Scheune war und die Kuhherde im Stall und als aus Stämmen, die Onkel uns mit vereinten Kräften von der Talaue an der Flussbiegung hatte herziehen lassen, ein Brennholzstapel so groß wie ein Bungalow geworden war, verstreuten sich die ausländischen Männer den Winter über in alle vier Himmelsrichtungen.

Gelegentlich blieben ein paar englische Farmhelfer noch für die Apfelernte im Oktober, um die kürzer werdenden Tage auf rostigen Leitern in dem alten Obstgarten zu verbringen und die Früchte zu pflücken, bevor der Wind sie abriss oder die Würmer sie fraßen oder der erste Frost kam, aber diese Ernte dauerte immer kürzer, und bis dahin waren die meisten schon weitergezogen, in Mietwohnungen und Trailerparks an der Küste, in Siedlungen und Billighotels und Hochhäuser. Zu schlecht ernährten Kindern und böse dreinblickenden Frauen, die auf Sommerlöhne warteten, die längst versoffen und ausgegeben waren.

Nicht jedoch Ray-Ray. Ray-Ray blieb. Onkel sagte, er könne in dem Wohnwagen hausen, solange ihn die gesprungene Scheibe und die klirrende Kälte nicht störten und solange er keine Arbeit erwartete, wenn die Ackerfurchen unter einer Eisfläche lagen und die Stalltiere brüllten und es nach dem Melken kaum etwas für einen Mann zu tun gab, außer von zukünftigen endlosen goldenen Sommertagen zu träumen.

Er brachte den Wohnwagen wieder einigermaßen in Schuss. Er schrubbte den Schimmel mit einem Eimer Bleiche weg und flickte das gesprungene Fenster mit Pappe und Klebeband. Ein Holzofen sorgte für Wärme und bot Platz für einen Kochtopf, und Onkel versorgte ihn mit Brenn- und Anzündholz.

Hin und wieder ließ Ray-Ray mich in den Wohnwagen, und einmal gab er mir eine Dose Kippen, die ich auf einem Blatt Zeitungspapier aufdröseln sollte, um aus den Krümeln wieder Zigaretten zu drehen. Die bitteren Reste von halb gerauchtem Tabak wurden zerkleinert und gemischt und noch mal zerkleinert, und der recycelte Rauch färbte meine junge Zunge senfgelb.

Ich war damals elf und qualmte schon seit zwei Jahren.

Er sagte wenig, aber als ich ihn fragte, warum er Ray-Ray genannt wurde, erzählte er mir, dass er Raymond Raymond Robinson hieß, sowohl nach seinem Vater, Raymond Robinson jr., als auch nach seinem Großvater, Raymond Robinson. Damit war er Ray-Ray jr. jr., und ich denke, seiner Mutter muss der Name gefallen haben, weil der wie eine Klette an ihm hängen geblieben war, aber als ich das sagte, zuckte er bloß mit den Schultern und erwiderte, das wäre nicht das Schlimmste, was sie ihm angetan hatte.

Er war außerdem der erste Mann, den ich mit Tattoos auf den Armen gesehen hatte – aber bloß auf den Unterarmen –, und wenn er in den schwülen Sommermonaten sein Shirt auszog, sah er seltsam aus mit den untätowierten weißen Bizepsen und dem haarlosen Torso, der allmählich braun wurde, während die Schatten der Jahreszeit sich streckten, wohingegen die Unterarme voll waren mit Schwalben und Schädeln und Namen und Daten und merkwürdigen Symbolen und Zeichen, von denen ich intuitiv wusste, dass sie nichts Gutes bedeuteten.

Einmal klopfte ich an seinen Wohnwagen, aber Ray-Ray öffnete nicht, also hämmerte ich fester, und schließlich schwang die Tür auf, und er stand im Türrahmen, füllte ihn aus und blinzelte, als würde ihn die Sonne blenden, dabei war es ein trüber Novembermorgen mit leichtem Nieselregen, und als er fragte, was ich wollte, und ich antwortete, nichts, Ray-Ray, sah ich einen glühenden Funken Zorn in seinen Augen aufblitzen.

Dann verschwinde und spiel vor deiner eigenen Tür.

Als er sich abwendete, meinte ich, die Stimme einer anderen Person von drinnen zu hören, aber sicher war ich mir nicht, denn mittlerweile hatte er alte Laken innen vor die Fenster gehängt, und irgendwas in seiner Stimme signalisierte mir, dass ich besser die Klappe hielt.

Etwa eine Woche danach fing es an zu schneien und hörte zwei volle Tage und Nächte nicht mehr auf.

Zuerst fielen die Flocken schnurgerade, dick und sanft, aber dann wurden sie seitwärts geweht und über die Felder gepeitscht, trommelten auf den Wellblechplatten der Scheunen und Schuppen, prasselten gegen die Fenster des Farmhauses, und der Schnee wurde so dicht, dass man kaum noch das matte Licht der Akkulampe sehen konnte, die in Ray-Rays Wohnwagen auf der anderen Hofseite hing.

Am Morgen wollte ich ihn besuchen, doch er machte nicht auf. Ich drückte gegen die Tür, und als sie sich von selbst öffnete, schlug mir ein leicht säuerlicher Geruch entgegen. Kleidungsstücke lagen auf dem Boden verstreut, und schmutzige

Teller mit Soßenflecken waren schief in der winzigen Spüle gestapelt. Ray-Ray holte sein Wasser immer von einem Außenhahn, und überall standen Plastikflaschen in verschiedenen Größen herum.

Ich ging hinein.

Ich wusste, dass ich lieber nicht in seinen privaten Bereich eindringen sollte. Der hämmernde Herzschlag in meinen Trommelfellen sagte mir das. Ich wusste auch, dass ich etwas Verbotenes tat und dass mir das Ärger einbringen konnte. Er hatte mir einmal erzählt, dass im Gefängnis niemals jemand unaufgefordert die Zelle eines anderen betritt, weil derlei Rituale und Rücksichtnahmen unter beengten Verhältnissen den Anschein von Ordnung wahren. Jeder Mann braucht seine Höhle, und seine Schwelle ungebeten zu überschreiten bedeutet Ärger, sagte Ray-Ray, und doch hatte ich genau das gerade getan.

Ein trüber Lichtstrahl drang durch einen schmalen Spalt, wo sich eines der Laken gelöst hatte, und Staub tanzte darin. Aber ich blieb, wo ich war.

Die Schranktür war nur angelehnt. Ich öffnete sie mit einer Fingerspitze.

Im Schrank hingen zwei Overalls, ein gefüttertes kariertes Arbeitshemd und ein Kleid.

Ich beugte mich in die Dunkelheit und berührte das Kleid, dann drückte ich das Gesicht hinein, roch den Duft von Ray-Rays heimlicher Freundin in einem Cocktail aus intensivem Zitrus-Parfüm, Rauch und getrockneten Resten von klebrigen Drinks, die in so dunklen Feierabendstätten wie Bars und Klubs verschüttet wurden, Orte, die ich nicht begriff, von denen ich aber wusste, dass sie jenseits der Stacheldrahtzäune und hohen Tore existierten, die damals meine Welt begrenzten.

Die femininen Gerüche waren ein Fremdkörper inmitten des üblen Gestanks von Kuhmist und Mulchhaufen, die in den Scheunen der Farm gärten oder durch ihre Silagerinnen absickerten, in dieser Männerwelt, und in dem Moment wurde tief in meinem Innern eine ferne Erinnerung an eine Mutter geweckt, die ich kaum gekannt hatte und an deren Gesicht ich mich nicht erinnern konnte. In diesem Duft kehrte sie zu mir zurück, für kurze Zeit wiederbelebt.

Als ich zurück zum Haus trottete, fühlte ich mich beschwingt und war froh, dass der frisch fallende Schnee die schuldbewussten Fußspuren eines gelangweilten und neugierigen Jungen bedecken würde, der da draußen in der einsamen Landschaft des Nordens festsaß und auf der leeren Leinwand des Winters nach Sinn suchte.

Es wurde Weihnachten, und Onkel schlachtete ein Spanferkel und briet ein paar Gänse, die er mit einer Getreidemischung gemästet hatte, in die er gern auch einen Schuss billigen Rum gab.

Am Abend bekamen wir in der Küche Besuch von etlichen Nachbarn, von denen einige den weiten Weg über die Felder auf sich genommen hatten, um mit uns zu feiern. Am zweiten Weihnachtstag standen wir früh auf und beluden den Laster mit Säcken voll Brennholz und Plastikflaschen mit selbst gebrautem Cider, den Onkel *Lightmeup* nannte und den er mit Nelken und in Schnaps getränkten Rosinen aufpeppte, sowie mit übrig gebliebenem kaltem Braten, den wir in Pergamentpapier eingepackt hatten, und wir fuhren damit zu den besonders abgeschieden wohnenden Familien im Tal, in denen die Vätern arbeitslos, verletzt, krankgeschrieben, im Knast oder abwesend waren.

Ray-Ray fuhr mit uns, rauchte aus dem Fenster, und wenn wir anhielten, warf er Vorräte zu mir runter, die ich dann zu den Türen dieser Häuser der Armut und Not trug, in denen Familien isoliert lebten und nur ganz selten einmal eine Stadt zu Gesicht bekamen. Überall wurde uns ein Schluck Whiskey oder ein Beutel Tabak oder ein Glas Marmelade angeboten. Alle kannten Onkel; sein Name hatte einen guten Klang.

Wenn er und Ray-Ray einen Drink ablehnten, drückten die Frauen stattdessen mir Scheiben von dick mit Marzipan umhülltem Früchtebrot in die Hand oder kleine Tüten mit Nüssen und Rosinen. In einem Haus bekam ich einen ganz neuen selbst gestrickten Schal geschenkt.

Am Silvestermorgen war ich früh aufgestanden, um den Schweinestall auszumisten und meine üblichen Arbeiten zu erledigen, als ein Mann in den Hof kam. Er nickte mir zu.

»Ich such einen gewissen Ray-Ray.« Als ich nicht antwortete, sagte er: »Kennst du ihn?«

Schon damals war mir klar, dass ein Mann von Welt wenig sagt und immer diskret ist. Manchmal genügte ein Knurren oder ein Blick. Immer besser, anderen das Reden zu überlassen, sagte Onkel.

Ich zeigte auf den Wohnwagen.

Der Mann drehte sich um.

»Ist das seiner?«

Ich zuckte mit den Achseln.

»Sind Sie ein Freund?«, fragte ich.

»Wir waren als Kinder im Heim«, sagte er. »Später hab ich mit ihm zusammen in Durham gesessen. Ist er da?«

Ich zuckte wieder mit den Achseln.

»Verdammte Hinterwäldler«, murmelte er, und dann ging er zum Wohnwagen.

Am Abend fiel der Schnee dichter, und ich schaute von meinem Fenster aus zu, wie er lautlos auf den hart gefrorenen Boden sank. Er legte sich auf Stromleitungen und bedeckte den schlammigen Morast im Hof.

Onkel ließ mich bis nach Mitternacht aufbleiben. Wir beide starrten in das Kaminfeuer, zuckten zusammen, wenn die Scheite zischten und knackten, und schließlich stand er auf, sagte, tja, schon wieder eines vorbei, und dann stieg er die knarrende Treppe hinauf zu seinem Schlafzimmer, das ich nie betrat.

Ich konnte nicht schlafen. In der tiefsten Nacht, als alles still und weiß war, hörte ich einen Schwarm Gänse vorbeifliegen, und nur Augenblicke später ein Husten gefolgt von Schritten. Ich öffnete die Vorhänge einen Spalt und sah zwei Frauen durch den Schnee in den Hof stöckeln.

Sie waren sturzbetrunken und bewegten sich torkelnd über das Eis. Sie hielten ihre Mäntel zu und klammerten sich aneinander. Schneeflocken hatten sich auf ihre schicken Frisuren gelegt. Ihre spitzen Absätze hinterließen kleine Punkte in dem frischen weißen Teppich.

Die beiden Frauen stiegen in Ray-Rays Wohnwagen und schlossen die Tür hinter sich. Minuten vergingen, in denen ich das schwache Licht durch die verschneite Nacht flackern sah, und es war, als würde weit draußen auf dem Meer ein einsamer, liebeskranker Seemann einen Leuchtturm erblicken. Ich fragte mich, ob es wirklich stimmte, dass die Struktur jeder Flocke einzigartig war.

Die Nacht war zu sehr voller Leben und mein Verstand zu neugierig, um zu schlafen, also kroch ich unter meinen Decken hervor und zog mich an. Unten glühte das Feuer noch im Kamin, und das Wohnzimmer war so warm, dass ich einen Moment zögerte. Dann öffnete ich die Tür und trat hinaus in den Hof.

Der Schnee war fast kniehoch, es schneite noch immer in lautlos kreiselnden Flocken, und das Licht hatte eine eigenartige dunkellila Farbe, wie ein zwei Tage alter Bluterguss.

Der Schnee drang oben in meine Stiefel. Ich hatte keine Socken angezogen.

Als ich den Hof überquerte, hörte ich das Drängeln und Rumpeln der Kühe im Stall und dann und wann ein Schnauben.

Ray-Rays Wohnwagen stand tief im Schnee, als würde der Boden ihn langsam verschlucken. Ich ging zu dem Fenster, machte leise, hohe Schritte durch die Verwehung, die sich an seiner Seite aufgetürmt hatte.

Sanfte Musik drang aus dem Wohnwagen. Mit langsamen und bedächtigen Bewegungen spähte ich durch den schmalen Spalt zwischen den aufgehängten Laken und sah, dass der Raum von flackernden Kerzen in Glasflaschen erhellt wurde, an deren Hälsen fettiges weißes Wachs herabtropfte.

Eine der Frauen saß mit dem Rücken zu mir und versperrte mir die Sicht. Ich hielt den Atem an, damit das Fenster nicht beschlug, als sie lachte und den Kopf in den Nacken warf und dann aufstand, leicht schwankend auf muskulösen, behaarten Beinen.

Da sah ich, dass Ray-Ray ihr gegenüber saß, in demselben Kleid, das im Schrank gehangen hatte. Auf dem Tisch vor ihm lag eine Perücke, ausgebreitet wie das abgezogene Fell eines Tieres. Seine nackten Arme enthielten die Kraft von zehn Männern, und die vertrauten Tattoos erzählten die Geschichte seines Lebens.

Auch er lachte, während er ein Feuerzeug an den Stummel seiner Zigarette hob, und um mich herum fiel der lautlose Schnee noch dichter.

Der Astronaut

Nachdem er von der Oberfläche des Mondes auf die Erde hinabgeschaut hatte, veränderte sich seine ganze Perspektive. Plötzlich schienen die kleinen Dinge des Lebens – Golf, Friseurbesuche, Geburtstagsfeiern – aller Bedeutung beraubt zu sein.

Freunde und Verwandte zu Hause glaubten, dass die Kleinigkeiten des Daseins durch die Raumfahrt für ihn noch kostbarer geworden sein könnten. Selbst die Wissenschaftler, beeindruckt von der Größe der erfolgreichen Mission, neigten zu dieser rührseligen Vorstellung, doch in Wahrheit stellte der Astronaut fest, dass er das genaue Gegenteil erlebte. Wenn er jetzt seine Mitmenschen betrachtete, empfand er nur ein Gefühl der Enttäuschung und Verachtung.

Als die anfängliche Welle der öffentlichen Aufmerksamkeit abflaute, stürzte er ab. Seine Welt schrumpfte. Er trank. Er wurde vom Astronauten zum ehemaligen Astronauten, und er fühlte sich viel einsamer als in dem Moment, als er in einer gefährlichen Höhe von 238 000 Meilen über allem schwebte, was er kannte.

Alle fragten ihn dasselbe: »Was war das für ein Gefühl, über den Mond zu spazieren?« Egal, wo er war. In Restaurants, an Tankstellen, selbst an Urinalen. Unfähig, dieses großartige

Schauspiel vor dem banalen Hintergrund des modernen irdischen Lebens prägnant auf den Punkt zu bringen, vor allem während des Urinierens, eilte er vor sich hin murmelnd davon, die Hose vorne mit peinlichen Tröpfchen gesprenkelt.

Für Millionen war er der Held, dessen Fußabdruck zu den ersten zählte, die die Oberfläche des Mondes schmückten, doch meistens schaffte er es nicht einmal, morgens aufzustehen. Alles strengte ihn an.

Seine Frau verließ ihn wegen eines Müsli-Vertreters mit einem Mops und einem Trike. Seine Kinder sah er an zwei Sonntagen im Monat.

Solche Probleme, sich mit der Normalität abzufinden, kommen bei Astronauten häufig vor, denn sie haben im Herzen einen Abgrund, der so bodenlos ist wie ein schwarzes Loch, und in ihren Augen erlischt die Glut sterbender Sterne.

Bomber

In jener letzten Nacht hatte Bomber im Pub mit Karen einen lautstarken Streit, bei dem auch viel mit Armen geschwenkt und mit Fingern gedroht wurde, hauptsächlich auf ihrer Seite. Alle hörten den Krach, und diejenigen, die ihn nicht hörten, sahen von der Straße aus, wenn sie auf den vereisten Gehwegplatten der Stadt vorbeischlitterten, wie heftig Karen gestikulierte, während sie Bomber mit Vorwürfen überschüttete und nach Strich und Faden niedermachte.

Sie hatte seinen Scheiß satt. Hatte seine Sauferei satt und dass er nächtelang wegblieb. Hatte die öligen Motorradteile im Wohnzimmer satt und das nie eingelöste Versprechen, dass er mit ihr irgendwohin fahren würde, wo's schön war, zum Beispiel nach Cornwall oder Griechenland.

Nachdem er sich das eine Weile angehört hatte, gab Bomber den Versuch auf, ihr zu widersprechen, sagte gar nichts mehr und tat betont entspannt. Er saß auf seinem üblichen Hocker an der Theke und blickte sich mit demonstrativem Desinteresse im Raum um, als würde er ihre Litanei von Beschwerden gar nicht wahrnehmen, hob dann lässig sein Pint Starkbier, um es in zwei Zügen zu leeren.

Für jeden, der ihn kannte, war das einfach Bombers übliche Masche. Unbeeindruckt. Total cool.

Erst als er grinste und Karen versuchte, ihm das Gesicht zu zerkratzen, und von Andy, Mad Neil und Rasputin zurückgehalten werden musste, wirkte er verunsichert.

Nachdem sie in einen Nebenraum bugsiert worden war und man ihr einen doppelten Midori-Likör gebracht hatte, damit sie sich beruhigte, schob Bomber die nackten Arme in seine Lederjacke, zog sie mit einem kräftigen Ruck glatt und ging, obwohl er an diesem Freitagabend, der ganz vielversprechend begonnen hatte, erst bei seinem vierten Pint war.

Er fuhr direkt nach Hause und malte sich schwarz an.

Die Entscheidung war nicht rassistisch motiviert. Hautfarbe spielte nie eine Rolle, und Bomber hätte leidenschaftlich jedem widersprochen, der ihm etwas anderes unterstellte. Hochglanzmitternachtsschwarz war bloß die einzige Farbdose, die er gerade zur Hand hatte, und sich damit einzupinseln erschien ihm die perfekte Gegenreaktion zu sein, nachdem Karen ihn vor den Augen seiner Freunde und einer nicht unerheblichen Anzahl von Fremden gedemütigt hatte. Es war ein kühnes Statement, ein starker optischer Ausdruck seiner Beherztheit und schieren Leck-mich-doch-Haltung, für die er seiner Meinung nach allseits bewundert wurde.

Bomber schob die Raubkopie eines Livekonzerts von Motörhead in die Stereoanlage, dann ging er nach oben, zog sich aus, stieg in die Badewanne und fing an, sich dick mit der zähflüssigen Farbe einzupinseln, wobei er sich zwischendurch einen kräftigen Schluck aus einer Flasche Whiskey genehmigte, die noch von Weihnachten übrig war.

Er arbeitete sich von den Fußknöcheln nach oben, bestrich die Wölbungen seiner Waden und die dicken weißen Oberschenkel, seinen Schwanz und die Eier. Es gefiel ihm, wie seine

Körperhaare unter dem Obsidianglanz der Farbe aussahen. Bomber pinselte munter weiter, und obwohl der Whiskey billig war, ließ er sich gut trinken. Ein Mixer wäre schön gewesen, dachte er, aber er war mit seiner Selbstbemalung zu weit fortgeschritten, um den kreativen Flow zu unterbrechen. Stattdessen gab er ein bisschen kaltes Wasser aus dem Hahn der Wanne in die Flasche.

Seine Arme und Hände waren schwieriger zu streichen, weil er dauernd den Pinsel von rechts nach links wechseln musste, und sein Rücken blieb bis auf ein paar unordentliche Striche größtenteils frei, da er nur die Schultern und einen Teil im unteren Bereich bemalen konnte, doch da war Bomber schon sehr betrunken, von den Dämpfen war ihm ein bisschen komisch zumute, und seine Technik wurde schludrig.

Er hatte ein Engegefühl in der Brust.

Eine Zigarette, dachte er. Eine Zigarette würde den Geruch überdecken und die Rohre frei machen.

Bomber malte rasch sein ganzes Gesicht an. Vom Hals bis zum Kinn, vom Kinn bis zum fliehenden Haaransatz, selbst Augenlider und Ohren sparte er nicht aus. Dann warf er den Pinsel ins Waschbecken und kletterte auf unsicheren Beinen aus der Wanne.

Er betrachtete sich im Spiegel und war von seinem eigenen Anblick begeistert. War stolz auf seinen Einfallsreichtum und sein Werk. Er war ein neuer Mann. Ein besserer Mann. Er sah aus wie ein griechischer Gott oder so was Ähnliches.

Er rief nach Karen, aber dann fiel ihm ein, dass Karen noch nicht nach Hause gekommen war, also tappte er auf den einzigen Körperteilen, die außer seinen Arschbacken und dem Rücken nicht völlig schwarz waren, nach unten. Es war kalt, also machte er den Elektrokamin an, lief in die Küche und zündete sich am Gasherd eine Zigarette an, ging dann zurück ins Wohnzimmer.

»Wollt ihr irren Arschlöcher noch mehr hören?«, brüllte Lemmy.

Ja, antwortete das Publikum lauthals. Wir sind wirklich irre und würden sehr gern noch mehr hören.

Die Stäbe des Elektrokamins erzeugten in der stillen winterlichen Dunkelheit ein weiches, gemütliches Licht, das Bombers neue schwarze Farbschicht nur noch prächtiger wirken ließ. Er betrachtete seine Arme und Beine, als gehörten sie zu jemand anderem, und sie waren mit einem goldenen Schimmer überzogen. Er war eine herrliche Skulptur, ein Monument des originellen Denkens, und er würde sich einen Drink gönnen, um das zu feiern. Aber die Flasche war oben, und jetzt war ihm sehr schwindelig. Außerdem schien ihm die Zigarette das Atmen nicht erleichtert zu haben – das Inhalieren des Qualms hatte ihn die Enge seiner Kehle, die Kleinheit seiner Lunge nur noch deutlicher spüren lassen –, und sein ganzer Körper fühlte sich seltsam an, als würden ihm hundert Druckverbände gleichzeitig angelegt, und alles wurde enger und steifer.

Bombers wild hämmerndes Herz fühlte sich im Käfig seiner Brust gefangen, wie eine Ratte in der Falle. Ihm war wirklich extrem schwindlig.

Dann knickten seine Beine ein, aber er schaffte es, sich in den Sessel vor dem Kamin fallen zu lassen. Die Musik war zu laut, und Lemmys maschinenartige Bassgitarre, ein dreckiges Gurgeln, das ihn fast dreißig Jahre lang durchweg begeistert hatte, klang jetzt toxisch, als würde ein Auspuffrohr den Raum mit Klang füllen. Sein ganzer Körper kribbelte, als bohrten sich schmutzige Nadeln in die trocknende Kruste aus Hochglanzmitternachtsschwarz.

Bomber wollte die Musik ausmachen, stellte aber fest, dass er sich nicht bewegen konnte. Sein Körper weigerte sich, den Befehl seines Gehirns umzusetzen, und die Musik verstärkte noch die Angst, die ihn jetzt überflutete.

Im eigenen Körper eingesperrt, wurden seine Atemzüge kürzer und kürzer. Er rülpste Whiskey, und ein bisschen saures Erbrochenes stieg ihm in den Mund. Es kostete ihn alle Kraft, es runterzuschlucken. Das Feuer war heiß. Zu heiß.

Die Musik war laut. Zu laut.

Bombers Atem schrumpfte zu einem hoffnungslosen Röcheln. Er saß in einem Gefängnis aus trockener Farbe, die sämtliche Poren verstopft hatte. Er erstickte in sich selbst, ein giftiger chemischer Rausch pochte in seinem Kopf.

Dann brachte die Hitze des Feuers den Anstrich auf seinen Schienbeinen zum Kochen. Aufquellende Blasen sprenkelten die schwarze Lackschicht, und es war, als würden seine Knochen zernagt, aber dennoch konnte er sich nicht bewegen. Er war mumifiziert.

Seine Atmung wurde erst ein stummer Schrei und dann ein Seufzen im wunden Korridor seiner Kehle. Er atmete aus wie eine kaputte Ziehharmonika.

»Danke und gute Nacht«, sagte Lemmy, nur wenige Sekunden bevor Karen den Schlüssel ins Schloss steckte, ins Haus trat und Bomber steif und aufrecht im Sessel sitzen sah, die Hände auf den Armlehnen, weiße Augen weit aufgerissen und den Kaminsims anstarrend, auf dem eine Streichholzschachtel, drei abgebrannte Kerzen, ein Schraubenschlüssel, eine Motordichtung, mehrere Flügelmuttern, ein bisschen Kleingeld und eine vergilbte Ansichtskarte vom Parthenon lagen.

Snorri & Frosti

Snorri und Frosti sind Brüder.

Sie wohnen in einem Holzhaus an einem abgelegenen Berghang oberhalb eines Dorfes in einem nordeuropäischen Land. Sie sind in den Siebzigern. Snorri ist zwei Jahre älter als sein Bruder. Die Hütte hat ein Schlafzimmer, eine Küche und einen Hauptraum mit einem Holzofen darin. Sie wohnen schon ihr ganzes Leben dort. Die umliegenden Hänge sind über die Hälfte des Jahres mit Schnee bedeckt. Snorri und Frosti bestreiten ihren Lebensunterhalt damit, für andere Leute Holz zu hacken und das Land zu bewirtschaften. Einmal die Woche gehen sie in den nächsten Ort, um Vorräte zu kaufen.

Es ist Winter. Es ist kalt. Frosti hat Kopfschmerzen.

I. FRÜHSTÜCK

Bist du wach?

...

Snorri.

...

Snorri.

Ja.

Bist du wach?

Nein.

Heute Nacht hat's kräftig geschneit, Snorri. Siehst du, wie hell das Zimmer ist? Hörst du, wie gedämpft die Welt ist?

Ich schlafe.

Bruder, ich kann nicht mehr schlafen. Ich bin schon lange wach, hab einfach hier gelegen, mich nicht bewegt, bis auf die Zehen. Ich glaube, der Schnee reicht heute bis rauf zur Veranda.

...

Ich hab gesagt, der Schnee reicht heute bis rauf zur Veranda.

Frosti.

Ja.

Geh dir den Schnee anschauen, wenn du willst. Aber ich schlafe.

Schon gut. Der Schnee kann warten.

Dann mach Feuer.

Ich glaube, ich bleib lieber noch ein bisschen länger hier liegen und genieße die Stille.

Welche Stille?

Die Stille des Tals.

Ich höre keine Stille. Ich höre bloß dich.

Kann man Stille überhaupt hören? Das ist die Frage. Ich glaube eigentlich nicht, dass Stille überhaupt ein Geräusch machen kann.

Sei nicht so pedantisch. Lass mich schlafen. Es ist zu früh für so eine Diskussion.

Manchmal ist die Stille ohrenbetäubend, Snorri. Ich finde das seltsam. Dass Stille einem in den Ohren klingen kann.

Das ist ein Widerspruch.

Bist du nie im Wald stehen geblieben und hast dem Tosen der Stille gelauscht?

Doch. Doch, hab ich.

Dann weißt du, was ich meine, Snorri.

Ja. Ich weiß es.

Heute ist die Stille ohrenbetäubend. Ich kann sie hören. Und der frühmorgendliche Schnee ist ganz frisch, und die Sonne steht so niedrig über dem Bergkamm, dass der Schnee so rosig aussieht wie eine Scheibe Lachs.

...

Snorri.

Was denn jetzt?

Ich glaube, ich steh jetzt doch auf und mach Feuer.

Dann mach Feuer.

Willst du noch was schlafen?

Jetzt bin ich wach. Aber vielleicht gönne ich mir noch zehn Minuten.

Früher bist du immer zwei Stunden vor Tagesanbruch aufgestanden.

Ich hab früher vieles gemacht. Jetzt sind wir alte Männer.

Wenn ich dich so ansehe, könnte das stimmen.

Ich hab auch nur mich gemeint.

Weißt du, manchmal denke ich morgens direkt nach dem Aufwachen, ich wäre wieder ein Teenager. Manchmal hab ich das Gefühl, ich bin ein junger Mann und all die Menschen, die gestorben sind, sind noch da, und ich habe mein ganzes Leben vor mir. Und dann fällt es mir wieder ein.

Der Schlaf spielt uns Streiche.

Ja, das stimmt. Manchmal ist Schlafen wie eine Zeitreise. Ich geh jetzt Feuer machen.

Hast du in der Nacht die Gänse gehört, Frosti?

Nein, die hab ich verpasst. Die verpass ich immer.

Eines Tages.

Eines Tages.

Du bist dran mit Kaffeekochen.

Ich glaube, ich hab gestern Kaffee gekocht, Snorri.

Nein, ich denke, da irrst du dich, kleiner Bruder.

In diesem Fall denke ich, dass *du* dich irrst. Ich erinnere mich genau, dass ich ein bisschen heißes Wasser auf meine Hand verschüttet habe.

Daran erinnere ich mich nicht.

Ich hab eine Brandblase.

Lass mal sehen.

Hier – guck.

Das ist keine Brandblase, Frosti.

Doch.

Nein, das ist eine Schwiele.

Ich hab mir die Hand verbrüht.

Mag ja sein. Aber das da ist eine Schwiele. Guck mal: Ich hab auch eine an derselben Stelle, aber an der anderen Hand. Wir wissen beide, woher wir die haben.

Hast du auch heißes Wasser auf deine Hand verschüttet, Snorri?

Lustig. Das ist lustig. Nein, meine ist von der Axt, Frosti. Und deine auch. Wenn das eine Blase wäre, müsste sie schneeweiß sein und voller Flüssigkeit. Die Stelle da ist trocken und hart. Das ist eine Schwiele. Du bist dran mit Kaffeekochen.

Aber ich hab gestern welchen gekocht.

Müssen wir das jeden Morgen durchkauen?

Wenn sich dabei rausstellt, dass ich recht habe, dann, ja, müssen wir das wohl.

Wenn ich uns Kaffee koche, dann musst du ihn morgen und übermorgen kochen.

Wieso?

Das ist, als hättest du Schulden, sagt Snorri.

Schulden?

Ja. Weil ich dann zwei Tage hintereinander Kaffee gekocht habe, und der Preis dafür ist, dass du dann die nächsten zwei Tage Kaffee kochen musst. Ich sollte Zinsen verlangen.

Zinsen.

Ja.

Wie das?

Ich weiß nicht. Vielleicht solltest du an dem Tag auch Feuer machen müssen. Das wäre die Strafe dafür, dass du deine Pflicht vernachlässigst.

Aber ich hab gestern welchen gekocht.

Woher soll ich wissen, dass du das nicht bloß sagst, um mich reinzulegen?

Mein lieber Bruder. Wie kannst du so was sagen?

Ich weiß, wie du bist, Frosti. Du machst so was zu deinem Vergnügen. Du bildest dir ein, du kannst mich zum Narren halten, aber wir wissen beide, dass das nicht stimmt.

Wir können uns nicht sicher sein.

Tja, sagt Snorri.

Tja, sagt Frosti.

Mir ist kalt. Ich brauche Kaffee. Kochst du welchen, Frosti?

Na gut. Dieses eine Mal koche ich welchen. Aber wenn ich mich wieder verbrühe, ist das deine Schuld.

Wieso solltest du?

Keine Ahnung. Manchmal passiert so was einfach.

Sei vorsichtig, wenn du das Wasser in die Kanne gießt, dann passiert schon nichts.

Na gut. Ich geh jetzt Kaffee kochen, Snorri. Wie möchtest du deinen?

Wie ich meinen Kaffee möchte?

Ja.

Du weißt, wie ich ihn möchte.

Weiß ich das?, sagt Frosti.

Ich trinke ihn seit sechzig Jahren immer gleich. Genau wie du. Ich weiß, dass du mich wieder zum Narren halten willst.

Ich dachte, du hättest diesmal vielleicht gern einen Schuss Milch drin.

Nachdem ich ihn sechzig Jahre schwarz getrunken habe, fragst du mich auf einmal, ob ich ihn mit Milch möchte?

Ja.

Aber wir haben keine Milch.

Vielleicht doch.

Nein, haben wir nicht, sagt Snorri.

Nein. Vielleicht nicht.

Hast du über Nacht eine Kuh gekauft?

Nein, aber –

Dann haben wir keine Milch. Hör mal, Frosti, je länger wir reden, desto kälter wird uns. Das Feuer hat genau die richtige Temperatur für Kaffee. Siehst du, wie die Scheite weiß glühen und die Asche rauf ins Kaminrohr tanzt?

Ist das so?

Ja. Weil ich nämlich meistens recht habe. Das solltest du mittlerweile wissen.

Eines Tages wirst du unrecht haben.

Wir werden sehen, Frosti. Wir werden sehen.

Ich koche uns jetzt Kaffee, Snorri, aber morgen bist du an der Reihe.

Morgen ist ein neuer Tag.

Da kann ich dir nicht widersprechen. Du hast wieder mal recht.

Danke. Pass auf, dass du dich nicht verbrühst.

Sieh nur, wie es schneit, Snorri.

Ich sehe es.

Mannomann. Da kommt richtig was runter.

Rauf geht's nie.

Dass zwei Flocken angeblich nie gleich sind, sagt Frosti. Meinst du, das stimmt wirklich?

Das werden wir wohl nie wissen.

Da müsste man jede einzelne Schneeflocke, die fällt, mit allen anderen vergleichen.

Ja.

Das wäre Wahnsinn, sagt Frosti.

Ja.

Und nicht bloß jede einzelne Schneeflocke, die fällt, sondern jede Schneeflocke, die je gefallen ist und je fallen wird.

Ja.

Die würden schmelzen, bevor man das machen könnte.

Ja, sagt Snorri.

Mein ganzes Leben lang habe ich den Schnee beobachtet, und ich kann mich nie daran sattsehen.

Ich verrat dir mal was, kleiner Bruder. Es heißt doch, die Eskimos drüben in Grönland hätten Dutzende Wörter für Schnee, nicht?

Ich glaube, ja.

Aber das stimmt nicht, sagt Snorri. Die haben viele Wörter für verschiedene Arten von Schnee oder für die Bedingungen, unter denen Schnee entsteht, oder für die Beschaffenheit von Schnee, genau wie wir. Aber sie haben tatsächlich nur eine Handvoll Wörter für Schnee in seiner einfachen Grundform.

Ich wette, das hat sich wer ausgedacht, der gar nicht im Schnee lebt, Snorri. Leute aus dem Süden.

Wahrscheinlich. Weiß doch jeder, dass nicht die Eskimos, sondern die Samen viele Wörter für Schnee haben. Hunderte.

Die Leute, die so was behaupten, müssen Idioten sein, sagt Frosti.

Ja. Selbst ein kleines Kind in der ersten Klasse weiß das. Aber da draußen in der Welt werden solche Dinge rumerzählt, und aus denen werden dann plötzlich Tatsachen, selbst wenn sie gar nicht wahr sind.

Die sollten ihre Hausaufgaben machen.

Die Kinder?

Nein, die Idioten, die meinen, sie würden sich mit Schnee auskennen.

Da hast du recht, Frosti.

Heute ist er wirklich schwer. Und es schneit schon seit zwei Wochen ununterbrochen.

Wir würden uns Sorgen machen, wenn es nicht so wäre.

Das ist wahr.

Dicke Flocken. Sieh mal, wie der Schnee auf dem Ast des Baumes liegt.

Wie gefrorener Rauch aus einem unterirdischen Kamin, Snorri.

Und siehst du, wie der Baum dicker wird und sich unter dem Gewicht neigt?

Wie Harold der Bäcker.

Ich versteh, was du meinst.

Das Problem bei Harold ist, dass er zu viel von seinen eigenen Produkten isst.

Ja.

Und jetzt er ein aufgeblähtes Dreieck, wie die Kiefer da. Mit seinem grauen Haar sieht er ihr noch ähnlicher.

Ich mag Harold.

Ich mag Harold auch, Snorri, aber er sollte weniger Rosinenbrötchen essen. Ich hab gehört, die sind schlecht fürs Herz.

Vielleicht.

Jetzt kommt richtig was runter.

Rauf geht's nicht.

Gehen wir trotzdem heute Holz hacken?

Natürlich, Frosti. Wieso denn nicht? Das hat uns noch nie aufgehalten.

Manchmal schaue ich einfach gern zu, wie es schneit.

Ich weiß, Frosti.

Ich denke oft, so ähnlich muss das für manche Leute mit dem Fernsehen sein. Als könnten sie den ganzen Tag lang dasitzen und fernsehen.

Ja.

Aber ich glaube nicht, dass Fernsehsendungen wie Schneeflocken sind.

Na ja, klar.

Weil sie dieselben Sendungen wieder und wieder zeigen. Mit Schneeflocken ist das anders.

Ja, Frosti. Ganz anders.

Außerdem gibt es nur ein Wort für Fernsehen.

Stimmt. Jetzt iss deine Haferflocken, und mach dich fertig.

Lass mich noch ein kleines bisschen länger zuschauen, Snorri. Die Sendung hab ich noch nie gesehen.

Snorri, ich hab nachgedacht.

Du denkst ständig nach, Frosti. Zu viel nachdenken kann einen verwirren. Weißt du, manchmal ist es auch gut, einfach zu *sein*.

Nachdenken hilft mir durch den Tag. Wenn ich Holz hacke, meine ich. Dabei kann ich am besten nachdenken. Dabei und auf der Toilette. Aber nur im Sommer. Im Winter kann man nicht lange auf dem Klo sitzen.

Und?

Und ich hab mir überlegt, dass ich denke, ich würde gern eine Schwitzhütte bauen. Wenn dann die Frühjahrsschmelze kommt, meine ich.

Das sagst du jedes Jahr, Frosti. Immer wenn der Schnee am höchsten liegt.

Wirklich?

Ja. Und das weißt du auch.

Weil ich ziemlich sicher bin, dass mir der Gedanke erst heute Morgen gekommen ist.

Glaub mir. Den Einfall hattest du schon mal.

Ich kann mich ehrlich nicht dran erinnern.

Ich aber.

Oh.

Ja.

Aber trotzdem. Es ist eine gute Idee, oder? Ich würde sie gern auf die alte Art bauen.

Welche Art meinst du?, sagt Snorri.

Also, zuerst müssen wir eine Grube ausheben –

Wir?

Ja, wir. Du und ich.

Jetzt bau ich die Schwitzhütte auf einmal auch, Frosti?

Sie ist für uns beide. Wir könnten sie beide benutzen.

Red weiter.

Wir heben also die Grube aus. Nicht zu breit, nicht zu tief. Gerade so tief, dass wir drin sitzen können. Dann machen wir ein Dach für die Grube, aber mit einer Luke oder Klapptür, um rein- und rauszuklettern. Wir könnten das Dach auch mit Erde bedecken, damit es besser schützt. Um es zu tarnen.

Warum müssten wir es denn tarnen?

Keine Ahnung. Aber so stell ich es mir vor.

Verstehe.

Irgendwie stell ich sie mir als unterirdische Schwitzhütte vor.

Aha.

Und dann machst du daneben ein schönes großes Feuer und dann, wenn es runtergebrannt ist, legst du Steine in die Asche.

Ich weiß, was man für eine Schwitzhütte braucht, Frosti.

Flusssteine sind am besten. Schöne glatte runde. Wenn sie heiß sind – ich meine, richtig heiß, Snorri –, legst du sie auf den Hüttenboden, wo wir so eine Art Grube in der Grube gemacht haben. Eine kleine Feuerstelle.

Wie sollen wir sie tragen?

Ein Eimer müsste reichen. Dann schöpfst du kaltes Wasser auf den heißen Steinhaufen, um Dampf zu machen. Dann lehnst du dich zurück und schwitzt alles aus.

Ich muss zugeben, das klingt schön.

Erfrischend.

Ja, erfrischend, Frosti.

Als würde man von innen gereinigt.

Ja.

In der Schwitzhütte wäre es dunkel, aber das wäre kein Problem, weil wir Kerzen anmachen würden. Und überhaupt, wen stört schon ein bisschen Dunkelheit, wenn du dich so gut fühlst.

Und dann, wenn du so viel geschwitzt hast, dass du es nicht mehr aushältst –

Ja, dann kommt das Beste, Snorri. Wenn du so viel geschwitzt hast, dass du es nicht mehr aushältst, springst du in den See.

Aber der See ist fünf Kilometer weit weg.

Dann bauen wir die Schwitzhütte eben direkt am See. Oder neben dem Bach. Der würde dir auch einen schönen Schock verpassen. Alles kein Problem, lieber Bruder.

Und das wirst du alles machen, Frosti?

Klar. Sobald der Schnee schmilzt.

Und die Rodelbahn? Baust du die vorher oder nachher?

Welche Rodelbahn?

Die, die du vor zwei Monaten zu bauen gedroht hast.

Ach die.

Oder was ist mit der Höhle, die du ins Eis schlagen wolltest, um sie mit deinen geangelten Frühjahrslachsen zu füllen, die du nie fängst. Oder mit dem Boot, das du bauen wolltest, um zu der Insel im See zu fahren.

Na ja.

Wo du im Zelt schlafen wolltest, das du nähen würdest.

Schon gut.

Oder mit den Bienen, die du züchten wolltest, um Honig zu machen.

Bienen sind gar nicht so einfach zu züchten.

Du müsstest langsam damit anfangen, Frosti. Du bist fünfundsiebzig.

Ich sehe das Alter nicht als Hindernis. Im hohen Alter sind wir wie ein Stapel Briefe, die jemand verschickt hat. Wir leben nicht mehr in der Vergangenheit, wir sind angekommen. Das hab ich irgendwo gelesen. Ich lebe im Hier und Jetzt.

Tja, das tu ich auch, aber Faulheit könnte ein Hinderungsgrund sein.

Findest du, ich bin faul?

Nein, eigentlich nicht. Die Art, wie du Holz hackst, ist bewundernswert. Und du bist eine große Hilfe im Haushalt. Du hast dein Leben lang das Land bewirtschaftet, daran besteht kein Zweifel. Aber du bist ein Träumer, Frosti. Jedes Jahr hast du diese Winterträume.

Winterträume?

Ja. Diese hochfliegenden Fantasievorstellungen. Diese großartigen Pläne, die nie umgesetzt werden. Winterträume.

Du sagst das, als wäre es etwas Schlechtes, Snorri. Morgen werde ich aufstehen und Kaffee kochen und Holz hacken, aber heute werde ich träumen. Das kann ich gut.

Du kommst nach unserem Vater. Und das machst du sehr gut. Was du weniger gut kannst, ist Schwitzhütten, Boote, Eishöhlen, Zelte, Rodelbahnen und Bienenstöcke bauen.

Eines Tages, Snorri. Eines Tages.

Nach der Frühjahrsschmelze?

Klar, wieso nicht. Dann werden wir ja sehen, wer zuletzt lacht.

Ich lache nicht.

Ja, aber ich werde lachen. Ich werde lachen und schwitzen und sagen, dass du noch einen Eimer eiskaltes Wasser aus dem Bergbach holen sollst.

Frosti. Falls du wirklich die Schwitzhütte baust, von der du redest, solange ich mich erinnern kann, hol ich dir gern den Eimer Wasser. Ich hole dir tausend Eimer Wasser. Ich packe sie in meinen nagelneuen Schlitten, und die Bienen schieben mich an.

Jetzt machst du dich über mich lustig, Snorri. Aber eines Tages.

Nach der Frühjahrsschmelze?

Nach der Frühjahrsschmelze.

Ich bin gespannt.

Weißt du, was ich an Kaffee am meisten liebe?

Da müsste ich raten, Frosti.

Dann rate.

Ich weiß es nicht.

Komm schon, Snorri. Ein Gespräch geht nur zu zweit.

Ich weiß nicht. Den Geschmack?

Falsch. Rate noch mal.

Keine Ahnung. Dass er dich aufwärmt, wenn es draußen fünfzehn Grad unter null ist, wie garantiert heute Morgen?

Nee, obwohl ich das wirklich mag. Versuch's noch mal.

Lass gut sein, Frosti, ich hab keine Zeit für so was. Es gibt Arbeit zu erledigen. Du benimmst dich wie ein Kind.

Nur noch ein Versuch.

Nein. Ich muss mich fertig machen. Die Sonne steigt immer höher.

Meine Verdauung, Snorri. Ich mag es, dass er meine morgendliche Verdauung anregt.

Muss ich das wissen, wo ich schon all die Jahre mit dir zusammenlebe?

Regelmäßigkeit ist gut für die Gesundheit, Snorri. Darum geht's.

Bruder, die Wände dieser Hütte sind dünn. Ich weiß ohnehin schon genug über dich. Bitte.

Kaffee hat irgendwas an sich, das einen richtig durchspült.

Frosti. Es reicht.

Ich sag's ja bloß.

Mir wäre lieber, du behieltest das für dich. Zivilisierte Menschen müssen so was nicht am Frühstückstisch erörtern.

Du kannst die Uhr danach stellen.

Du hast keine Uhr, Frosti.

Ja eben. Weil ich nämlich keine brauche. Ich hab Kaffee. Mein Körper ist meine Uhr.

Tja, dann sollte dein Körper dir sagen, dass wir schon spät dran sind. Ich gehe jetzt arbeiten.

Ich auch, Snorri.

Aber du bist noch nicht fertig. Du hast noch nicht mal deine Stiefel an.

Ich komme gleich nach.

Wenn ich jetzt losgehe, holst du mich nicht mehr ein.

Doch, bestimmt.

Nein, bestimmt nicht.

Doch, bestimmt. Ich muss bloß noch meine Waschungen vornehmen.

Waschungen. Du müsstest rennen, um mich einzuholen, und die Verwehungen sind heute Morgen hoch, Bruder. Du wirst nicht jünger, Frosti.

Na dann, warte auf mich.

Aber dann komme ich zu spät. Der Doktor wird verärgert sein.

Du arbeitest heute auf dem Land vom Doktor?

Ja.

Dann geh schon mal.

Ich soll nicht auf dich warten?

Doch, ich möchte, dass du wartest.

Aber dann komme ich zu spät, Frosti.

Ich kann meine Stiefel nicht finden. Hast du meine Stiefel gesehen?

Die müssten neben dem Ofen trocknen, wie immer.

Da sind sie nicht.

Dann weiß ich auch nicht. Hast du deinen Pausensnack vorbereitet?

Noch nicht.

Bruder, du hast wieder die Zeit verträumt.

Ich habe heute Morgen Kopfschmerzen.

Ausrede.

Nein, ehrlich, Snorri. Mir tut der Kopf heute Morgen richtig weh. Schon wenn ich nur den Schnee ansehe, schmerzen meine Augen.

Vielleicht wirst du krank.

Vielleicht.

Tut dir sonst noch was weh?

Nein. Bloß der Kopf.

Das vergeht wieder.

Ich hoffe es.

Ich werde auf dich warten, Frosti. Wir können zusammen losgehen.

Danke, Snorri.

Ist schon gut.

Der Schnee ist heute Morgen grell.

Der Schnee ist morgens meistens grell, Frosti. Er ist heute nicht greller als sonst.

Dann liegt's an meinen Kopfschmerzen. Der Schnee sieht heute nicht mal weiß aus.

Welche Farbe hat er denn?

Ich weiß nicht. Es tut bloß weh, ihn anzusehen.

Vielleicht bist du schneeblind.

Das glaube ich kaum, nach all den Jahren. Es ist, als wär er heute irgendwie mehr als weiß. Eine Art schmerzhafte Reinheit.

Schmerzhafte Reinheit? Menschenskind, was für hochtrabende Worte. Plötzlich bist du ein Dichter.

Ich fühle mich heute auch ein bisschen müde.

Du bist früh aufgewacht.

Ich konnte nicht schlafen.

Hast du wieder geträumt?

Ja. Ich träume, dann wache ich auf, und der Gedanke an den Traum und das Licht, das der Schnee ins Zimmer wirft, verhindern, dass ich wieder einschlafe. Ich glaube, wir brauchen vielleicht neue Vorhänge, Snorri.

Ich glaube, du brauchst vielleicht einen neuen Kopf. Unsere Vorhänge sind tadellos.

Mir ist heute nicht danach, zu viel Holz zu hacken.

Bruder, du musst krank sein. So kenne ich dich gar nicht.

Ich würde vielleicht lieber ein paar Holzblöcke hacken, aber nicht zu viele. Heute stelle ich keine Weltrekorde auf.

Du bist ein guter Arbeiter, Frosti. Das sind wir beide. Wir mögen ja alte Männer sein, aber unsere Körper sind zäh. Unser Ruf ist noch immer gut.

Siebzig Jahre lang hab ich die Axt geschwungen, über sechzig davon berufsmäßig.

Ja.

Und heute denke ich, dass es vielleicht ein bisschen monoton wird.

Das liegt an deinen Kopfschmerzen, Frosti. Deshalb sagst du solche Sachen.

Mag sein. Findest du das Holzhacken denn nicht monoton?

Nein.

Niemals?

Niemals, sagt Snorri. Wieso sollte ich?

Ich weiß nicht. Manchmal komme ich einfach ins Grübeln.

Worüber?

So einiges.

So einiges?

Na ja, einfach –

So, Frosti, ich muss da lang.

Klar, Snorri.

Vielleicht können wir später darüber reden.

Vielleicht.

Bis später.

Ja.

Zu Hause.

Ja.

Zum Mittagessen.

Und zum Kaffee.

Und zum Kaffee.

II. MITTAGESSEN

Da ist er ja. Mein kleiner Bruder Frosti mit der großen Axt. Wie viel Holz hast du denn heute Morgen gehackt?

Heute Morgen habe ich ungefähr dreißig Meter Stammholz gehackt. Und ich habe viele Blöcke zu Scheiten gespalten. Die werden schön trocknen.

Das wird die Witwe freuen.

Ihr Feuer kann jetzt viele Monate brennen. Um zehn Uhr hat sie mir einen Kuchen gebracht. Und du, Snorri? Was hast du gemacht?

Ich habe heute Morgen den Fichtenbaumstumpf ausgegraben.

Den auf dem Land des Doktors?

Genau den. Ich hätte dabei deine Hilfe gebrauchen können. Das war Arbeit für zwei.

Ich wette, die Bezahlung ist nicht für zwei.

Da hast du recht, Frosti. Der Doktor ist ein guter Mensch, aber er zahlt nicht eben großzügig. Er hat mich sogar gebeten, den Stumpf für seinen Holzvorrat zu spalten. Das mache ich später.

Gut.

Gut.

Aber warum musst du den Baumstumpf gerade jetzt ausgraben, Snorri, wenn die Erde hart gefroren ist?

Der Doktor hat anscheinend vor, da einen neuen Gemüsegarten anzulegen, und er muss den Boden rechtzeitig vor dem Frühjahr umgraben. Ich musste über dem Baumstumpf ein Feuer machen, um die Erde aufzutauen. Das hat den halben Vormittag gedauert. Aber ich habe ein paar Esskastanien drin geröstet, um mir die Zeit zu vertreiben. Die waren so süß wie belgische Schokolade.

Der Gemüsegarten des Doktors wird nichts werden. Ich mag ihn, aber sein Gemüse wird nichts werden. Wenn eine Fichte da nicht wachsen kann, wie sollen dann Rüben dort gedeihen?

Das sehe ich auch so, Frosti. Aber was will man machen. Die Leute müssen aus ihren eigenen Fehlern lernen.

Das Land lässt sich schon seit Langem nicht mehr bestellen.

Ja.

Und in jedem Frühjahr überschwemmt das Schmelzwasser die unteren Parzellen.

Ja.

Der Doktor sollte das eigentlich wissen, Snorri.

Der Doktor sitzt tagaus, tagein hinter einem Schreibtisch. Der Doktor ist sehr gut in seinem Beruf.

Ja. Und wir sind gut in unserem.

Keiner kann Holz so gut hacken wie wir, hä, Frosti?

Das wissen alle.

Zusammen haben wir bestimmt ein Dutzend Wälder gefällt.

Mehr, Snorri. Mehr. Ich konnte schon Holz hacken, bevor ich lesen gelernt habe.

Ich weiß noch, dass Vater dir deine erste Axt geschenkt hat, als du fünf warst. Eine mit kurzem Stiel und einer Schneide so dünn, wie ein Mann sie von Hand und Hitze schmieden konnte. Ich hatte natürlich schon meine eigene. Die Art, wie du damit umgegangen bist –

Beeindruckend?

Für einen kleinen Jungen, ja. Du hast kräftig damit zuschlagen können. Die Leute haben Witze darüber gemacht. Sie haben gesagt, schaut euch an, wie der kleine Frosti seine Axt schwingt. Manche sind aus dem Dorf hergekommen, um zuzusehen, wie du Kleinholz gemacht hast. Sie haben gesagt, der Kleine wird mal groß und stark werden.

Und das bin ich geworden.

Ja, das bist du. Mutter musste dir verbieten, die Axt in deinem Brotbeutel mit zur Schule zu nehmen.

Das stimmt. Wenn ich eine Axt in der Hand halte, fühle ich mich immer gut.

Manchmal geht mir das auch so. Die Welt ist voller Unsicherheiten, Veränderungen und Verwirrung, aber in der Schneide einer Axt liegt Wahrheit.

Ja, Snorri. Die Axt lügt nie.

Sie hackt einfach.

Eine gute Axt, die regelmäßig geschärft und ab und zu geölt wird, kann ein Leben lang halten.

Und es wird immer Bäume geben, die gefallt, Scheite, die gehackt werden müssen. Solange die Menschen Feuer und Holz für ihre Hütten und Tische und Stühle brauchen, wird es immer Arbeit für Männer wie uns geben.

Männer wie uns. Ich hoffe es, Snorri.

Aber wir sind jetzt alt.

Ja. Aber ich bin noch immer treffsicher. Solange das so

bleibt, werde ich meine Axt schwingen. Lieber sterbe ich, als das aufzugeben. Vielleicht wird der Tod dich zum Aufgeben zwingen müssen, Frosti. Irgendwann zwingt er jeden zum Aufgeben.

Ja.

Der Tod und die Axtschneide sind die einzigen sicheren Wahrheiten in diesem seltsamen Leben.

Und Steuern. Vergiss die Steuern nicht, Snorri.

Ja. Steuern auch.

Schade, dass wir unsere Steuern nicht mit Holzspänen bezahlen können.

Ja. Wenn Holzspäne Münzen wären, wären wir reich.

Und das ist die Wahrheit.

Ich habe Eintopf gemacht, Frosti.

Was für einen?

Eisbein mit Gemüse.

Mein Lieblingseintopf.

Ich hab eine Prise Paprikapulver reingetan. Wie geht's deinem Kopf jetzt, Bruder?

Er tut noch immer weh.

Du musst was essen.

Ja.

Hast du genug Wasser getrunken?

Ich weiß nicht.

Trink ein Glas Wasser, und ich koche uns Kaffee.

In Ordnung.

Ich hol dir eine Scheibe Graubrot.

Danke.

Bitte.

Danke. Ich bin heute Morgen hingefallen, Snorri.

Du bist hingefallen?

Ja. Auf dem Eis.

Hast du dich verletzt?

Bis zum Abend wird meine Hüfte grün und blau sein.

Ich denke, wenn irgendwas gebrochen wäre, hättest du längst was gesagt.

Ja, das denke ich auch, Snorri.

Wie ist der Eintopf?

Es fehlt etwas Salz.

Erzähl mir vom Hotel Dulac.

Schon wieder?

Ja.

Manchmal mache ich mir Gedanken um dich, Frosti.

Ich hör die Geschichte gern beim Essen.

Du kennst die Geschichte von vorne bis hinten auswendig.

Und du isst jeden Tag Haferflocken.

Na und?

Ich höre sie einfach gern. Ist da irgendwas dran auszusetzen? Es ist eine gute Geschichte.

Na schön.

Aber von Anfang an.

Meinetwegen, Frosti. Das Hotel Dulac ist in der Hauptstadt –

Ich hab gesagt, von Anfang an. Bitte erzähl mir von der Reise.

Der Reise.

Ja.

Von wo an?

Von Anfang an.

Von wo an genau? Wo ist der Anfang? Soll ich bis zum Zeitpunkt meiner Geburt zurückgehen?

Du musst nicht gleich sarkastisch werden, Snorri. Von da an, wo du hier losgegangen bist.

Von mir aus. Ich bin also in die Stadt gegangen.

Wie war das Wetter?

Kalt wie immer, aber sonnig. In der Nacht hatte es stark geschneit, aber der Himmel war blau mit nur ein paar ganz hellen Wolkenfetzen. Die Sonne war groß und weiß. Sie hat den Schnee rosa gefärbt.

Gut.

Ich bin ein paarmal ausgerutscht, aber ich bin nicht hingefallen. Ich hatte meinen Rucksack dabei.

Mit Kleidung zum Wechseln drin.

Ja. Mit Kleidung zum Wechseln drin.

Und natürlich deine Zahnbürste, Snorri.

Als ich ins Dorf kam, begegnete ich dem Postboten.

Stefan.

Ja. Stefan dem Postboten. Ein guter Mann. Ein Säufer, aber ein guter Mann.

Mit einem Bierbauch.

Ja. Stefan mit dem Bierbauch, aber sein Bauch ist nicht so dick wie der von Harold dem Bäcker. Jedenfalls, nachdem er ein paar Besorgungen gemacht hatte, hat er mich netterweise in die Stadt gefahren.

Hattet ihr unterwegs eine Reifenpanne?

Du weißt, dass wir eine hatten, Frosti. Zum Glück hatte Stefan einen Ersatzreifen im Kofferraum.

Und einen um die Taille.

Und er hat den Reifen im Handumdrehen gewechselt, und nach nur zehn Minuten ging's schon weiter.

Die Fahrt in die Stadt hat anderthalb Stunden gedauert.

Die hat noch länger gedauert, Frosti.

Als du mir die Geschichte das letzte Mal erzählt hast, hat die Fahrt in die Stadt anderthalb Stunden gedauert, Snorri.

Meinetwegen. Die Fahrt in die Stadt hat also anderthalb Stunden gedauert, plus zehn Minuten für den Reifenwechsel.

Erzähl mir, was du gemacht hast, als du da ankamst.

Ich habe Stefan eine Tasse Kaffee spendiert.

Wo?

In einem Café.

Welchem?

Dem Café Warmes Essen.

Gut. Hast du was gegessen?

Stefan hat sich Eier bestellt.

Und du?

Ich hab nur Kaffee getrunken. Hinterher hat Stefan eine Zigarette geraucht.

Aber du nicht?

Natürlich nicht.

Und dann?

Dann bin ich zum Bahnhof.

War da viel los, Snorri?

Nein. Es war ruhig. Ich war früh dran. Ich stand auf dem Bahnsteig und spürte, wie meine Zehen kalt wurden. Aber das hat mich nicht gestört.

Weil –

Weil ich die neuen Socken trug, die Mutter für mich gestrickt hatte.

Die blauen?

Ja. Du hast ein gutes Gedächtnis.

Danke.

Dann kam der Zug.

Wie viele Waggons hatte er?

Keine Ahnung. Viele. Ich bin eingestiegen. Auf dem Boden waren Pfützen, und der Waggon roch nach kaltem Rauch.

Wahrscheinlich von Zigaretten, Snorri.

Wahrscheinlich. Ich hab mir einen Platz gesucht. Die Fahrt war angenehm.

Was hast du gesehen?

Hauptsächlich den Wald. Dann Berge. Flüsse. Dörfer. Irgendwann verlief eine Straße neben den Schienen, und auf der waren Autos unterwegs, und ich konnte die Menschen hinter dem Lenkrad und ihre Kinder auf der Rückbank sehen, und einige Augenblicke lang war es, als würde ich in einen seltsamen Spiegel schauen, als würde ich ein anderes Leben sehen, ein Leben, das ich hätte leben können, wenn die Umstände anders gewesen wären, und dann fuhr der Zug in einen Tunnel, und alles wurde dunkel. Die Andeutung eines anderen Lebens war vorbei. Der Spiegel verschwand.

Hattest du Angst, Snorri?

Wieso hätte ich denn Angst haben sollen?

Dunkelheit.

Ich fürchte mich nicht vor der Dunkelheit.

Ich auch nicht. Entschuldige die Unterbrechung.

Schon gut. Immer mal wieder hielt der Zug an, und Leute stiegen aus, und andere stiegen ein, und dann fuhren wir weiter.

Was hast du gemacht?

Ich blieb genau da, wo ich war, und schaute aus dem Fenster. Ich sah unser Land zum ersten Mal.

Warst du begeistert?

Begeistert? Nein. Es war genauso, wie ich erwartet hatte. Ich sah eine Menge Schnee.

Hast du mit jemandem im Zug geredet?

Nein, Frosti.

Nicht mal mit dem Mann, der deine Fahrkarte kontrolliert hat?

Vielleicht haben wir ein paar Worte gewechselt. Ich erinnere mich nicht mehr.

Wie sah er aus?

Auch daran erinnere ich mich nicht mehr.

Was dann?

Wir fuhren eine ganze Weile. Wir kamen an einem See vorbei. Dann an einem anderen See. Wir fuhren in einen Tunnel hinein und wieder hinaus. Ein Mann mit einem Rollwagen kam vorbei und verkaufte warme Getränke, Kleinigkeiten zu essen und so weiter.

Was für Kleinigkeiten?

Erdnüsse. Käse und Kräcker. Früchtestollen. Ich glaube, auch Suppe.

Was hast du gegessen?

Den Käse mit Kräckern. Die waren trocken.

Kräcker sind immer trocken, Snorri.

Ja, aber der Käse war auch trocken. Viel zu trocken. Ich wollte mein Geld zurückverlangen, aber ich wusste, so was macht man nicht. Man nimmt es einfach hin. Wir fuhren noch eine Weile weiter.

Dann kamt ihr in die große Stadt.

Dann kamen wir in die große Stadt. Ich hatte einen Plan dabei. Der Plan half mir, mein Hotel zu finden. Ich ging zu Fuß.

Hat das lange gedauert?

Es kam mir vor wie Stunden. Die Stadt war so hektisch. So laut. Der Verkehr ging in alle Richtungen. Straßenbahnen, Autos, Fahrräder. Es lag auch jede Menge Kot herum.

Von Menschen?

Nein, von Hunden. Und die Gebäude. Die Gebäude waren so hoch wie Marmorberge.

Was hast du über sie gedacht?

Ich dachte: Was geht in all diesen Gebäuden vor?

Und dann?

Und dann erreichte ich das Hotel, Frosti. Es lag in einer Seitenstraße. Bäume wuchsen aus den Ritzen im Pflaster. Davor war eine Art Bude, wo man Zeitungen, Kaugummi, Schokoriegel und Stockfisch kaufen konnte.

In der Stadt gibt's auch Stockfisch?

Ich glaube, Stockfisch gibt's überall. Ich bin auf mein Zimmer gegangen.

Beschreibe es.

Es war groß, aber nicht größer als unser Zimmer. Es hatte einen Teppichboden. Einen dicken, gemusterten Teppichboden. Das Muster gefiel mir nicht besonders. Es war in Ordnung. Die Matratze auf dem Bett war weich und zu hoch über dem Boden. Das Zimmer hatte einen Fernseher. Der war an die Wand genagelt.

Das ist merkwürdig.

Sehr merkwürdig.

Was noch?

Es gab einen Tisch, einen Stuhl. Ein Bad.

Hatte das Klo Wasserspülung?

Ja. Es gab auch eine Dusche mit heißem und kaltem Wasser.

Stell sich das einer vor.

Ich hab geduscht.

Was dann?

Dann hab ich mich angezogen und auf das Bett gesetzt. Draußen war es dunkel, aber die Stadt war laut. Hupende Autos. Bellende Hunde. Stimmen. Der Mann im Nebenzimmer hatte seinen Fernseher laut gestellt.

Hast du ferngesehen, Snorri?

Ich hab den Apparat eingeschaltet.

Was hast du dir angesehen?

Nichts Interessantes. Ich bin nach unten gegangen.

Du hast eine Frau kennengelernt.

Nein. Zuerst hab ich gegessen. Ich hab Würstchen mit Sauerkraut im Speiseraum gegessen.

Dann hast du die Frau kennengelernt.

Dann bin ich in die Bar und hab mir ein Bier bestellt.

Hat es gut geschmeckt?

Nein, Frosti. Es hat überhaupt nicht geschmeckt.

Wieso?

Ich hatte danach ein trockenes, staubiges Gefühl im Mund. Von der Kohlensäure war mein Bauch aufgebläht wie ein ertrunkenes Schaf. Musik lief. Sie war zu laut.

Die Frau.

Ja. Dann bin ich mit einer Frau ins Gespräch gekommen.

An der Bar?

An der Bar. Sie hat mich gebeten, ihr einen Drink zu spendieren. Ich fand die Bitte ziemlich dreist, aber du kennst mich ja, Frosti. Was ich habe, teile ich gern.

Du hast nie irgendwas.

Aber wenn doch, teile ich das gerne. Ich hab ihr einen Drink spendiert.

Was für einen?

Weinbrand, wenn ich mich recht erinnere.

Weinbrand, Snorri!

Weinbrand. Sie hat geredet, ich hab zugehört.

War sie hübsch?

Sie war in Ordnung.

Bloß in Ordnung?

Bloß in Ordnung.

Was hat sie angehabt?

Daran erinnere ich mich nicht mehr genau.

Versuch's.

Frosti, das ist fünfzig Jahre her.

Worüber habt ihr geredet?

Sie hat viel geredet, aber ich glaube, sie hat nicht viel gesagt. Es war, als würde sie nur reden, um den Raum zwischen uns zu verkleinern; es war, als hätte sie Angst vor der Stille.

Sie war bestimmt aus der Stadt.

Ja. Sie war aus der Hauptstadt. Sie hatte einen kleinen Sohn. Der Vater des Kindes war abwesend.

So etwas kommt immer häufiger vor, Snorri.

Ja. Aber damals war es seltener. Ich erzählte ihr, dass ich Holzfäller war und mit meinem Bruder und meiner Schwester zusammenwohnte, und sie nickte bloß. Dann wollte sie sich mein Zimmer ansehen.

Warum?

Sie sagte, sie wollte sehen, wie es eingerichtet war.

Seltsam.

Genau das dachte ich auch. Wir gingen zusammen nach oben.

Dann hat sie versucht, dich zu küssen.

Dann hat sie versucht, mich zu küssen.

Wie war das?

Unangenehm. Ihr Mund hat so auf meinen gedrückt. Ich kann noch immer den Weinbrand und die Zigaretten an ihr riechen. Aus irgendeinem Grund musste ich an Nacktschnecken und Regenwürmer denken. Geschöpfe des Erdbodens.

Was hast du gemacht?

Was sollte ich machen? Ich stand einfach da und hab ihren Mund weiter drücken lassen, bis sie genug hatte.

Hat sie dich da gefragt, ob du einer von denen bist, Snorri?

Ja. Da hat sie mich gefragt, ob ich *einer von denen* wäre.

Was hast du gesagt?

Ich habe gesagt, einer von welchen?

Und sie hat gesagt, du weißt schon. Einer von *denen*.

Ich habe gesagt, ich habe keine Ahnung, was Sie meinen. Dann ist sie ein bisschen wütend geworden und hat so Sachen gesagt.

Was für Sachen?

Schlimme Sachen über die Leute aus dem Norden. Sachen über Bauern und Viehhirten und Holzfäller. Und über Tiere. Ihr Ton hat mir nicht gefallen.

Dann.

Dann hat sie Geld verlangt.

Weswegen?

Als Bezahlung.

Bezahlung?

Ja, als Bezahlung für ihre Zeit.

Dafür, dass sie dich dazu gebracht hat, an Nacktschnecken und Regenwürmer zu denken? Was für eine Frechheit, Bruder.

Dann hab ich sie gefragt, ob sie eine von denen wäre. Und sie hat gesagt, eine von welchen? Und ich hab gesagt, Sie wissen schon, eine von *denen*.

Und ich wette, sie hat gesagt, ich habe keine Ahnung, was du meinst.

Du hast recht, Frosti. Genau das hat sie gesagt. Und dabei hat sie auch noch gegrinst, und in dem Moment hab ich die ganze Gemeinheit der Stadtmenschen gesehen, die Gier und den Zynismus, und ich hab sie aufgefordert zu gehen, sonst würde ich den Geschäftsführer des Hotels rufen und ihm sagen, dass *eine von denen* in meinem Zimmer ist.

Gut gemacht.

Wenn du meinst.

Das meine ich wirklich, Snorri. Was für eine Aufregung.

Ich weiß. Es war der schlimmste Abend meines Lebens. Ich erinnere mich noch daran, als wär es gestern gewesen.

Ich auch.

Aber du warst doch gar nicht dabei.

Nein, aber ich erinnere mich daran, wie du mir davon erzählt hast, als wäre es gestern gewesen.

...

Snorri.

Ja.

Wie hieß die Frau?

Ich hab sie nicht gefragt. Ich weiß nur noch den Namen des Hotels. Das Hotel Dulac.

Fragst du dich schon mal, was die Frau wohl heute macht, Snorri?

Nein, Frosti. Nie.

Ich hab die Fuchsspuren wieder gesehen, Snorri.

Wann?

Gestern.

Bei dem mittleren Holzstapel?

Nein. Gleich draußen.

Hinterm Haus beim Mülleimer?

Nein. Vor der Veranda.

Meinst du, es war dieselbe Füchsin?

Schwer zu sagen, Snorri. Ich hoffe es.

Das ist das erste Mal dieses Jahr.

Ja. Ich hoffe, sie hat Junge bekommen.

Ich glaube, so ist es gewesen. Sie war in ihrem Bau, hat ihre Jungen versorgt.

Ich hoffe es. In manchen Ländern jagen sie Füchse, nicht?

So sagt man.

Warum? An denen ist kein Fleisch.

Ich weiß es nicht. Menschen tun die seltsamsten Dinge, wenn sie sich langweilen.

Mir ist schleierhaft, woher sie die Zeit dafür nehmen.

Sie jagen sie zu Pferd, mit Hundemeuten.

So viel Aufstand wegen eines Fuchses, der keinem was tut, Snorri?

Ich weiß. Ich hab heute Morgen auch was gesehen, Frosti.

Was denn?

Die Männer mit den bunten Stangen.

Wo?

Hier an unserem Berghang. Und auch drüben auf der anderen Talseite.

Waren das dieselben Männer?

Ich weiß nicht. Aber die Stangen war genauso grellorange.

Wie viele waren es?

Sie waren zu dritt, Frosti. Zwei von ihnen hatten Stangen. Der andere hatte ein Gerät auf einem Stativ. Er hat sich immer wieder vorgebeugt und durch das Gerät zu den Männern geguckt. Das Gerät war auch orange. Es sah aus wie ein viereckiges, kurzes Fernrohr.

Was kann das bedeuten?

Das waren Landvermesser, glaube ich.

Landvermesser?

Ja.

Was wollten die?

Sie haben das Tal vermessen.

Aber wieso, Snorri?

Die haben Messungen vorgenommen. Sie haben das Land kartiert.

Ich weiß, was *Landvermesser* sind. Aber warum haben sie das gemacht?

Wir haben schon wieder einen Brief bekommen, Frosti.

Was für einen Brief?

Ich habe dir nichts davon erzählt.

Was für einen Brief?

Noch einen von dieser Firma.

Der Baufirma?

Ja.

Der Siedlungsbaufirma?

Ja, Frosti. Von der Siedlungsbaufirma.

Was steht drin?

Da steht, dass sie uns helfen wollen, das Potenzial des Landes auszuschöpfen.

Was soll das heißen?

Da steht, dass sie unsere Kooperation sehr zu schätzen wissen würden.

Ich versteh noch immer nicht.

Da steht, dass sie uns großzügig für unseren Besitz entschädigen wollen.

Unseren Besitz?

Das Land, Frosti. Dieses Land. Unser Haus.

Was wollen die denn mit unserem Häuschen?

Dasselbe, was schon im ersten Brief stand. Es geht ihnen nicht um die Hütte, sondern um das Land. Um uns herum haben sie schon alles aufgekauft.

Aber wozu? Hier gibt's doch nichts als Bäume und Berge.

Genau. Sie wollen die freie Fläche.

Wozu?

Um Häuser darauf zu bauen. Große Häuser für Ferienwohnungen.

Ferienwohnungen. Warum in aller Welt sollte jemand hier seine Ferien verbringen wollen?

Weil es schön ist, Frosti. Und ruhig.

Ich dachte, die Leute würden ans Meer oder in die Stadt wollen oder irgendwohin in den Urlaub fliegen. Hier gibt's nur gefrorenen Schlamm und Schnee, den Bach und die Kiefern.

Die Städter mögen das alles. Und diese Firma will ihnen das zur Verfügung stellen, indem sie hier eine Feriensiedlung baut.

Eine Feriensiedlung.

Ja. Einen Ort mit viel größeren Hütten und Straßen und Geschäften und Lokalen, wo man zu viel Alkohol trinken kann.

Das klingt nicht gut, Snorri.

Nein.

Und die Männer mit den orangen Stangen – die gehören dazu?

Ja.

Aber wir sind seit fünfundsiebzig Jahren hier. Du noch ein bisschen länger. Was sollen wir machen?

Ich weiß es nicht. Was willst du machen?

Ich will gar nichts machen. Ich will meinen Kaffee trinken und dann losziehen und heute Nachmittag Holz hacken. Später, wenn es dämmert, komme ich zurück, und wir kochen uns was und essen zusammen.

Dann machen wir genau das.

Aber was ist mit der Firma und ihren Briefen und den Männern mit ihren Stangen?

Ich weiß es nicht.

Ich denke nicht, dass die wieder verschwinden, Snorri.

Das denke ich auch.

Das Tal ist alles, was ich kenne. Das Tal ist alles, was ich kennen will.

Ja, Frosti.

Wir sind in dem Tal, aber das Tal ist auch in uns.

Ja.

Ich will, dass die Männer mit den orangen Stangen verschwinden und nie wiederkommen.

Ja.

Wenn ich heute Nacht einschlafe, werde ich sie wegträumen.

Gute Idee, Frosti.

So. Zeit zum Holzhacken.

Meine Handschuhe sind noch nass.

Nimm mein Ersatzpaar.

Bist du sicher, Snorri?

Kein Problem. Meine sind trocken.

Na gut.

Sie hängen an der Leine.

Diese Kopfschmerzen.

Noch immer so schlimm?

Ja.

Heute Abend koch ich den Eintopf, Frosti. Dann kannst du dich ausruhen.

Ich muss die Socken waschen.

Die Socken können warten.

Und ich muss fegen.

Bruder, auch das Fegen kann warten.

Wenn ich fege, muss ich oft an Mutter denken.

Die hatte fast immer einen Besen in der Hand.

Lief uns damit in der ganzen Hütte hinterher.

Wenn uns Krümel vom Brot fielen, lagen die doch höchstens eine Sekunde auf dem Boden, da hatte sie sie auch schon weggefegt.

Ja. Sie hat die Hütte blitzblank gehalten. Früher wurden Leute danach beurteilt, wie sauber es bei ihnen zu Hause war. Über so was hat man sich im Tal das Maul zerrissen. Wahrscheinlich ist das heute noch so.

Ich frage mich, was wohl so alles über uns geredet wird, Snorri.

Wen interessiert's?

Mich nicht.

Mich auch nicht. Wir kommen gut klar.

An manchen Tagen hätte man hier vom Boden essen können. Aber das wollten wir natürlich nicht.

Wir wollten es nicht, aber wir hätten es gekonnt.

An anderen Tagen war einem doch ein Teller lieber.

Das ist wohl wahr, Bruder.

Snorri?

Ja?

Denkst du oft an Mutter?

Ich denke manchmal an sie. Aber es ist lange her.

Ja. An manchen Tagen fühlt es sich an, als wäre sie noch irgendwie hier und würde uns beim Fegen und Kochen und Saubermachen zusehen. Ich kann sie spüren.

Ich denke, das ist ganz normal.

Weiß du noch, wie viel wir gelacht haben?

Ja, Frosti. Diese Wände hier haben fröhliche Zeiten erlebt.

Weißt du, was ich gerade gedacht habe?

Was denn?

Ich habe gedacht, wir sollten uns ein paar Rentiersteaks für unser Weihnachtsessen besorgen. Wie früher.

Kein Eintopf?

Wir könnten sie braten, wie Mutter das gemacht hat.

Mit Beeren.

Mit Beeren, Sauce, Rotkohl.

Tja, wir könnten es versuchen, Frosti.

Ich hab den Geschmack schon auf der Zunge.

Aber jetzt sollten wir weiter Holz hacken.

Wenn ich die Augen schließe, kann ich es wirklich schmecken. Vielleicht backe ich auch Lebkuchen.

Wir sollten uns wieder ans Holzhacken machen. Die Handschuhe hängen an der Leine.

Danke, Snorri. Heute Nachmittag werde ich beim Holzhacken an Wildbret und Lebkuchen denken, und wir sehen uns dann später.

III. ABENDESSEN

Mein Kopf tut noch immer weh, Snorri.

Das wird wieder besser.

Es könnte noch schlimmer werden.

Ja, es könnte noch schlimmer werden. Aber dann wird es wieder besser.

Das kannst du nicht mit Sicherheit sagen.

Nein. Aber letztes Mal war es so.

Letztes Mal war es anders.

Das sagst du immer.

Du weißt das nicht. Du kriegst nicht solche Kopfschmerzen wie ich.

Ich habe manchmal Kopfschmerzen.

Nicht solche wie ich.

Woher willst du das wissen, Frosti?

Weil du dann viel mehr jammern würdest. Dir wäre übel, du wärst gereizt.

Vielleicht kann ich Unwohlsein besser ertragen.

Es ist kein Unwohlsein – es ist stärker. Ich habe Schmerzen.

Tja, dann kann ich vielleicht Schmerzen besser ertragen.

Das bezweifle ich. Das bezweifle ich stark.

Wir könnten das nur rausfinden, wenn wir beide zur selben Zeit die gleichen Schmerzen hätten. Und dann müssten wir unsere Reaktionen messen.

Wie wenn wir uns beide zur selben Zeit in den Daumen schneiden.

Ja. So was in der Art.

Als würden wir Blutsbrüderschaft schließen.

Ja. Aber da wir schon Brüder sind, wäre Blutsbrüderschaft unnötig.

Wir könnten uns gegenseitig einen Finger abhacken. Vielleicht einen kleinen. Mit der Axt. Ich dir, du mir. Wer am lautesten schreit, hat verloren, Snorri.

Würdest du dann aufhören, über deinen Kopf zu jammern?

Er tut wirklich weh.

Und dann hätten wir beide einen kleinen Finger weniger.

Ist mir egal. Ich würd's tun.

Um zu beweisen, dass deine Kopfschmerzen echt sind? Ich glaube dir doch. Ich glaube dir.

Schon allein die Tatsache, dass du dich nicht traust, verrät, dass du Schmerzen nicht so aushalten könntest wie ich.

Nein. Das bedeutet nur, dass ich pragmatisch bin, Frosti. Vernünftiger. Ich schätze meine kleinen Finger. Das solltest du auch. Wir brauchen sie.

Wofür?

Für vieles.

Was denn zum Beispiel?

Na ja, ohne sie wären unsere Hände zwanzig Prozent weniger leistungsfähig, zum Beispiel.

Wir haben sie aus gutem Grund.

...

...

Vielleicht solltest du dich hinlegen, Frosti.

Wenn ich mich hinlege, werde ich unruhig. Dann will ich wieder aufstehen und herumlaufen.

Dann steh auf, lauf herum.

Aber dann wird mir schwindelig.

Dann geh an die frische Luft.

Ich habe keine Lust, mir jetzt die Stiefel anzuziehen.

Dann geh barfuß raus. Ein paar Frostbeulen lenken dich vielleicht von deinen Kopfschmerzen ab.

Das hättest du wohl gerne, was?

Du redest, als würde ich mich über dein Unglück freuen. Das tue ich wirklich nicht. Ich versuche bloß, die Dinge auf die leichte Schulter zu nehmen, mehr nicht. Lachen soll ja die beste Medizin sein.

Na, dann bring mich zum Lachen. Du hast schon lange nichts Lustiges mehr gesagt. Früher hast du mich oft zum Lachen gebracht. Gib mir ein bisschen von dieser berühmten Medizin, von der du redest.

Und was willst du von mir hören, Frosti?

Keine Ahnung.

Ich kann nicht so aus dem Stegreif mit einem Witz aufwarten.

Versuch es.

Ich soll's versuchen?

Ja, versuch es. Versuch, was Lustiges zu sagen.

Im Moment fällt mir nichts ein.

Dir tut schließlich nicht der Kopf weh, Snorri. Probier's wenigstens. Meine Schmerzen werden stärker.

Weißt du noch, als wir klein waren und der Teich zugefroren ist?

Na klar.

Und ich hab deinen Handschuh bis in die Mitte geworfen und dich rausgefordert, ihn zu holen.

Ich erinnere mich.

Und dann ist das Eis gebrochen, und du warst bis zur Taille im Wasser, und ich musste kommen und dir das Seil über den Kopf werfen, als wärst du ein Elch, und dich dann rausziehen. Das war ziemlich lustig.

Für dich vielleicht.

Ich muss heute noch schmunzeln, wenn ich daran denke. Dein Gesichtsausdruck, und wie du mit den Armen gerudert hast. Aber du warst schon immer ein bisschen schwerer als ich, Frosti.

Meine Jacke war dicker als deine, mehr nicht.

Na ja.

Was Besseres fällt dir nicht ein?

Im Moment, nein.

Das ging wieder mal auf meine Kosten. Mir ist nicht nach Lachen zumute.

Und deine Hose ist dir am Körper so steif gefroren wie ein junger Kiefernstamm. Weißt du noch?

Natürlich weiß ich das noch. Aber Agna hat nicht gelacht. Agna fand dein Verhalten dumm und kindisch.

Ich war ein Kind. Kinder tun kindische Dinge.

Und gefährliche, Snorri.

Vielleicht war es ein bisschen gefährlich. Aber es war die Zeit der Frühjahrsschmelze. Zehn Minuten oder länger im Wasser hätten dir nichts ausgemacht.

Agna sah das anders. Agna hat den ganzen Tag über nicht mehr mit dir geredet.

Daran erinnere ich mich nicht.

Ich aber. Sie hat gesagt, ich hätte sterben können, und was dann?

Du wärst nicht gestorben. Ich hätte dich gerettet, Frosti.

Aber du hättest auch im Eis einbrechen können.

Hätte ich, bin ich aber nicht.

Hättest du aber.

Was hätte passieren können, spielt keine Rolle. Entscheidend ist, was wirklich passiert ist. Es ist viele, viele Jahre her.

Ich erinnere mich daran, als wäre es gestern gewesen.

Ja.

Agna war ein Engel, Snorri.

Ja. Sie war ein Engel.

Ich vermisse sie.

Ich auch. Aber der Tod ist bloß ein Augenblick. Wie geht es deinem Kopf jetzt?

Schlimmer.

Aber danach wird es besser werden.

Du hast gut reden.

Morgen gehen wir ins Dorf, sagt Snorri.

Ist denn schon Wochenende?

Morgen ist Wochenende.

Ich weiß nicht, wo die Zeit bleibt, Snorri. Bei der vielen Arbeit und den Männern mit den orangen Stangen und den Kopfschmerzen ist alles so aufregend.

Ja. Langweilig wird es wirklich nie.

Die Männer mit den orangen Stangen sind nicht gut für meine Kopfschmerzen. Ich muss immerzu an sie denken.

Versuch, das nicht zu tun, Frosti. Du hast dir schon immer zu viele Sorgen gemacht.

Wenn sie hier große, neue Häuser und Straßen bauen, was wird dann aus dem Wald und den Tieren?

Ich weiß es nicht. Dasselbe wie aus uns, vermutlich. Das alles müsste weg.

Ich will nicht, dass das passiert.

Ich auch nicht, Frosti.

Wir sollten nie von hier fortgehen.

Ja.

Wenn wir nie fortgehen, können sie wenigstens nicht auf unserem Land bauen.

Ja.

Unser Vater. Der hat dieses Haus mit eigenen Händen für uns gebaut.

Ja.

Die verstehen das nicht, diese Männer mit ihren Stangen und Briefen.

Nein.

Also lass uns niemals fortgehen, Snorri.

In Ordnung, Frosti.

Sie werden es mit uns beiden aufnehmen müssen.

In Ordnung, Frosti.

Ich bin zu gerne hier.

Ich auch.

Und jetzt verändert sich auch das Dorf, nicht wahr, Snorri?

Alles verändert sich irgendwann.

Sie haben die neue Bank. Und die Metzgerei hat geschlossen. Es ist die Rede von einem Supermarkt. Alles unter einem Dach, haben sie gesagt – was hat das für einen Sinn?

Ich weiß es nicht, Frosti. Vielleicht wollen das manche Leute so haben.

Wir sollten eine Liste für morgen machen.

Ich weiß, was wir einkaufen müssen. Dasselbe wie letzte Woche.

Wir brauchen Sirup. Letzte Woche haben wir keinen Sirup gekauft, und jetzt haben wir fast keinen mehr.

Dann kaufen wir eben Sirup.

Wir können nicht ohne Sirup auskommen.

Ich bin sicher, wir würden es überleben.

Du vielleicht. Aber ich glaube, ich würde sterben, Snorri.

Jetzt übertreibst du, Frosti.

Vielleicht ein bisschen. Aber ich mag Sirup sehr.

Ich weiß. Seit du ein kleiner Junge warst, schüttest du das Zeug in dich rein wie Wasser. Du hast eine Schwäche für Süßes.

Ich mag bloß Sirup, sonst nichts.

Ich hab's bemerkt.

Wir sollten auch Kaffee kaufen.

Ja.

Und Haferflocken.

Natürlich.

Und Wintergemüse.

Frosti, das weiß ich doch alles.

Und unsere Fleischbestellung.

...

Und Zahnpasta. Man muss seine Zähne pflegen, auch wenn's nicht mehr die eigenen sind.

…

Und Klopapier. Diesmal nicht das billige Zeug. Bei diesen Temperaturen fühlt sich das an wie Stechpalmenblätter oder so.

…

Snorri, ich habe das Gefühl, dass du mir nicht zuhörst.

Ich höre dir zu. Ich sage bloß nichts.

Du bist also mal wieder in deiner wortkargen Stimmung.

Das ist keine Stimmung, ich habe einfach keine Antwort. Ich weiß, was wir im Dorf kaufen müssen, mehr nicht. Es ändert sich nicht. Es hat sich nicht geändert. Manchmal müssen wir irgendwas besorgen, das wir nicht in einer Woche aufbrauchen, manchmal auch nicht. Es gibt schon mal die eine oder andere Abweichung, aber in der Hauptsache sind unsere Einkäufe seit Jahren immer gleich. Ganz sicher, seit wir Agna vor fünfundzwanzig langen Jahren verloren haben.

Es fühlt sich an wie gestern.

Ja.

Die liebe Agna. Sie konnte besser kochen als wir beide.

Das ist wahr, Bruder.

Wir essen bloß, weil wir essen müssen, aber Agna – Agna wusste wirklich, wie man Hammeleintopf kocht.

Gewürze. Sie hatte ein gutes Gespür für Gewürze. Das macht den Unterschied, Frosti.

Alles, was sie nicht übers Haltbarmachen von Walsteaks wusste, musste man auch nicht wissen. Und denk an ihre Hackbällchen, Snorri. Wie die einem einfach auf der Zunge zergingen. Dazu ein bisschen Grünkohl.

Mir läuft das Wasser im Mund zusammen, kleiner Bruder.

Mir auch.

...

...

Darf ich dich was fragen, Snorri?

Nur zu.

Was meinst du, wer von uns zuerst gehen wird?

Gehen?

Sterben, meine ich.

Na, Frosti. Was ist das denn für eine Frage an so einem Tag? Haben wir mit dem Schnee und dem Holz und den Männern mit ihren Stangen nicht schon genug, worüber wir nachdenken müssen? Und dann auch noch der Einkauf morgen. Ich hab dir gesagt, du sollst aufhören, dir so viele Gedanken zu machen.

Ja. Ich weiß. Aber trotzdem.

Aber trotzdem was?

Was meinst du, wer von uns zuerst sterben wird?

Bis dahin wird noch viel Zeit vergehen, Frosti.

Heute fühle ich mich alt, Snorri. Diese Kopfschmerzen –

Deine Kopfschmerzen werden vergehen.

...

Kopfschmerzen dauern nicht ewig, Frosti. Du bist heute einfach nicht ganz auf dem Posten, das ist alles. Ich kenne dich. So etwas lässt dir keine Ruhe. Du grübelst zu viel, kleiner Bruder.

Mag sein. Ich kann nicht anders. Das ganze Gerede von Feriensiedlungen gibt mir zu denken. Wir werden nicht ewig leben, Snorri.

Vielleicht doch.

Werden wir nicht.

Natürlich nicht, aber warum sich deswegen den Kopf zerbrechen? Denk an deine Schwitzhütte. Manchmal tut es gut, sich auf Dinge zu konzentrieren, auf die man sich freut.

Das wird eine schöne Schwitzhütte.

Ja. Sobald die Frühjahrsschmelze kommt, musst du sie bauen, sagt Snorri.

Aber du hast gesagt, das wäre auch bloß einer von meinen Winterträumen.

Träume können wahr werden. Ich traue dir das zu, Frosti.

Das sagst du nur, weil du auch in meine Schwitzhütte willst.

Vielleicht. Vielleicht auch nicht.

Du hast meine Frage noch nicht beantwortet, Snorri.

Welche Frage?

Die, wer von uns beiden zuerst gehen wird.

Die Frage werde ich nicht beantworten. Es ist eine alberne Frage. Woher sollen wir das wissen?

Wir können es nicht wissen. Es beschäftigt mich nur.

Tja, sollte es aber nicht. Von den ganzen Grübeleien und Träumereien bekommst du Kopfschmerzen. Ich, ich hacke Holz, und ich staple es, und ich gehe, und ich arbeite, aber ich befasse mich nicht damit, was sein oder nicht sein könnte. Und ich bleibe frei von Kopfschmerzen. Verstehst du, was ich damit sagen will, Frosti?

Ja, ich verstehe, was du damit sagen willst.

Wie geht's deinem Kopf jetzt?

Ich weiß nicht. Ein bisschen besser, vielleicht.

Gut.

Es ist schwer zu sagen. Ich spüre es hinter meinem Augapfel.

Hör auf, an den Tod zu denken. Und trink etwas Wasser.

Ich habe etwas Wasser getrunken.

Trink etwas mehr Wasser, und ertränke die Kopfschmerzen.

Ist das eine Redensart? Trink etwas mehr Wasser, und ertränke die Kopfschmerzen?

Nein. Das hab ich mir gerade ausgedacht.

Oh.

Nun denn. Ich fang mal mit dem Eintopf an.

Welchen machst du, Snorri?

Eisbein mit Gemüse.

Mein Lieblingseintopf.

Könntest du das Eisbein aus dem Kühlkeller holen?

Klar.

Währenddessen schnippele ich das Gemüse.

Bitte sehr.

Danke. Das Messer hier muss geschliffen werden.

Vielleicht können wir es morgen mitnehmen und das im Dorf machen lassen.

Ja. Das ist eine gute Idee. Es ist ungefähr so stumpf wie die Möhren.

Hast du schon mal die Nase voll von Eintopf, Snorri?

Was ist das denn für eine Frage?

Ja oder nein?

Ich denke gar nicht darüber nach. Warum – du etwa?

Nein. Wie du weißt, esse ich Eintopf sehr gern.

Gut.

Aber manchmal esse ich auch gern Fisch.

Tja, ich auch. Aber du weißt ja, dass wir keinen Klippfisch mehr haben, Frosti.

Ja.

Das letzte Fass war im September leer.

Ja.

Vielleicht können wir noch welchen kaufen.

Das wäre gut. Ich könnte uns Fischpfannkuchen machen.

Ich mag deine Fischpfannkuchen, Frosti.

Wichtig ist, die Fischstücke achtundvierzig Stunden zu wässern, dann wendest du sie in Maismehl, wenn du welches kriegst, und brätst sie in Butter. Dazu esse ich gern Grünkohl.

Ich auch. Grünkohl ist gesund. Grünkohl hat viel Eisen.

Weißt du, heute Nachmittag hatte ich Nasenbluten.

Nasenbluten?

Ja, Snorri.

Was ist passiert?

Eigentlich ist gar nichts passiert. Ich hab mich einen Moment lang ausgeruht, stand einfach da, und dann hatte ich so ein seltsames Gefühl in der Stirn.

Was meinst du?

Als wäre da drin irgendwas aufgeplatzt.

Aufgeplatzt?

Ja. Als würde sich mein Gehirn entspannen. Und dann war die Luft auf einmal ganz schneidend in meiner Nase. Wie Eis. Ich konnte sie riechen. Dann habe ich geniest, und Blutstropfen sind in den Schnee gespritzt. Ich hab mir an die Nase gefasst, und sie hat geblutet.

Hat es wehgetan, Frosti?

Nein. Es hat nicht wehgetan. Es fühlte sich gut an. Als würde ich von etwas befreit oder entlastet. Es fühlte sich fast angenehm an.

Angenehm?

Wie eine Erleichterung.

Vielleicht hast du dir beim Hacken die Nase gestoßen.

Nein. Wirklich nicht. Dann kam noch mehr Blut. Es lief mir auf die Oberlippe, und ich hab's abgeleckt, und der Geschmack hat mich an die Sache damals erinnert.

Welche Sache?

Als wir am Teufelsnacken Schlitten gefahren sind, Snorri.

Daran erinnere ich mich nicht.

Aber ja doch. Wie sind Schlitten gefahren, und ein paar Jungs aus dem Dorf sind dazugekommen. Einer hat mich von meinem Schlitten geschubst und ihn mir weggenommen.

Das weiß ich nicht mehr, Frosti.

Es war der große Schlitten, den Vater gebaut hat. Der mit den Metallschienen. Dann hat einer von den anderen Jungen einen Schneeball mit einem Stein drin geworfen und mich getroffen. Er hat mich am Kopf getroffen, und ich habe Sterne gesehen. Ich hab mir auf die Zunge gebissen.

Moment. Ich glaube, jetzt fällt's mir wieder ein.

Du bist rüber zu dem Jungen, der den Schneeball nach mir geworfen hat. Du bist nicht hingelaufen, und du hast nicht wütend gewirkt. Du bist einfach zu ihm rübergegangen. Er hat gelacht. Er war größer als du. Viel größer. Und dünn. Ich war etwa zehn, also musst du so zwölf, dreizehn gewesen sein.

Die zwei Jahre machen in dem Alter einen großen Unterschied, Frosti.

Stimmt.

Ich seh ihn jetzt vor mir. Ist irgendwas passiert?

Ja.

Hab ich ihn geschlagen?

Ja. Du hast ihn geschlagen. Du hast ihm ordentlich eine reingehauen, Snorri. Du hast kaum bis an sein Gesicht rangereicht, aber ein Schlag hat genügt. Seine Nase ist explodiert. Ich erinnere mich an das Blut. Wie es auf dem Schnee landete. Ein roter Farbklecks in der Landschaft. Es war, als sähe ich die Farbe zum ersten Mal. Echtes Rot, meine ich. So leuchtend. So schockierend. Dann hat der Schnee es aufgesaugt, es verdünnt.

Und dann?

Dann ist der Junge heulend weggelaufen. Sein Freund, der mir den Schlitten gestohlen hatte, kam wieder den Hang rauf und gab ihn mir zurück. Er schien Angst vor dir zu haben. Er entschuldigte sich und sagte, er hätte bloß Spaß gemacht. Er sagte, es wäre nicht böse gemeint gewesen.

Wir haben uns später angefreundet, er und ich.

Tatsächlich?

Ja. In der Schule. Seinen Namen hab ich vergessen. Er war in Ordnung. Den Jungen, den ich geschlagen habe, mochte ich nie besonders.

Ich frage mich, was wohl aus ihm geworden ist.

Er ist jung gestorben.

Ist das wahr, Snorri?

Es ist wahr, Frosti.

Wie ist er gestorben?

Das habe ich vergessen. Er ist krank geworden. Er war Mitte zwanzig. Vielleicht war es seine Leber. Oder vielleicht die Lunge. Er hat in einer Fabrik gearbeitet, mehr weiß ich nicht.

Ich war an dem Tag richtig stolz, dich zum Bruder zu haben, Snorri. Wie du mich da in Schutz genommen hast.

Das war nichts weiter. Er war ein Rüpel. Du warst mein kleiner Bruder.

Trotzdem. Er war viel größer als du.

Das heißt nur, dass er tiefer fallen konnte, mehr nicht.

Mhm.

Mhm.

Das Nasenbluten heute. Das hat mich daran erinnert.

Du hast ein gutes Gedächtnis.

Du hast einen guten rechten Haken.

Danke.

Ich sehe den Jungen jetzt vor mir. Seinen Gesichtsausdruck, als du ihn geschlagen hast.

Na, was hat er denn erwartet, wenn er Kinder mit Steinen bewirft?

Ich glaube, er hat an dem Tag eine Lektion gelernt, Snorri.

Vielleicht. Aber auch danach hat er noch andere Kinder schikaniert.

Tatsächlich?

Ja. Ich glaube nicht, dass er viel gelernt hat.

Aber uns hat er seitdem in Ruhe gelassen.

Stimmt. Das ist alles so lange her.

Bestimmt fünfundsechzig Jahre. Ein anderes Jahrhundert.

Frosti, was machen deine Kopfschmerzen?

Meine Kopfschmerzen sind noch da.

Hat das Nasenbluten lange angehalten?

Es hat lange geblutet. Dann hab ich mir Schnee auf die Nase und ins Gesicht gerieben, und das hat irgendwie geholfen. Dann hab ich weiter Holz gehackt.

Die Luft fühlt sich heute leer an. Dünn.

Vielleicht ist das der Grund. Vielleicht hatte ich deshalb Nasenbluten. Ich habe sonst nie Nasenbluten.

Ich auch nicht.

Ich musste immerzu auf das Blut starren. Das Muster, das es im Schnee gemacht hat. Es war auf eine seltsame Weise hübsch.

Blut hat so eine erstaunliche Farbe. Nirgendwo sonst sieht man diese Farbe in der Natur. Nicht in Beeren, nicht im Brustgefieder von Vögeln. Dieses Rot gibt es nur in uns. Und wenn es herauskommt, sind wir überrascht vom Schock seiner Schönheit.

Das hast du sehr schön gesagt, Snorri.

Aber es ist wahr.

Mhm.

Mhm.

Hab ich dir schon mal gesagt, was mein Name bedeutet?

Du meinst: Snorri?

Ja.

Klar. Das bedeutet Schnee. Frosti ist Frost, und du bist Schnee. Und Agna bedeutete Güte, Reinheit. Keuschheit.

Na, da liegst du falsch, kleiner Bruder.

Ich glaube, du wirst merken, dass ich recht habe.

Was deinen Namen betrifft, ja. Und vielleicht auch bei Agna. Frosti ist tatsächlich Altnordisch für Frost. Ein alter Name, der in ganz Skandinavien vorkommt. Aber Snorri – Snorri ist eindeutig ein isländischer Name. Also weniger ein altnordischer und eher einer der speziell von dieser baumlosen Insel kommt. Er bedeutet harter Kampf. Vater hat mich nach einer Figur in den Sagas benannt. Snorri der Unaussprechliche.

Snorri der Unaussprechliche? Was ist das denn für ein Name?

Er hieß nicht Snorri der Unaussprechliche, Frosti. Er hieß Snorri – der Etwas-das-ich-nicht-aussprechen-will.

Ich versteh nicht.

Ein derbes Wort.

Snorri das derbe Wort.

Ja.

Welches Wort?

Soll ich es dir etwa buchstabieren?

Es interessiert mich. Du hast das Thema angesprochen.

Es ist Dreckskerl, Frosti.

Snorri der Dreckskerl?

Ja.

Du bist nach jemandem benannt, der Snorri der Dreckskerl hieß?

Ja. Ein tapfer kämpfender Krieger der alten Sagas namens Snorri der Dreckskerl.

Du wurdest nach einem tapfer kämpfenden Krieger der alten Sagas namens Snorri der Dreckskerl benannt, Agna wurde nach ihrer Tugendhaftigkeit und ihrem großen Herzen benannt und ich nach gefrorenem Wasserdampf.

Ja. Genauso scheint es zu sein, Frosti.

Ich weiß nicht recht, was ich davon halten soll. Solange ich lebe, habe ich dich und mich als Schnee und Frost gesehen. Zwei Varianten derselben Sache.

Dem ist nicht so. Jedenfalls nicht unseren Namen nach.

Das wird mir jetzt klar.

Ja.

Donnerwetter. Snorri der Dreckskerl.

Ja.

Hast du die Sagas gelesen, Snorri?

Du weißt doch, ich bin kein großer Leser, Frosti.

Tja, ich auch nicht.

Bücher sind was für andere Leute.

Aber wenn wir die Sagas nicht gelesen haben, wissen wir doch gar nicht, ob das stimmt.

Onkel Ulf hat es mir erzählt.

Und du hast ihm geglaubt!

Ich hatte keinen Grund, das nicht zu tun.

Abgesehen von der Tatsache, dass er der größte Märchenerzähler im ganzen Tal war, Snorri. Onkel Ulf. Er wurde schließlich nicht ohne Grund Pinocchio genannt. Snorri derReckskerl. Ehrlich. So eine Figur gibt es nicht, Bruder.

Ich glaube, doch.

Na ja. Ich wette, er hatte eine Schnapsfahne, und seine Augen waren glasig, als er dir das erzählt hat, hab ich recht?

Ich weiß nicht, Frosti. Ich mag einfach die Geschichte von dem tapferen Krieger.

Du kannst sie ja auch mögen – und ein Krieger sein. Schließlich hast du den Jungen damals gefällt wie einen riesigen kanadischen Mammutbaum. Aber erzähl nicht rum, dass du nach einer Figur benannt bist, die es gar nicht gibt. Sonst machen die Leute sich über dich lustig.

Mhm.

Ich vermisse Onkel Ulf. Der war lustig.

Ja. Das war er. Alle mochten ihn. Weißt du, Frosti, er war erst fünfzig, als er damals nachts in den Schnee gefallen und nie mehr aufgestanden ist.

Fünfzig?

Ja. Ein Vierteljahrhundert jünger, als du jetzt bist, Frosti. Es hat drei Tage gedauert, bis er aufgetaut ist.

Ich erinnere mich. Die Leute meinten, das wäre sein erstes Bad gewesen, seit sie einen Mann zum Mond geschickt hatten.

Einen Mann zum Mond zu schicken wäre leichter gewesen, als Onkel Ulf zu einem Bad zu überreden.

Das ist wahr, Snorri. Was hat Onkel Ulf eigentlich gemacht? Beruflich, meine ich.

Er hat für einen Wodkahersteller Wodkaflaschen geleert.

Er war gut in seinem Job, was?

Ja, das war er. Sehr gut sogar. Der Beste. Er hatte langjährige Praxis.

Er war nicht wie Vater.

Nein. War er nicht. Vater hat nie einen Schluck getrunken. Außer an Silvester.

An Silvester trinkt jeder einen Schluck. Ich selbst werde auch einen Schluck trinken.

Angeblich hat seine Leber am Ende ausgesehen wie eine Rentierpastete. Was machen deine Kopfschmerzen jetzt, Frosti?

Als würde ich eine zu enge Mütze aus Stahl tragen.

So schlimm?

So schlimm. Es tut schon weh, wenn ich blinzele. Und jetzt schmerzt auch noch mein Kiefer.

Weißt du noch, als Onkel Ulf das Dach geteert hat und dabei runtergefallen ist?

Natürlich. Danach hat er gehinkt.

Und gestottert.

Ja. Und gestottert. Deshalb hat er angefangen zu trinken.

Oh, damit hatte er schon früher angefangen, kleiner Bruder.

Ach ja?

Ja.

Onkel Ulf.

Ja. Was für ein Typ. Ein seltener Zeitgenosse, das war er. Weißt du, was der Name Ulf bedeutet?

Nein, Snorri. Verrat's mir.

Ich habe keine Ahnung.

Ich denke, er könnte vielleicht Witzbold bedeuten.

Da könntest du recht haben, Frosti. Da könntest du recht haben.

Ich glaube ich geh heute Abend früh schlafen.

Willst du nicht noch Kaffee trinken?

Nein, Snorri. Nicht heute Abend. Es liegt an den Kopfschmerzen. Es fühlt sich an, als ob ein Eiszapfen von dem gefrorenen Wasserfall runtergefallen wäre und sich in meinen Kopf gebohrt hätte. Der Schmerz ist kalt, und der Schmerz ist stechend. Er ist verstörend.

Ich kann noch ein Scheit aufs Feuer legen. Ich habe ein Besonderes zurückgelegt.

Lass gut sein.

Na gut, wenn du dir sicher bist.

Ich bin mir sicher.

Morgen sieht die Welt schon anders aus, kleiner Bruder. Dann geht's deinem Kopf wieder besser.

Hoffentlich.

Und falls nicht, geh ich allein runter ins Dorf und erledige unsere Einkäufe.

Wie willst du das schaffen?

Das schaffe ich schon.

Aber du kannst unmöglich alles allein tragen, Snorri. Was ist mit meinem Sirup?

Keine Sorge. Ich finde eine Möglichkeit. Ich bringe dir deinen Sirup mit.

Ohne Sirup könnte ich sterben.

Jetzt übertreibst du schon wieder.

Vielleicht ein bissen.

Manchmal bist du wie ein Kind, Frosti.

Ja.

Manchmal vergesse ich, dass wir alte Männer sind.

Ja.

Durch dich fühle ich mich jung.

Das ist gut. Das ist gut. Ich bin froh, dass du dich durch mich jung fühlst, Snorri.

Es ist nicht schlecht.

Es könnte schlimmer sein.

Mhm.

Mhm.

Ich geh dann mal schlafen.

Ich bleib noch ein Weilchen vor dem Ofen sitzen.

In Ordnung.

Vielleicht schau ich dem Schnee noch ein Weilchen zu.

Es schneit wieder ordentlich.

Ja. Wie die Asche einer erloschenen Sonne.

Morgen werden die Schneewehen wieder hoch sein.

Ja.

Wir werden sie wegschaufeln müssen.

Ja.

Wenn das so weitergeht, reicht der Schnee morgen bis über die Veranda.

Mach dir darüber keine Sorgen, Frosti. Schnee wird es immer geben. Verwehungen wird es immer geben. Aber es wird auch immer Schaufeln geben.

Aber uns wird es nicht immer geben.

Nein.

Also. Snorri, die Männer mit den orangen Stangen –

Schlaf schön, Frosti.

Nun gut. Das werde ich.

Gute Nacht.

Letzte Nacht habe ich die Gänse wieder gehört, Frosti. Sie kamen genau zur rechten Zeit. Erst eine V-Formation, dann noch eine. Und kurz darauf zwei weitere. Ich konnte ihre Schreie von weit her hören. Sie hallten durch das ganze Tal. Es war sehr laut, aber als sie bei uns ankamen, waren sie still. Ich glaube, sie wollten vielleicht Kraft sparen für den langen Flug, den sie vor sich haben. Sie flogen so niedrig, dass ich das Schlagen ihrer Flügel direkt über unserem Dach hören konnte. Ich konnte den Wind in ihrem Gefieder hören, das Ächzen ihrer Lungen. Es klang wie Magie. Hast du sie gehört, Frosti?

...

Wir waren genau unter ihrer Flugbahn. Jedes Jahr kommen sie, genau zur rechten Zeit. Schon seit vielen Jahren. Generationen. Und jedes Jahr höre ich ihre Schreie durch das Tal hallen und werde rechtzeitig wach, um sie über uns hinwegfliegen zu hören. Als kleiner Junge dachte ich, das Geräusch käme von einem mythischen Himmelsungeheuer, das über uns hinwegfliegt. Du hast es immer verschlafen, Frosti, und wenn ich dich weckte und dir von dem Geräusch des mythischen Himmelsungeheuers erzählte, glaubtest du mir nicht.

Du glaubtest, ich hätte mir das alles ausgedacht. Dann erzählte mir Vater eines Morgens, dass es kein Ungeheuer war, sondern fliegende Gänse. Er sagte, sie fliegen immer zusammen, in kleinen v-förmigen Gruppen, und sie wechseln sich an der Spitze ab. Diese Vorstellung fand ich sogar noch spannender als die meiner eigenen Fantasie. Vater sagte auch, dass Gänse auf ihren Flugrouten dreitausend Meilen zurücklegen. Das verblüffte mich. Ich bin nur einmal dreihundert Meilen weit gereist, und das für eine enttäuschende Nacht, wie du weißt. Du, kleiner Bruder, bist sogar noch weniger gereist. Ich wüsste nicht, dass du schon mal mehr als dreißig Meilen weit weg warst. Du hast das Tal nie gerne verlassen. Und jetzt sind wir alte Männer.

...

Na, wie dem auch sei, ich vermute, die Zeit zu reisen ist für uns vorbei, Frosti. Es gibt Wochen, da fühlen sich die drei Meilen bis in die Stadt sehr viel weiter an. Und die Schneeverwehungen machen es uns nicht leichter. Es hat wieder stark geschneit in der Nacht. Schau, wie hell das Zimmer ist. Hörst du, wie gedämpft die Vogelstimmen heute Morgen klingen? Die Schneedecke ist bestimmt richtig dick. Ich glaube, das Gehen wird heute schwierig werden. Zwei Schritte im Schnee sind wie zwanzig auf Gras. Aber warum verreisen, wenn sich die Welt vor deiner Tür täglich verändert? Die Sache mit den Schneeflocken, dass jede Einzelne sich von allen anderen unterscheidet? Tja. Für mich unterscheidet sich jeder Tag von allen anderen, kleiner Bruder. Wir mögen unseren Kaffee trinken und unsere Haferflocken essen, aber keine zwei Skier sind gleich. Keine zwei Bäume sind gleich. Oder Menschen. Und jeder unserer Träume unterscheidet sich von dem davor.

...

Hast du gehört, Frosti?

...

Ich wette, er träumt gerade.

...

Träumt wahrscheinlich von Sirup.

...

Oder seiner Schwitzhütte.

...

Frosti?

...

Gleich müssen wir aufstehen, Frosti.

...

Frosti.

...

Frosti.

...

...

...

Anmerkungen

Zwar sind einige dieser Geschichten von wahren Begebenheiten und wahren Menschen inspiriert, doch kommt in ihnen durchweg mal mehr, mal weniger künstlerische Freiheit zum Tragen.

»Tausend Morgen englische Erde« belegte 2018 beim Tom-Gallon Trust Award der Society of Authors den zweiten Platz. »Die Folksängerin« gewann 2014 den Tom-Gallon Trust Award der Society of Authors und wurde im Rahmen des Galley Beggar Press Singles Club als »Doppel-A-Seite« zum Downloaden veröffentlicht.

»Ein englisches Ende«, »Das Museum für ausgestorbene Tiere« und »Der alte Ginger« wurden erstmals zwischen 2015 und 2017 von Somesuch Stories veröffentlicht. »Das Museum für ausgestorbene Tiere« erschien zudem in der 2015 gedruckten Anthologie: *Somesuch Stories Volume I.*

»Die Oberhand« wurde 2018 als Einzelheft in einer Auflage von dreiundfünfzig signierten und nummerierten Exemplaren im Rahmen der Walking Wounded Series bei Tangerine Press veröffentlicht. »Die verdammte Glocke« wurde ursprünglich vom Hexham Book Festival 2016 für dessen Mansio Project in Auftrag gegeben und entstand während eines einwöchigen Aufenthalts in der Nähe des Hadrianswalls. Eine längere Fassung der Short Story erschien in der Sammlung: *The Mansio: New Writing Inspired by Hadrian's Wall* (Hexham Book Festival, 2016).

»Zehn Männer« wurde durch Vermittlung des National Centre for Writing für das International Literature Showcase 2017 geschrieben. Es erschien zudem 2020 in gedruckter Form in *The New Issue*.

»Snorri & Frosti« wurde 2013 erstmals als Download im Rahmen des Galley Beggar Press Singles Club veröffentlicht. Es erschien zudem 2014 als Heft in limitierter Auflage bei 3:AM Books.

Danksagung

Ich danke Kathryn Myers für ihren Einsatz. Meinen Agentinnen Jessica Woollard, Clare Israel und Alice Howe sowie allen bei David Higham Associates. Meiner Lektorin Angelique Tran, Van Sang, Terry Lee und allen bei Bloomsbury. Ein Dankeschön geht außerdem an Alexa von Hirschberg.

Zudem möchte ich folgenden Lektorinnen und Lektoren danken: Susie Troup. Will Atkins. Eloise Millar und Sam Jordison. Susan Tomaselli, Christiana Spens und Andrew Gallix. Suze Olbrich und Sharon O'Connell. Michael Curran. Antonia Charlesworth und Kevin Gopal. Adam Pugh. The Society of Authors. Mit Liebe und Hochachtung: Cally Callomon, Gabrielle Drake und Shane Meadows.

Und ich danke Adelle Stripe, meiner Familie und meinen Freunden.

Inhalt

—

»Eine Hommage an die zerbrechliche Schönheit der Natur«

GALORE

224 Seiten / Auch als E-Book

1989 tauchen auf den Feldern im Süden Englands seltsame, kreisrunde Muster auf. Die wildesten Gerüchte machen die Runde. Manchen glauben an Jungenstreiche, andere an Außerirdische. Ungerührt von all der Aufregung verfolgen zwei junge Männer ihren Plan, den perfekten Kornkreis zu schaffen. Bewusst verstoßen sie gegen Regeln und Verordnungen. Nur so glauben sie, ihren Traum verwirklichen zu können: der Schönheit zu dienen und die Freiheit zu erlangen.

www.dumont-buchverlag.de DUMONT